MW01625268

Pájaro lindo de la madrugá

Zoé Valdés

Pájaro lindo de la madrugá

algaida

Ilustración de cubierta: *Un milagro puede ocurrir,* de Carlos Manuel Galindo. Acrylic on Canvas, 24 in x 18 in, 2011

Primera edición: 2020

Avda. San Francisco Javier, 22
41018 Sevilla
Teléfono 95 465 23 11. Telefax 95 465 62 54
e-mail: algaida@algaida.es
ISBN: 978-84-9189-149-9
Depósito legal: SE. 207-2020
Impreso en España-Printed in Spain

A Cuba.

A la memoria de mis amigos Fulgencio Rubén Batista Godínez y Roberto Fernández Miranda. A mi querido Roberto Batista Fernández, a sus hermanos e hijos. A la familia Batista.

A los cubanos.

«Los individuos como los grupos tienen el derecho de saber, de conocer y de dar a conocer su propia historia; el poder central no debe prohibir ni permitir... Desconfiemos de los dos extremos: no debemos sonrojarnos de elegir esa vía intermedia».

Tzvetan Todorov. Tomado de *L'Abus de la Mémoire*. Éditions Arléa, Francia, 2004.

«Los chilenos damos hoy la mano a Fulgencio Batista, con una franqueza y una sinceridad que llamaríamos chilena si no fueran también condiciones permanentes de Cuba. Saludamos en él al continuador y restaurador de una democracia hermana, al hombre que recibió la patria anarquizada y despedazada recién salida de las garras de un tirano sangriento, y palpitante aún de la heroica, legendaria lucha que lo derrotara. Saludamos al que pudiendo haber seguido el camino de muchos filibusteros del poder, lo entregó con sus anchas manos morenas a quien eligiera su pueblo. Saludamos al que ha restituido a Cuba honor y nombre, al proteger las organizaciones y partidos del pueblo, al llamar a los mejores intelectuales a colaborar en los destinos comunes, al reanudar las relaciones con la Unión Soviética entre los primeros países de América, al declarar la guerra a los bandidos de Alemania e Italia, al fustigar y despreciar a Franco y sus enviados públicamente una y mil veces, al iniciar con México el camino que aislaría más tarde a los siniestros y desleales gobernantes de Argentina».

Pablo Neruda. *Saludo a Batista,* tomado de *El Siglo*. 27 de noviembre de 1944.

«Siempre me sentí ante un hombre interesante que no puede ser fichado únicamente por la palabra "dictador" ni con el calificativo de político. Tiene el hechizo de una persona que ha logrado escalar posiciones insospechadas, sin caer en ciertos defectos que parecen inevitables en tal caso, pues ha sabido conservar en sus actividades de guía del Estado la llaneza de su alcurnia».

Emil Ludwig. *Biografía de una isla (Cuba).*
Editorial Centauro, México, 1948.

«Cuanto a mí, universalista y criolla, cubana del Continente, sin insularidad del corazón... De ahí que escriba para los generosos los del alma limpia, para los que no ciega el odio: ellos habrán de comprenderme... ¿Los demás?... De los rencorosos se aparta mi vida como las calandrias del árbol seco... Basta de rencores que elevan valladares y de revanchismos que desarmonizan el alma compasiva del pueblo con el raquitismo espiritual de líderes lamentosos y de lidercillos imprecadores... ¿Callar? ¿Callar ahora porque el personaje que retrato ya no tiene el poder en el puño? ¡Cobardes! Abstenerse no purifica: encenaga. La mentira entumece las alas... Muchas veces salí por los caminos de Cuba y me dolí de mis niños sin escuela, de mis campesinos sin pan, de mis enfermos sin lecho donde curarse. Una vez supe que un hombre se preocupaba de estas cosas y quería, con muy buena intención, poner su menuda simiente en transformar Cuba. Lo conocí y hallé que tenía el corazón limpio, que era hermano nuestro, que venía amasado de tierra y de lágrimas. Una vez superse no purifica: enceágrimas. Este hombre era Fulgencio Batista».

Isa Caraballo. Tomado de *Batista, una vida sin tregua.*
Ediciones Iberoamericanas, México, 1945.

«Ni de izquierdas ni derechas: sólo constructividad y justicia».

Fulgencio Batista y Zaldívar.
Tomado de *Piedras y Leyes*,
Editorial Botas, México, 1961.

I

A TRAVÉS DEL SOLEADO VENTANAL PODÍA DISFRUTAR de toda la gallardía de aquella tierra cuyo insólito y variado verdor inundaba el paisaje. A lo lejos y desde aquel valle escondido percibía cómo las veredas se fundían con los montículos, las montañas rozaban las nubes, no había un lugar por aquellos montes donde no creciera la vegetación, húmeda, rebelde, señorial. Extrajo el celular del bolsillo de su camisa y tiró varias fotos, las guardó para cuando pudiera enviarlas a su nieta Ada en Miami. Sin embargo, no había sido la magnificencia del cielo azul ni la inhóspita nostalgia —que no la sentía— por toda aquella exhuberancia del tan sobrevalorado terruño, lo que había impulsado a Arsenio a regresar cincuenta y siete años después de haberse largado de lo que él llamaba «el infierno cubano».

Llevaba casi dos horas esperando a su viejo amigo dentro de aquel bajareque medio derruido. Hacía un calor de mil demonios, no corría ni una pizca de brisa, y ni un ventilador a la vista. Para llegar hasta allí había atravesado la isla entera de Occidente a Oriente manejando un automóvil americano alquilado, de los que ahora llamaban almendrón, lo que le había costado un tiempo increíble dado el esfuerzo por su avanzada edad; no tenía ni idea de cuántos días, quizás semanas, tras haber partido de una vieja casona de la antigua Habana colonial en la que se hospedaba junto a otra parte de su familia a la que no había vuelto a ver desde hacía décadas.

—¿Usted está segura de que Elbio recibió el telegrama en el que le anunciaba mi visita? —preguntó por enésima vez a la mujer que ahora baldeaba el suelo de cemento de la cocina.

La mujer respondió sin abandonar su tarea:

—Sí, claro, ya le dije; abuelo sabía que usted vendría, yo misma le leí el telegrama que mandó su familia, tiene la vista muy mala, sabe. Y aunque todavía lee y escribe, para esas letras chirriquiticas de los telegramas soy yo la que lo ayuda. En cualquier momento reaparecerá por ahí, no se preocupe. Es que como ya no puede trabajar pues le da por salir a caminar y no ve la hora de cuándo parar. Él había dejado los largos paseos, pensando en que usted podría llegar de un instante a otro y no encontrarlo... Como no sabíamos el día exacto en el que usted nos visitaría... Pero pasado un tiempo se cansó de esperarlo y hoy precisamente decidió retomar las caminatas. Es muy terco, no me hace caso cuando le aconsejo que debiera reposar. Aunque, como le dije, lee y escribe cada tarde, y eso, creo yo, es para él una forma de hallar sosiego. Su vida ha tomado un sentido bastante diferente: caminar, pensar, comerse el coco. Ah, y forrajear, para poder alimentarse. Eso no puede faltar. ¿Otra tacita de café?

Aceptó gustoso el aromático líquido servido en la misma jicarita en la que había bebido antes. Ella se sirvió también y bebió de un sorbo el contenido todavía humeante.

—¿Tú eres la que estudiaste para enfermera? —El hombre quiso entablar una conversación más personal.

—Sí, yo mismitica... Mire, creo que por allá viene abuelo —anunció ella mientras se acercaba a la ventana que iluminaba la cocina.

Una figura se iba dibujando a ratos entre la maleza, alzada por instantes para volver a intrincarse entre los espigados y espesos arbustos. Por fin Arsenio pudo visualizar con nitidez a Elbio, que emergió de los campos dirigiéndose al estropeado bohío. A la emoción, traducida en tristeza, que había experimentado nada más pisar el suelo de Veguita, donde había nacido, se le sumó el enternecimiento más hondo frente a la presencia de su antiguo compañero.

Elbio llevaba una mocha en la mano, no bien traspasó el umbral la colocó en una esquina junto a la puerta. Al voltearse descubrió al viajero. Miró incrédulo a su nieta, quien sonriente le aclaró:

—Sí, abuelo, es Arsenio, ¡ya está aquí, ahí lo tiene!

Elbio avanzó unos pasos, agarró a Arsenio por los hombros. Fijaron sus pupilas. Arsenio lo atrajo hacia sí y ambos se fundieron en un abrazo. Reían y lloraban a la vez.

—¡Tantos años, tantos años sin vernos! —repetía Elbio.

—¡Pues aquí estoy, aquí estamos, hombre! —insistía Arsenio.

—¿Cuánto tiempo hace que no nos vemos? —Elbio haló un taburete e hizo un gesto para que Arsenio lo imitara y se acomodara en el otro que le quedaba a sus espaldas.

—Cincuenta y siete años exactamente —precisó Arsenio—. Voy a cumplir ochenta y siete, y ya me ves, estoy muy bien de salud. ¡Mira, tú, y todavía manejo!

—¡Yo cumpliré pronto ochenta y ocho, y puedes comprobarlo, mis piernas siguen fuertes, pateo todos esos campos a diario!

—Yo no me agito tanto como tú, pero mi mente se conserva muy clara —subrayó Arsenio.

—También la mía, pregúntale a ella —Elbio señaló a su nieta—. Leo mucho, escribo como un condena'o. No exactamente mis memorias, pero sí mis recuerdos. En los que estás siempre presente, Arsenio.

El otro asintió agradecido. La mujer interrumpió:

—Si me perdonan. Abuelo, ya te limpié su poquito en todo esto por aquí —hizo un gesto abarcador con el brazo—. Queda café hecho y te traje algo de almuerzo. Ahora vuelvo a mi chocita, tengo cosas que hacer por allá. Me imagino que ustedes tienen mucho de qué hablar y no quisiera importunarlos.

Elbio arguyó:

—Olga vive cerca de aquí, con su familia. Desde que quedé viudo se ocupa de mí. Mi hijo, su padre, se mudó hace unos ocho años a La Habana. Al parecer es definitivo, aunque nos viene a ver de vez en cuando. Olga y yo estamos muy unidos.

La mujer se le acercó para besar la frente del anciano, luego estrechó la mano de Arsenio:

—Bienvenido otra vez. Esta es su casa, y mi casa también es suya —se despidió con la misma amplia sonrisa con la que lo recibió.

Los goznes de la puerta chirriaron al cerrarse. Los dos hombres oyeron silenciosos los pasos de Olga mientras se alejaba por el sendero.

El silencio fue breve.

Elbio se arremangó un poco los pantalones por el pliego de la tela a la altura de las rodillas y rompió el mutismo:

—Recibí todas tus cartas, viejo, al menos las que me enviaste a través de tu familia en La Habana. Me extrañó que en una de las últimas anunciaras tu visita, aunque debo decirte que me alegré, ¡vaya si me alegré! Llegué a pensar que nunca más te vería.

—Elbio, ha transcurrido toda una vida. Tanto tú como yo sabemos que nos queda poco aquí. Mi viaje tiene un poderoso sentido. Iré al grano. He venido porque una de mis nietas está escribiendo algo que yo considero que es importante. Acerca de la historia de este país. Tú y yo podemos ayudarla con nuestros testimonios. Yo ya le he dado parte del mío, a veces se me queda algo en el tintero y entonces rebusco en la memoria y consigo lo que necesitaba. Pero hay otras cosas que se han ido borrando de mi mente, lo que es natural. Tú y yo podemos afirmar que conocemos bastante del pasado, y no sólo a causa de nuestra vejez, además fuimos protagonistas muy activos de ese pasado. ¿Estarías dispuesto a sincerarte?

El otro encendió un mocho de tabaco, aspiró larga y pausadamente a la vez que botaba el humo por un entresijo de las comisuras de los labios.

—No hago más que eso, recordar y sincerarme conmigo mismo, y de paso escribo sin juzgar; sólo por el mero ejercicio de la autoconfesión. Podría entregarte mis cuadernos, eso sí, todos escritos a mano. Soy un campesino, no un intelectual, ahí radica la dificultad. Bien hilvanados sí que están, pero alguna falta de ortografía se me habrá escapado.

—Eso será lo de menos. Lo que importa es la memoria viva. Y por tus respuestas a mis cartas noté que la mantienes intacta.

—Sí, por cierto, esfuerzo que me costó mandar esas cartas, siempre a través de mi hijo, que las entregaba a tu familia. Todavía no sé cómo ellos te las hicieron llegar.

—Llegaron, es lo que importa, y te lo agradezco. Gracias a esas cartas es que estoy aquí.

De súbito el día se nubló, una plomiza grisura abarrotó el horizonte.

—Ay, caray, lloverá igual que ayer y que antier.

Elbio se irguió del taburete y empezó a cerrar puertas y ventanas —ya su nieta viendo venir la lluvia había cerrado la principal, que siempre quedaba abierta como suele ocurrir en el campo cubano—, a colocar cubos y calderas en varios lugares estratégicos en donde suponía que empezaría a gotear y a chorrear el agua.

—Debiera reparar ese techo, pero no tengo cómo ni con qué. Aquí falta de todo y cuando hay no se puede pagar de lo caro que resulta.

—¿Te ayudo? —propuso el visitante levantándose de la vetusta silla.

—No, mejor no, gracias, soy el único que entiende de estos tejemanejes. Quédate donde estás, enseguida te atiendo.

Irrumpió el torrencial aguacero. El agua concertó una extraña y concreta música goteando y chorreando dentro de los recipientes. Afuera el viento batía contra las arboledas y arrasaba con los frágiles sembrados.

Arsenio aguardó callado a que su amigo terminara con los trajines de proteger la casa. La recia lluvia y el trasteo del vendaval lo obligaron a rememorar las fugas infantiles junto a Elbio, apenas un año mayor que él, en medio de la campiña azotada por los ciclones.

—En lo esencial esto no ha cambiado mucho, yo diría que nada. Buen tiempo, mal tiempo, en un aburrido movimiento cíclico —carraspeó Elbio mientras seguía chupando el cabo del tabaco y regresaba a su asiento—. Pero bueno, dime, ¿de cuál tema está escribiendo tu nieta? ¿Se trata de un libro, de una tesis...?

—De una tesis universitaria. El tema es Batista. Fulgencio Batista y Zaldívar.

El silencio entonces se hizo más largo y compacto, podía cortarse con un serrucho.

—Es el eslabón perdido en la historia de Cuba. —Por fin Elbio deslizó unas palabras—. Arsenio, tú sabes que de eso no se puede hablar aquí, en este país todavía está prohibido mencionar a Batista. Ni de juego, vaya.

—¿Te extrañará si te digo que de Batista no se puede hablar en ninguna parte? Tampoco en Miami, o quizá mucho menos en Miami. ¡Ni en Francia! Mira, te contaré una anécdota. Hace algunos años publiqué un libro en Estados Unidos sobre el surrealismo y las mujeres, es un tema que siempre me ha fascinado y al que le dediqué buena parte de mi vida como profesor, y como crítico de arte. El libro tuvo suerte en las librerías y muy buena crítica, fue traducido a varios idiomas, entre ellos al francés. Me invitaron a presentarlo en París; el encargado de prensa de la editorial organizó varios contactos con los medios de comunicación. En un programa televisivo, en el que me entrevistó un conocido escritor caribeño me llevé una desagradable sorpresa. La entrevista iba desarrollándose muy bien hasta que de repente mi interlocutor ensombreció la mirada, frunció el ceño, su rostro se transfiguró, y ahí dio un respingo y se atrevió a interrogarme con muy mala vibra sobre un artículo que nada tenía que ver con el surrealismo y sus mujeres artistas, el que yo había escrito a mis inicios como columnista de un periódico poco importante en Estados Unidos y en donde me refería a Batista de una manera bastante equilibrada y sincera. O sea, lo que todos conocemos, que en 1959 Cuba mantenía una situación económica y social de bastante gran alcance: 6,6 millones de habitantes con un desarrollo de la clase media acomodada, el salario era de 6 dólares la hora para los obreros (situado en el octavo rango a nivel mundial); para los agricultores el salario era de 3 dólares la hora (situado en el séptimo escalafón a nivel mundial, 62 % de los centrales eran propiedad de los cubanos a pesar de las inversiones americanas importantes); el azúcar reportaba mucho más que los prostíbulos y los casinos; sitio 33 en el escalafón de 112 países miembros de la ONU (para lectura de periódicos), numerosos escritores, dramaturgos, artistas; una cama de hospital para cada 188 habitantes (comparable o superior a los países desarrollados); la tasa de mortalidad infantil más baja de América Latina en los años 50; 20 000 estudiantes en la universidad pública, 100 000 estudiantes en lo privado; 1200 escuelas en el campo con bibliotecas móviles; 23 % del presupuesto para la educación; la tasa de analfabetismo de 16 % según el Ministerio de Educación (y no del 40 % según la propaganda castrista). Sin embargo, el estatismo de Batista y el poder de los sindicatos frenaron las inversiones privadas; la brutalidad del régimen después de 1956 frente a la brutalidad del terrorismo urbano fue un factor negativo para la economía; 30 % de activistas desempleados en 1958, un tercio de la población vivía en la pobreza[1]. No era un artículo elogioso ni mucho menos, simplemente expresaba que algunas verdades tendrían que restablecerse en el futuro, y que a alguien le tocaría hacerlo, quizás a través de la ficción, de la literatura y del cine. Pues mira tú, no sé cómo aquel hombre encontró y estudió el artículo —a través de internet seguramente—, el caso es que se lo sabía al dedillo. Sin ton ni son se puso agresivo, y me espetó rudamente si todavía yo pensaba igual a lo que había escrito en aquel artículo de marras, aquello de que alguien debería «res-

[1] Estos son datos de Jeannine Verdès-Leroux, Hugh Thomas y Michel Faure.

tablecer en el futuro ciertas verdades sobre Batista», y prosiguió encarado con que si ese alguien iría a ser yo. Me dejó desarmado, aunque una vez recobrado del impacto y más animado, le aclaré que no tenía la menor intención de dedicarme al tema, pero que como cubano y como ser humano libre, seguía siendo ese un asunto que me interesaba e incumbía profundamente.

—No sabía que las cosas sucediesen así en el mundo civilizado —Elbio sonrió sarcástico—, aunque nada me extraña ni me sorprende. Un guajiro se mueve por el olor de la tierra, se guía por el olfato, y aunque poco o ningún aroma me llega del exterior, puedo intuir y hasta imaginar sólo a través del hedor interno que padecemos lo que ha sabido y debido imponer como «aroma» esta isla a otras lejanas y no tan distantes regiones en lo que a cultura occidental nos refiere. Hace más de medio siglo que este país huele muy mal, apesta. Y ese tufo infecto es tan potente que ya habrá trascendido fronteras. Lo peor es que se trata de una enigmática pestilencia que envuelve y seduce al más pinto.

—Pues, llevas razón, el mundo no huele mejor, te lo aseguro. Este país ha sabido exportar muy bien su fetidez. Y nos hemos contagiado allá también con su podredumbre.

—¿Conocía tu nieta ese artículo tuyo? ¿Es la razón por la que dedica su tesis a Batista?

—No, para nada. Lo leyó después. El origen de querer investigar sobre El Hombre fue una conversación con su madre. Ella le comentó lo que su abuela le contaba cuando era niña. Tú sabes que Aracelys, la abuela de mi mujer, se tuvo que quedar en este país porque Alba, mi mujer, se empecinó en no irse, esperando a que yo regresara. En aquel entonces yo ya me había marchado. No pudo ser de otra manera, me habrían fusilado tarde o temprano. Con el tiempo y un ganchito ellas lograron salir y viajar a Estados Unidos.

—Sí, Arsenio, porque no lo olvidemos —hizo una pausa para sacarse el cabo de tabaco de entre los labios—: tú y yo estamos vivos de milagro. Y, bueno, claro que puedo ayudarte en lo que me pides, lo haré. Aunque tú sabes que yo nunca fui del todo batistiano. No por El Hombre en sí, sino por algunos de los «tiburones» que lo rodeaban.

Sorprendido, Arsenio abrió los ojos con alarmada desmesura:

—¿Que nunca fuiste batistiano? ¡Pero si estuviste muy cercano a Batista! ¡Y más tiempo que yo!

—Sí, pero ahí radica la diferencia entre tú y yo. Ambos éramos muy jóvenes, en algo teníamos que trabajar. Tú te dedicaste más al arte, a la educación, al periodismo. Y a mí se me dio ese puesto con el presidente, ¡no lo iba a rechazar! Me aceptaron por mis capacidades militares, y porque había nacido aquí, en Veguita, igual que él. Como tú. Es verdad, tú no trabajaste del mismo modo para él como yo sí lo hice, pero batistiano sí que eras, de toda la vida.

—Lo sigo siendo, y a mucha honra. Y por eso me largué de este país de bambolleros y traidores, porque nunca me he avergonzado de creer en Batista... Sí, traidores... —Esta última palabra la pronunció en un susurro.

—Te he oído bien, la vista la tengo medio jodida, escribo en letras grandes y leo con espejuelos y lupa, pero los tímpanos me funcionan con la precisión de un reloj suizo. Mira, no hablemos de bambolleros ni de traidores si vamos a hablar de Batista. Más bambollero que él no lo hubo, y al final nos traicionó a todos al irse. Aunque, es verdad, admito que con él se podía discutir, la prueba soy yo, que siempre discutía con él por cualquier bobería y jamás me ocurrió nada de nada.

—Eso de que Batista era bambollero y traidor lo dirás tú haciéndote eco de las mentiras que aquí han divulgado, yo tengo otra opinión. Batista fue traicionado por los americanos y por los suyos; la propaganda de la prensa norteamericana que favoreció a Fidel, la prohibición de venta de armas a nuestros soldados en 1958, y más... Además, sabes muy bien que la burguesía nunca lo quiso... Empezamos mal si nos enmarañamos por ahí. —Una mueca de disgusto abrumó sus facciones.

—¿Ves? Ni siquiera dos amigos pueden sentarse serenamente a conversar sobre el tema. Es un asunto árido, muy espinoso. Pero si estás dispuesto a fajarte conmigo, así sea a los puñetazos, de todos modos te ayudaré. ¿Y sabes por qué? Pues porque considero que hay que sacar de una vez y por todas a esa figura de las sombras. No le hizo mal a Cuba, creo todo lo contrario, que le hizo más bien que mal. Y comparado con lo que nos cayó después, pues Batista fue un niño de teta.

—Vaya, menos mal. Esperaba que me dijeras que todo lo tenebroso que vino después se lo debemos a Batista, ¡es lo que repite tanta gente en Miami! ¡Qué alivio que no irán por ahí los truenos de nuestras futuras disputas!

—No habrá discusiones entre nosotros. Nadie puede culpar a Batista de lo que hizo Fidel. O mejor dicho, nadie puede culpar a Batista de lo que hicieron Fidel, sus secuaces, y su pueblo —hizo una pausa—. Dime una cosa: ¿Tu nieta no está ya un poco mayorcita para la universidad?

—Es su tercera carrera universitaria. Empezó más joven que el resto, hizo una carrera de Economías, al mismo tiempo que otra de Ciencias Políticas, y ahora está acabando esa de Historia. Siempre ha estudiado mucho y trabajado más. Como hacen allá casi todos los que quieren prosperar.

—¡Ah, la prosperidad! Palabra inexistente en el diccionario del comunismo cubano. En fin, dime, ¿por dónde empezamos? —Elbio se dirigió hacia un desvencijado cajón y extrajo de él varios cuadernos repletos de escritura y anotaciones por los bordes.

Arsenio se dispuso a aclarar algo nervioso, cambiando el tema de conversación:

—Mira, hermano, tal como me prometiste tan generosamente sé que podría quedarme una semana aquí contigo, y dado que no existe hotel en la zona no me queda otro remedio que aceptar tu invitación, pero preferiría... O sea, iba a proponerte que viajaras conmigo a La Habana, allí nos instalaríamos en un hotel confortable. Por supuesto, la invitación va por mí. No sólo estaríamos más cómodos, además yo tendría conexión a internet. Tú aprovecharías para visitar a tu hijo, y verías La Habana de nuevo. ¿Cuánto hace que no has estado allá?

A Elbio lo paralizó esta inesperada modificación de planes. Contaba con que Arsenio pernoctaría en su casa de Veguita por lo menos durante dos semanas. Por fin reaccionó:

—¿A La Habana? Uuuuh, hace añales que no viajo a la capital. La última vez que fui estaba tan destruida que me juré que no volvería. Si algo bueno tiene ser del campo es que uno sabe cómo entenderse con la naturaleza, y lo que muere aquí revive una y otra vez. Por muy cenizos que se hayan puesto los verdes. Lo que te da una especie de sensación de inmortalidad, aunque falsa, ya lo sé. Pero con el cemento y el asfalto no hay arreglo. La Habana no es ni la sombra de lo que fue. De aquella visita apenas recuerdo a una gente muy rara, expresándose y moviéndose también de manera muy absurda, cual zombis unos y otros, como enfermos mentales. No, de mi época no queda de valor nada más que una arquitectura de la Bauhaus, ahora desvencijada, que por cierto, también se la debemos a Batista. Recuerda que aprendí algo de arquitectura en mi época de capitán. Es más, no me interesa la capital. Tuve la suerte de que mi hijo me hospedara, él vive con su mujer en un apartamentico chiquirritico de Centro Habana.

—Ahora conmigo te toparás con otra Habana, la de los turistas. Ni te enterarás de lo depauperada que está la ciudad porque te llevaré a los sitios que han ido restaurando y te codearás con otro tipo de gente. Con los que se benefician del capitalismo salvaje que ellos mismos han ido implantando; desde los jefes más altos hasta los más bajos, desde la policía hasta la misma «oposición» prorraulista, una seudooposición penetrada y controlada por Raúl Castro. Corrupción y más corrupción, apoyada por buena parte del exilio de Miami, y eso lo sabemos tú y yo... Después, de los habaneros, qué te voy a contar que tú no sepas, claro que están peor que cuando tú fuiste, no te voy a engañar. A los orientales como nosotros nos llaman «palestinos», porque han copado aquello. Yo mismo quedé choqueado con lo que vi. Y eso que ya me habían avisado, sí, había sido advertido de lo que encontraría.

Elbio puntualizó:

—En el campo no vivimos mejor, te lo aseguro. Sol arriba y marabuzales abajo. Pero para mí resulta menos violento.

Su amigo insistió:

—Entonces, ¿qué haremos? ¿Viajamos o no?

El anciano halló un nuevo pretexto:

—Es que no puedo dejar la casa sola tanto tiempo.

—Olga te la cuidará. Vamos, chico, embúllate. Ya que no puedo invitarte a Miami por lo menos permite que lo haga a La Habana.

—Bueno, deja ver, deja ver... Pero tú te quedarás aquí al menos una semana, ¿o no?

—Sí, claro que sí. En eso habíamos quedado.

—Una semana, o más...

La improvisada música acuática cesó e instantáneamente Elbio abrió puertas y ventanas. Lloviznaba apenas. Desde el monte emanaba un vaho intenso a lluvia y a yerba fresca, como recién cortada, que invadió toda la casa. Los dos amigos se dieron a la tarea de vaciar los recipientes repletos con agua de lluvia en un pozo ciego del patio. Enseguida por el costado de una guásima refulgió el sol. Planearon entusiastas que esa noche leerían juntos un monólogo escrito por Ada, la nieta de Arsenio, basado en lo que le contaba su madre, lo que a su vez le detallaba su abuela cuando esta era pequeña en Cuba. Y también, por descontado, repasarían las páginas escritas por Elbio acerca de Batista.

II

DA PENA TENER QUE ANDAR ACLARANDO DE ARRIBA p'abajo, da vergüenza que siendo cubana una deba de estar a la viva para no cometer el error de mencionar su nombre ni jugando, ni por equivocación.

Yo, mi chiquita, como sabes, nací en Dublín un 16 de septiembre de 1905, pero con dos años de edad llegué a este país y me siento más cubana que las palmas y que la tierra que piso. Mi padre, tu bisabuelo, fue un luchador por la libertad de Cuba, un mambí irlandés, y tu otro bisabuelo, por parte de tu abuelo chino, casi llega a presidente de este país, el chino José Bô, otro mambí internacionalista. Mam-bi-ses, así le decían los militares españoles de manera despectiva a los independentistas de Santo Domingo, dirigidos en 1846 por un negro de nacionalidad española, Juan Ethninius Mamby. ¡Españoles éramos todos! ¡Mira tú, ahora que está tan de moda el internacionalismo, ellos fueron unos adelantados, unos pioneros de la libertad! Así que eres nieta de mambí por los cuatro costados. Y yo soy tan cubana como la primera india nacida en estas tierras y además, para colmo, hija de mambí. ¡Hija de mambí, sí! Igual que el presidente cuyo nombre no se puede ni mentar. Su padre, Belisario, había luchado junto al general José Maceo en los campos de Cuba. Batista, su primogénito, sí, Fulgencio Batista y Zaldívar, fue un gran hombre, y aunque muchos se empeñen en borrarlo de la historia no lo conseguirán.

¿Que qué? ¿Que no sabes quién fue José Maceo? Nació en 1849 y murió en 1896, combatió en las tres guerras de independencia, mira tú, un valiente, un símbolo de coraje para los cubanos. Pasarán los años y aquí estaremos nosotros, tratando de recordar, sí, porque la memoria es lo único que nos queda para resistir. Aunque sea la memoria oculta, la memoria escamoteada. Aunque algunos se empeñen en perderla con tal de salvarse. La memoria traficada por las tantas mentiras que cuentan hoy en los discursos y en los colegios, las infamias que les inoculan a ustedes, pobres niños, que devendrán adultos ignorantes del pasado. Mucha propaganda y mucho adoctrinamiento que les meten en la cabeza a ustedes, mucha alfabetización, adoctrinada. Pero yo no quiero que te conviertan en una ignorante, ¡eso sí que no! ¡Por encima de mi cadáver! Es la razón por la que te doy a leer libros diferentes, porque quiero que te instruyas más allá de esa estúpida escuela comunista a la que tienes que ir obligada. Figúrate, es la única que existe. Ya sé, ya sé, me dirán que Batista hizo también una alianza con los comunistas. Falso, Batista no fue comunista aunque se haya beneficiado durante algunos años del apoyo del Partido Comunista y de los comunistas, hubo presencia comunista en el seno de la Constituyente en 1939, ese entendimiento pudo contribuir a posibilitar la génesis de la Constitución de 1940, ¡veintidós ministros comunistas estuvieron en su Gobierno! Pero él no era comunista, no, señor. Batista fue un presidente que tal vez se equivocó queriendo convertirse en un estadista estratega, y quiso quedar bien con Dios y con el diablo, pero por encima de todo quiso quedar bien con su pueblo. Y el pueblo, pese a que siempre lo apoyó, al final borró todo lo que Batista sacrificó por él. Por ese mismo pueblo desmemoriado. ¿Que Batista se enriqueció? Eso aseguran unos cuantos, sí. Ven acá, ¿y qué presidente de este jodido país no se ha enriquecido? ¡Cítenme uno sólo! Empezando por los comunistas estos que hoy mandan aquí. Yo siempre quise a Batista, porque siempre he sido antimachadista y antipriísta. No ha habido más corrupción y muertes en esta isla que con Machado[2] y con Prío[3]. Carlos Prío Socarrás, ¡Prío! Un zorro, un delincuente, con un hermano drogadicto, un vendido al primer postor, un financiador de revoltosos, según cuentan

[2] Gerardo Machado (1871-1939). General de la guerra de Independencia, devenido después viceministro de la Cuban Electric Company. Elegido presidente en 1925, durante un período de prosperidad económica, que favorece el desarrollo de la clase media. Decide quedarse en el poder al final de su mandato y se revela como uno de los políticos más autoritarios, reprimiendo violentamente todo intento de oposición, hasta su caída a la llegada de la Revolución de los Sargentos. A pedido del embajador de los Estados Unidos Sumner Welles, se retirará de la presidencia y será reemplazado por Carlos Manuel de Céspedes, hijo.

[3] Carlos Prío Socarrás (1903-1977). Hombre de Estado. Presidente de Cuba desde 1948 hasta el cuartelazo, conocido como golpe de Estado, de Batista, del 10 de marzo de 1952, tres meses antes de las siguientes elecciones.

le regaló doscientos mil dólares a Fidel Castro para sus actos terroristas. Jamás he podido entender la cuenta que le pasan a Batista que no se la pasan por el contrario al peor presidente que tuvo Cuba, a Prío. Carlos Prío Socarrás, te digo yo que fue un horror, un auténtico espanto, niña. Dicen otros, los que ya no saben cómo cargar de culpas a Batista, que por su causa es que tenemos a Fidel Castro. Chica, mira, quien así habla no sabe lo que dice. Si hoy tenemos en el poder a los Castro, esos tremendos delincuentes y asesinos, la culpa la tuvo Carlos Prío Socarrás, que financió el terrorismo del Movimiento 26 de Julio[4]. A ver, ¿por qué no culpan a Prío, en vez de cogerla siempre en contra de Batista? No me mires así, ya sé que te incomoda que te hable del personaje, y sobre todo que aluda tanto a su nombre. Claro que al igual que tú, o más que tú, soy consciente de que las paredes tienen oídos, y que muy caro nos podría costar opinar como lo estoy haciendo acerca del Hombre. El «hombre fuerte» de Cuba. «Pájaro lindo de la madrugá» también lo llamaban, como dice la canción popular de José Curbelo, compuesta en 1952, e interpretada por Tito Rodríguez y Carlos Puebla (por cierto, quien después compuso la célebre canción del Comandante «Che» Guevara y otra al Barbatruco Castro): *Sun sun sun sun sun Damba E / Sun sun sun sun sun Damba E / Pájaro lindo de la madrugá / Pájaro lindo de la madrugá;* y como también lo llamó el

[4] El 26 de julio de 1953, Fidel Castro lideró a un grupo de hombres e intentó asaltar el Cuartel Moncada en Santiago de Cuba. El Movimiento 26 de Julio será el núcleo de Fidel Castro durante el período de la guerra de guerrillas, desde su salida de la cárcel en 1955, amnistiado por Batista, hasta su toma del poder en 1959.

pueblo cuando el diez de marzo de 1952 llevó a cabo su segunda revolución, la primera fue la de los sargentos. Porque no fue golpe de Estado ni la cabeza de un guanajo. ¿Cuartelazo? Aunque un cuartelazo no implica violencia, y significa que la población acepta y recibe favorablemente la ruptura con aquellos Gobiernos que no hacen más que enriquecerse protegidos por los americanos, aquello no fue cuartelazo, no, mi cielo. ¡Fue Re-vo-lu-ción!

¡Contra, que no fue golpe de Estado, ni cuartelazo, te digo! ¡No repitas como una sonsa lo que te cuentan en la escuela! Querrán meterte en el coco lo que ellos quieran, pero yo te digo y recontradigo, que aquella fue su segunda revolución. El pueblo la anhelaba, el pueblo la apoyó, porque el pueblo reclamaba esa revolución. El pueblo ansiaba que alguien metiera a este país en cintura. Eso sí, fue una revolución sin derramamiento de sangre. Llegó al Cuartel de Columbia y con su labia puso a todo el mundo en su sitio, volvió a tomar el poder y el país entró en la horma de sus zapatos de nuevo. Es que entre el incapaz de Gerardo Machado y el que decían que era cocainómano de Prío Socarrás todo se había ido al carajo, ambos habían acabado con esta isla de tarados. ¡A mí sí que no me cuenten de ninguna otra revolución como no sean las del 4 de septiembre de 1933[5] y la del 10 de marzo

[5] Alusión a la Revolución de los Sargentos, puesto que fue un grupo de sargentos que en principio se rebelaron frente a las autoridades militares y políticas, y de la que Batista fue el líder. A partir de esos sucesos Batista toma una relevante importancia en la vida política cubana. Esa revolución consigue la destitución de Machado y abre una nueva era de cuyas páginas Batista será protagonista, y que aportará como consecuencia la Constitución del 40.

de 1952! ¿La del año 59?[6]. Bah, esa sí que fue un golpe de Estado, un golpe a un Gobierno que había sido elegido democráticamente, porque Andrés Rivero Agüero[7] ya había ganado. ¿Que las boletas fueron trucadas? ¿Y este tipo de ahora no truquea también las boletas? Dime tú, ¿qué presidente de América Latina hoy en día y de esos países de África y los del Medio Oriente no truquea las boletas, dímelo, anda. El caso es que ya existía un nuevo presidente, y tanto los comunistas como los americanos dieron el golpe de Estado. ¡Eso sí fue un golpe de Estado! El de ese 2 de enero del fatídico año 1959 fue un tremendo golpazo. El año en que naciste, pobrecita mía, ay niña mía, qué espanto. Te perdiste lo mejor de Cuba. Te perdiste los mejores sueños del cubano, las esperanzas, las ideas ingeniosas que desarrollaron a esta isla —ahora nos imponen la ideología que a ellos les sirve para doblegar a la gente con sus matraquillas—, te perdiste la verdadera vida en este maravilloso país. No es tu culpa, es la culpa de los idiotas de mi generación, que no supieron ver el mal. Yo sí lo vi. Y eso sí, el mal nunca ha sido Batista. Fui batistiana desde los inicios en los que Batista apareció en el panorama político. Yo, ya lo dije, pero lo repito, era batistiana por antimachadista y antipriísta. Pero,

[6] Fidel Castro toma el poder tras la victoria de la guerra de guerrillas contra la armada regular batistiana. Victoria anunciada desde la Alcaldía de Santiago de Cuba, el 2 de enero de 1959.

[7] Andrés Rivero Agüero (1905-1996). Político y abogado cubano, dirigente del Partido Liberal y cercano a Batista, elegido presidente en 1958, nunca pudo ejercer su cargo debido al triunfo de Fidel Castro. Escapa junto con Batista hacia Santo Domingo.

claro, eso sí, fuimos pocos los que lo vimos, muy pocos fuimos los que advertimos el peligro. Sabes, digo que soy batistiana y sé que esto me puede costar mi puesto de trabajo, que el mero hecho de confesarlo o de que a ti se te suelte la lengua en la escuela o en cualquier parte me puede ocasionar perjuicios irreparables, incluido que me conduzcan a un paredón de fusilamiento. Así que ya sabes, prevenida estás: debes callarte, solamente oírme y de ninguna manera repetir en el colegio ni en ningún otro lugar nada de lo que yo te diga. Ya lo verás, el día de mañana me agradecerás lo que ahora te enseño, cómo que no. Todavía es demasiado temprano, ahora no sabes por qué te hablo como una desequilibrada, pero llegará un día en que te enterarás de por qué lo hago, y te darás cuenta de que no estaba loca, sino de que por el contrario estoy más clara y más cuerda que muchos en este puñetero archipiélago. ¿Te acuerdas hace unos años cuando pasamos frente a la iglesia de San Francisco de Paula y que el pueblo enardecido clamaba «¡Paredón, paredón!»? A ese pueblo ya le habían lavado el cerebro, sí, los comunistas, y hasta los mismos periodistas norteamericanos. Los periodistas americanos que inventaron a Fidel y a su camarilla[8]; pero de esto último no puedes acordarte, no habías ni nacido.

---

[8] Ver artículos del New York Times del 24, 25 y 26 de febrero de 1957. En esas entrevistas Fidel Castro no se presentaba como un comunista, sino como opositor a un régimen dictatorial, lo que sedujo a la opinión y al Gobierno norteamericanos. Además de la puesta en escena orquestada por Castro y su puñado de hombres para hacer creer a los periodistas norteamericanos que constituían un batallón y que ellos combatían en el Frente, cuando en verdad sólo se escondían. Es a esos artículos que aquí se hace referencia. HERBERT MATHEWS.

Pues bien, aquellos monstruos iracundos pedían el fusilamiento para un pobre refugiado que se encontraba dentro de la iglesia, y también exigían idéntico castigo para los curas y las monjas[9]. Numerosos son los inocentes que han acabado sus días en los campos de fusilamiento y de trabajo forzado. Sí, muchos han sido ejecutados por el mero hecho de confesarse religiosos. Así que ya me dirás tú lo que hicieron con los admiradores del «hombre fuerte» de Cuba. Sé que esto que te estoy diciendo es probable que te entre por una oreja y te salga por la otra, pero para mí es muy importante que lo sepas; al menos es imprescindible que aunque sea grabes en tu mente la mitad del mensaje. Sí, aunque sea la mitad de la verdad, porque yo no te digo más que la verdad, la puritita verdad. Tampoco sé si algún día, cuando seas mayorcita, te acordarás de esto que te cuento, no puedo estar segura de que recuerdes lo que te estoy hablando hoy. Aspiro a que así sea, aspiro a que no olvides ni una coma y ni una sola de mis palabras. Este país no será un país libre hasta que no se reconcilie con la verdad. Los cubanos deben aceptar que se equivocaron, que se aliaron con la mentira, que le dieron todo el poder al mayor mentiroso y al más grande asesino que ha tenido la humanidad en los últimos tiempos. Tendrán que reconocer que dejaron de apoyar al «hombre fuerte» de este país porque sí, porque les dio la gana, para irse detrás, en conga y aplaudiendo, de un churrupiero mete guayabas. ¿Cómo pudieron olvidar al hom-

[9] En 1962 Castro expulsó a curas y monjas. Concerniente a la reforma constitucional, en 1992 se reintroduce la libertad religiosa.

bre que se preocupó por el progreso del pueblo? El primero que construyó más de setecientas bibliotecas ambulantes para niños en los poblados lejanos de La Habana desde que tomó el poder, el que construyó Topes de Collantes, y también tres mil y pico de escuelas cívico-militares. Topes de Collantes, un sanatorio para tuberculosos (porque su hermano murió de tuberculosis y eso lo traumatizó y lo comprometió). Que conste que prometió construir un hospital para los que padecieran la enfermedad, y así lo cumplió. El hombre que modernizó La Habana, el que alzó el Hotel Focsa con su gran lujo y elegancia, y todas las grandes obras públicas que conocemos y que tanto disfrutamos, las que heredaron estos desgraciados comuñángaras, esas mismas construcciones que ahora se desmoronan a pedazos. El hombre que permitió que existieran clubes para homosexuales, el que prohibió que se persiguiera a las «locas» habaneras porque ellas —decía— alegraban la ciudad. Lo primero que hicieron, el energúmeno que gobierna hoy junto a su hermano, en cuanto cogieron el poder, fue dedicarse a perseguir homosexuales[10]. Los mandaron bien lejos y los encerraron

[10] Persecución y recogida de homosexuales a partir de 1961. En la llamada «Noche de las Tres P» (proxenetas, prostitutas y pederastas), fueron detenidos y deportados a campos de «reeducación» un número incalculable de personas. Uno de ellos fue el dramaturgo José Triana (1931-2018). En 1967, el escritor homosexual Reinaldo Arenas fue denunciado por los CDR (Comités de Defensa de la Revolución) de su barrio, y se le prohibió publicar. Detenido en 1974, intenta escaparse sin éxito, encarcelado en el Castillo del Morro, junto a violadores y criminales. Fue liberado en 1976. Aprovecha el éxodo de Mariel para huir a Miami y después a Nueva York. Enfermo de sida, se suicida en 1990.

en campos de concentración. Sí, en campos de trabajo forzado, ante la vileza e indiferencia del mundo, que todavía acusa a Batista ¡yo no sé de qué! Mira, cambiando la tángana, yo creo mucho en los hombres que han sufrido desde niños. Es el caso de Batista. No tuvo una vida fácil, era muy pobre, por eso se propuso entregarle al pueblo, una vez que tuvo el poder, todo lo que él no pudo tener de niño, todo lo que sus hermanos no pudieron gozar de niños, y tampoco sus padres. Mucho menos sus padres, que fueron tan humildes. La generosidad que tuvo Batista no la ha tenido ningún presidente ni ningún líder de pacotilla que ha gobernado este desgraciado atolón. No tienes ni idea de las mentiras que se inventaron y que se inventan acerca de Batista y de su familia. Resultan aberrantes las burlas y bolas que hicieron rodar estos imbéciles revoltosos con la intención de dañar su imagen. Que si su primera mujer era una lavandera, de nombre Elisa —esto no era cierto, aunque sí su nombre, de Elisa Godínez[11]—, y para recordárselo unos cómicos hicieron el pujo de repetir «Él iza la bandera, Él-iza-la-ban-dera», y de ese modo parecía que decían «Elisa lavandera». El chistecito les costó lo suyo, fueron obligados a beberse unos cuantos pomitos de aceite de ricino. Ya me dirás tú, qué clase de tortura tan mala esa comparada con otras más actuales. Después se dedicaron a circular el chisme de que Martha, su segunda esposa, padecía una enfermedad debido a la cual crecía de forma desmesurada. Tam-

[11] Elisa Godínez fue la primera esposa de Batista (1926-1945). Juntos tendrán tres hijos: Mirta Caridad, Rubén Fulgencio y Elisa Aleida.

bién otra guayaba convertida en pujito de a tres por quilo. Pero, mija, por eso estamos como estamos, porque este pueblo es un pueblo de chistosos y chistecitos pesados. Un país de pujones, de bofes. Al «hombre fuerte» de Cuba lo traicionaron, no sólo lo traicionaron militares cercanos, además lo traicionó el pueblo malagradecido este. No lo olvides jamás que así mismo fue, tal como te lo explico. ¿No te interesa lo que te estoy diciendo? Debiera inquietarte, para que no te coman a mentiras y a pujos en esa escuela de cretinos a la que tienes que asistir forzada. No hay nada más repelente que hacer lo que a uno no le agrada, sobre todo si se trata de tener que aceptar una enseñanza adoctrinada. Una enseñanza de basura en la que se juega uno el futuro y el futuro de sus hijos. Si yo tuviera que morir por una causa, te lo juro, esa causa se llamaría «como lo soñó Batista», quien era, por cierto, muy martiano. Moriría por su proyecto para Cuba, un formidable proyecto económico y político. Porque a él lo que le interesaba era el progreso, él si que no era de izquierdas ni de derechas, él estaba por la construcción de la sociedad moderna, por la justicia, por la sinceridad, hasta donde pudiera ser sincero, que ningún hombre político lo es. No seamos cursis, ni bobas, que ningún político es ciento por ciento sincero, y mucho menos leal. Aunque Batista sí, fue muy leal, leal a sus sentimientos y a su proyecto político, el de la libertad y la justicia, y en su momento en contra el comunismo. Que tuvo ministros comunistas, sí. Ese fue su fallo: querer unirlos a todos. Hasta que comprendió que aquí no se puede juntar a nadie como no sea para echar un pie. Aquí lo único que une es el bailoteo y el relajito. Por eso prefirió largarse bien lejos. Bueno, no tan lejos, a Santo Domingo, aunque él aspiraba a refugiarse en Estados Unidos y no le dieron la entrada. Resulta, fíjate bien, que se la dieron al terrorista de Fidel Castro en abril de 1959, y al aliado que había sido Batista se la negaron, ¿tú puedes entender semejante barbaridad? Teniendo como tuvo Batista y tiene su familia casa en Daytona Beach[12]. Pero, prosigamos, entonces él quiso ir a Santo Domingo, debido a sus ideales y a su amor por la historia: Máximo Gómez[13] era dominicano, y había luchado por Cuba como un cubano más. Eso no podía olvidarlo Batista, esa fue la razón por la que solicitó al piloto que girara el avión que lo conducía al exilio definitivo para refugiarse simbólica y momentáneamente en Santo Domingo. ¡Claro que nadie ha entendido eso, nunca nadie comprendió semejante gesto patriótico! Yo, qué puedo añadir, me habría largado con Batista en aquel avión lo más lejos posible, pero no pude. No me puso en

---

[12] Ciudad costera del estado de la Florida, Estados Unidos.

[13] Máximo Gómez (1836-1905). Originario de la República Dominicana, llega a Cuba en 1865 como comandante de la Armada Española, pero frente a la injusticia padecida por los esclavos, participa en el Grito y Sublevación de Yara, iniciado el 10 de octubre de 1868 por Carlos Manuel de Céspedes, propietario de tierras que escogió liberar a sus esclavos y tomar las armas contra los invasores españoles. Fue el inicio de la guerra de los Diez Años, que se salda con el fracaso de los insurrectos. Exiliado, Gómez redactará con José Martí el Manifiesto de Montecristi (25 de marzo de 1895), que previsualiza la independencia de Cuba, y firma su retorno a las armas durante la guerra de Independencia (1895-1898). El gobierno norteamericano administra la isla hasta 1902, fecha en la cual Gómez, frustrado de sus aspiraciones independentistas, rechaza tomar la presidencia. Murió humildemente en Cuba.

la lista. Sí, mejor me río. ¿Qué iba a ponerme, si no me conocía? Sí que me hubiera ido desde el primer día, pero tú estabas muy chirriquitica y no te iba a dejar aquí, desamparada; además, tu madre no quería espantar la mula de este infierno porque esperaba que tu padre volviera, que regresara muy pronto, lo que él nunca hizo porque, claro, no podía. Por eso me quedé en este desgraciado país, por ti, para estar cerca de ti, y no abandonarte como lo tuvo que hacer tu padre. Pero volvamos al «hombre fuerte», que hasta buen mozo era. Con esos ojos carmelitas, y ese pelo tan negro, peinado hacia atrás con brillantina. Un pelo lacio de indio, y la tez acaramelada, sin un poro abierto; esa piel de indio, tersa, morena, que cuando coge sol se pone rojiza. Era un hombre de una sonrisa natural y noble, cuando reía sus ojos se achinaban y su nariz se ensanchaba. Esto último no resultaba tan agraciado, pero le daba un aire singular a su personalidad. Porque, por demás está que te diga, que Batista poseía una imponente personalidad. Sabía vestirse de manera impecable, y no como los atorrantes estos que gobiernan este país, que no saben ni amarrarse los cordones de los zapatos —¡qué digo zapatos, botas!—, y que apestan a mamarrachos, con semanas y semanas sin ver el agua ni el jabón de baño. Batista lucía muy varonil, el pelo bien cortado, con aquel traje impecable, y sus discursos encendidos, tan honestos. Sí, además era un hombre franco, espontáneo. Pero ¿cómo demostrarlo, cómo hacerlo saber? Todo en relación a su persona ha sido prohibido y tergiversado en este país, todo. ¿La historia? Completamente deformada y manipulada, sobre todo en relación al «HOM-

BRE», con mayúsculas. Tanto miedo le tienen que no se atreven ni siquiera a mentarlo. ¡Es que le temen a la verdad y a la historia! Ninguno de ellos aceptaría confesarse a sí mismo que se equivocó. Y se equivocaron de plano. ¡Qué manera de equivocarse, caballero! Una vez me crucé con la Primera Dama[14], esa sí que era una primera dama: Martha Fernández de Batista, tremenda señora. Lucía un tipo fascinante, parecía una reina, llevaba unos tocados, una clase de sombreros. ¡Qué majestuosidad la de esa dama! Y la cantidad de obras de caridad que hizo, con el único objetivo de beneficiar a tanto malagradecido. Sí, yo sé que también han regado que las obras caritativas salían del dinero que se llevaba Batista del juego y de los casinos. Y digo yo, bueno, al menos dedicaba ese dinero, el cual le correspondía al Estado o a sus bolsillos, a hacer obras benéficas, y no se lo afanaba, como hicieron otros, y como hacen estos miserables que se han aferrado al poder, que usurpan todo, y no quieren soltar el mando ni muertos. ¡Y no lo soltarán ni muertos, eso te lo digo yo! Pero ya que hablamos de elegancia, qué elegantes los soldados de Batista, sus trajes confeccionados con caqui satinado. Ellos podían mandárselos a hacer no sólo porque los sastres les daban facilidades de pago, sino además porque ganaban treinta pesos mensuales, lo que constituía una fortuna en aquella época. Los uniformes de los soldados costaban menos de cinco pesos, calzaban botas

---

[14] Martha Fernández Miranda. Segunda esposa de Batista, desde 1946 hasta la muerte de este último. Juntos tendrán cinco hijos: Jorge Luis, Carlos Manuel, Roberto Francisco, Fulgencio José y Marta María.

altas de cuero con espuelas plateadas. Se veían muy distinguidos montados en aquellos soberbios caballos. ¡Había hasta caballos! Que ahora sólo hay un «caballo», y ya tú sabes quién es. ¡Quien tú sabes! Mira tú, mejor no sigo por ahí. Pero no, a ver, ¿por qué iría a callarme? Por suerte ahora estamos tú y yo solas, los vecinos del solar andan en el forrajeo, los que no están trabajando, y tu madre a esta hora se encuentra en la cafetería, doblando el lomo, sacrificándose por un miserable sueldo que apenas alcanza ni para comer. Antes, en la época de Batista, con menos de un peso se comía opíparamente; y luego la gente se quejaba. Quisieron vivir mejor, y ahí tienen el castigo. No hay falta que Dios vio que no condenó. Pecamos de idiotas. El pecado fue estimar que éramos el peor país del mundo, que podíamos vivir muchísimo mejor bajo el comunismo, que estos hermanos, Fidel y Raúl Castro, irían a cumplir lo que prometieron. Con lo truculentos que siempre fueron, ¡lo gánsteres que siempre fueron! ¡Con lo marrulleros que son! ¿Qué iban ellos a cumplir? Nada, pero la gente se hizo ilusiones. Y vive de ilusiones, que morirás de desengaños. La burguesía con tal de quitarse al negro del poder —sí, porque hasta cantaban una innoble cancioncita: «¡Fidel, Fidel, acaba de sacar al negro del poder!»— entregaron sus joyas y sus riquezas al Movimiento 26 de julio comandado por Fidel. Mira tú, Fidel les quitó no sólo al negro, además les arrebató hasta el último centavo. Cuando los barbudos triunfaron pusieron en las manos de la burguesía varios hisopos y los forzaron a limpiar los inodoros de sus propias mansiones, las que ya no les pertenecían, pues enseguida los revolucionarios se las repartieron entre ellos y el populacho ñángara. Y bien, aquí ya tienen al blanquito gallego, abogadito y todo cuento, trepado en la tribuna. El mismo que antes de llegar al poder cometió unos cuantos crímenes, y una vez en el mando los sigue cometiendo. Porque inclusive, se cuenta que de adolescente había matado a un muchacho delante de su propia madre, y que de joven fue él quien acabó a balazo limpio con Manolo Castro, otro estudiante al igual que él, y que después en México le descerrajó un tiro en el pescuezo a otro. Dime tú, y fue en ese tipejo en quien confió la burguesía de este país. Sólo porque era blanco, sólo porque era gallego, digo, pichón de gallego, y sólo porque decían que había estudiado en la Facultad de Derecho. ¡Así fue como nos jodieron y se jodieron ellos mismos! Sí, así fue que la cagaron, así se fueron todos embarrados de mierda a bailar con el más feo. Y nos tocó bailar con la más fea, como dice el refrán. Entonces, ya tú ves, aquí estamos, embarcados, en un estado de abulia colectiva y de permanente añoranza por el pasado. Sí, es inevitable, ahora soñamos entristecidos con aquel quimérico pasado. Extrañamos ahora al malo, que en realidad era el bueno. ¡Ay, presidente Batista, digno revolucionario, elegido en democracia, favorito en las urnas libres, «hombre fuerte», y hasta dictador en el mejor sentido de la palabra, cuánto nos faltas! Cuando digo que fue dictador es porque nosotros quisimos que lo fuera, nosotros permitimos que lo convirtieran en esa imagen de caudillo o de tiranuelo caribeño, cuando en realidad nunca lo fue[15],

[15] El régimen de Batista se endurece a partir de 1953, notablemente a partir de 1956 en respuesta a numerosos actos terroristas. Batista enfren-

¿cómo pudo haberlo sido en esos dos años en los que se prepararon elecciones, ocurridas en 1954 y en 1958? ¿Que fueron apañadas? ¡Dale con lo mismo! Te repito que la mayoría de las elecciones latinoamericanas han sido trucadas, y nadie dice ni esta boca es mía, y todo el mundo lo permite. Y en este caso no se pudo probar que estuviesen trucadas. Como si con ellos no fuera. El asunto es que el que dio el golpe de Estado esa vez fue Fidel Castro. El caso es que, por qué no admitirlo, Batista se durmió en los laureles, empeñado como andaba en brindar una imagen democrática de lo que ya era un cadáver putrefacto. El caso es, repito, que Batista se sintió agotado, se cansó de notar alrededor suyo tanta ignominia, tanto invento cruel, tanto chisme y dimes y diretes, y tanto huéleme el nabo, y tanto hueleculo traicionero. Entonces, va, y hasta riegan, que se puso a jugar canasta. Claro, a Batista nadie lo engañaba y él sabía ya que con ese material, que con ese elemento, no iría a ningún lado, porque tanto Cantillo[16] como los Tabernillas ambicionaban el poder, y no me jodan con tanto rollo de la dignidad del ejército ni ocho cuartos. Que lo que ansiaban era el poder, y botarlo a él; a como diera lugar. No se diferenciaban demasiado todos

ta una oposición con múltiples rostros: el Movimiento 26 de Julio apoyado por Acción Revolucionaria de Frank País, más el Directorio Revolucionario Estudiantil de José Antonio Echeverría, más los comandos armados del Partido Comunista cubano.

[16] Eulogio Cantillo (1911-1978). Jefe del Estado Mayor de Batista en el momento de la toma del poder por Fidel Castro. Estuvo a cargo de la Operación Verano, destinada a poner fin a la guerrilla castrista durante el verano de 1958. Lideró a doce mil hombres, y se lanzó al asalto de la Sierra Maestra, pero esta operación fracasó.

ellos de Fidel Castro. Eulogio Cantillo se desvivía por entablar diálogo con el obeso y barbudo guerrillero. Por su parte, Tabernilla Dolz[17] quiso congraciarse con los americanos, y así, chismecito aquí y chismecito allá, les dejó caer que Batista estaba liquidado. Eso sucedió en una reunión con el mismísimo embajador norteamericano. Reunión de la que Tabernilla Dolz sólo informó a Batista cuando este le pidió cuentas, y después de haberse enterado por otra vía. Eso es lo que se comentaba, tú sabes, es lo que se aseveraba. Pero, vamos a ver, qué podemos esperar de un país que puso a barrer calles a uno de sus luchadores más encumbrados, al general negro de la guerra de Independencia, desde 1868 hasta 1888, y la independencia definitiva en 1902, Quintín Banderas[18], y al que después asesinaron en 1906 a machetazo limpio. Dime, anda, ¡qué carajo se puede esperar de semejante pueblo!

---

[17] Francisco Tabernilla Dolz (1888-1972). Jefe del Estado Mayor de Batista. Participó en el cuartelazo, llamado «golpe de Estado», de Batista, en 1952.

[18] General Quintín Banderas (1834-1906). Líder militar durante la guerra de Independencia, y líder durante la Guerrita de Agosto, insurrección contra la presidencia de Tomás Estrada Palma en 1906, cuya elección parecía irregular a los opositores liberales en el poder. Quintín Banderas fue abandonado por casi todos sus hombres y asesinado por las fuerzas al servicio del poder, a tiros y a machetazos.

III

EL ANCIANO DETUVO LA LECTURA Y SE LEVANTÓ para ir al baño a vaciar su vejiga. Sentado hasta ahora frente a él, el visitante continuó absorto en las páginas del cuaderno que Elbio le había confiado.

—¿Puedo interrumpir? —inquirió Elbio a su vuelta de la letrina.

El otro asintió subiendo la vista desde el papel hacia la mirada cansada del octogenario.

—No estoy de acuerdo con ese monólogo. No ocurrió exactamente así como tu nieta lo describe, según la versión que le contó su madre y que a su vez ella oyó de su abuela. Esa parte de la historia de este país no puede resumirse en un relato que yo considero tendencioso. —Elbio vertió agua fresca de una jarra en un vaso y se lo llevó a la boca mientras con la otra mano hacía señas negativas con el dedo índice. Un dedo grueso, arrugado y nudoso.

Arsenio dobló el cuaderno en dos, dejándolo abierto por la página en la que había suspendido la lectura, y se levantó también con la intención de beber agua. Tragó sediento hasta la última gota del segundo vaso que se sirvió. Reflexivo dio paseítos de un lado a otro de la estancia, hasta que volvió a acomodarse en el taburete.

—Te di a leer ese texto escrito por Ada, aunque no forma parte de la tesis de su libro, para que vieras por qué hay que arrebatarle a Batista a los extremistas de toda índole. Tanto a los que lo han atacado y hasta borrado de la historia como a los que se desvivieron y desviven todavía por él y lo halagan y lo guataquean excesivamente. No sé si esos son los menos, pero poco a poco sus voces se empiezan a oír de nuevo. Y si la indiferencia es nociva, la idolatría no es mejor. Eso lo he discutido mil veces con Ada. El único retrato sensato y útil que se puede hacer del Presidente es aquel que no juzgue de forma radical y que no se extravíe en extremismos, que cuente la verdad. Nada más que la verdad.

Elbio replicó:

—Entonces, estás de acuerdo conmigo en que lo que he leído constituye un ejemplo de lo que precisamente divulgaría una imagen desleal de la verdad, acerca del personaje tan controversial que es Batista. En cierto modo debido a la chicharronería que se vende como estilo de pensamiento y que ahí se manifiesta.

—Exacto, pero también es verdad que esa chicharronería o guataquería, como quieras llamarlo, forma parte del sentir de numerosos cubanos, y aunque todavía algunos no se atrevan a expresarlo públicamente ya existen otros que sí lo hacen de manera abierta, artículo aquí o allá, en los blogs, en las redes sociales... Ya te explicaré lo que es eso… —se vio obligado a hacer una pausa ante el rostro interrogante de Elbio—. Ada se propone aclarar ese tipo de posición generalizada del cubano de a pie, más ideológicamente emocional que política. Para lograrlo se apoyará en ese monólogo, con él ilustrará la tesis de que Batista fue convertido durante todos estos años en un adalid oculto, prohibido y añorado. Al mismo tiempo que la ideología castrocomunista se amparaba del sentimentalismo de todo un pueblo para denigrarlo y desaparecerlo. Finalmente, un excesivo extremismo antibatistiano ha ido destapando el absolutismo probatistiano por tantos años silenciado.

Elbio, acomodado en el taburete, tiró de un impulso de su cuerpo el mueble hacia atrás quedando suspendido en las patas traseras del mismo.

—Aquí nadie se acuerda ya de Batista, Arsenio, aquí la gente en lo único que piensa es en cómo resolver el desayuno, el almuerzo y la comida. En solucionar los problemas diarios, que son enormes. A esa gente habrá que empezar por enseñarles quién fue Batista, desde que nació aquí en Banes[19] hasta que murió en Guadalmina[20].

Arsenio agitó el cuaderno:

—Las revoluciones vuelven insensibles a las personas. A ningún cubano de los de ahora les interesa el pasado, ni la historia; pero en un futuro, cuando no estén los Castro, el interés habrá cambiado, y los cubanos se preguntarán por cosas que antes les parecieron insignifican-

---

[19] Pueblo de nacimiento de Batista.

[20] Lugar de su exilio en España (estación balnearia de Marbella donde muere Batista en 1973).

tes. Como por ejemplo, ¿qué fue lo que no vimos y lo que no vivimos por culpa de los que nos taparon los ojos y nos impidieron vivir? —Hizo una pausa—. Sí, estoy de acuerdo contigo, y advierto, por lo que he leído en este cuaderno, hasta donde he llegado, que has dedicado buena parte de tu tiempo a rearmar el rompecabezas desde el principio hasta el fin. ¿Cuáles han sido tus fuentes?

Su interlocutor entrecruzó sus nudosas y ásperas manos encima del estragado vientre:

—Todavía quedan por la región algunos viejos que se acuerdan del niño y del joven que fue Beno, como su madre llamaba a Batista. Claro, se acuerdan y cuentan lo que le contaron a ellos sus padres y sus abuelos. Todas esas versiones me han servido para desenmarañar la maraña que yo tenía en mi cabeza.

—Lo extraordinario de lo que has escrito es que coincide bastante con lo que se ha publicado en el exilio y que apenas se conoce, y que apuesto a que no has debido de haber leído porque dudo que alguien se haya atrevido a introducir esos libros en Cuba. Te corregiré algunos datos erróneos, muy pocos, lo haré casi de memoria, aunque tengo descargados, bajados en la computadora parte de esos libros.

—¿Descargados, bajados? ¿De dónde? No tengo computadora, no entiendo mucho de lo que me hablas. —Sus manos se descruzaron para acariciarse hacia atrás el canoso y enroscado cabello.

—Los libros convertidos en archivos son subidos a la red y se pueden luego descargar en la computadora. Te explicaré todo eso cuando estemos en La Habana y consiga piratear algún wifi abierto, ya sabes que internet es de muy difícil acceso aquí. También guardo varias entrevistas que hizo Ada de personas que estuvieron cercanas a Batista y que viven o vivieron, algunas ya murieron, en Miami. Incluida parte de su familia, de la que vivía en Miami, de la que vive en Nueva York, y en España. Sospecho que tampoco sabrás demasiado acerca de lo que son las redes sociales.

—Olga, que es la que viaja constantemente a La Habana, me ha ido contando algo sobre internet y de todo eso de la gente que habla entre sí a través de la computadora y el teléfono celular, pero te juro que no entiendo demasiado de eso. No es que quiera hacerme el bruto contigo, es que en eso de la tecnología soy un bestia absoluto —estiró su cuerpo y respiró hondo.

La noche había caído con todo su peso sideral, las estrellas rutilaban tan bajas que tal parecía que irían a colarse por las desvencijadas ventanas.

—Se nos ha ido el día leyendo y media noche hablando. Debiéramos acostarnos ya. Además, te ves cansado, yo también lo estoy. —Arsenio reprimió un bostezo.

Elbio se caía de sueño, acostumbrado a encamarse apenas anochecía y a levantarse con las gallinas. Arsenio se acostaba más tarde, aunque a las seis de la mañana ya estaba en pie, pero ahora llevaba impregnado el cansancio del largo y fastidioso viaje.

Las camas estaban ya preparadas, Olga las había dejado listas para el descanso nocturno. Elbio mostró a su amigo el cuartico que servía de baño para que pudiera asearse. Mientras Arsenio se aseaba ayudado con una latica y un cubo lleno de agua bomba, él se dedicó a ojear sus manuscritos. ¿Qué sentido tendría todo aquello? Se lo había preguntado tantas veces. Tras la conversación ahora sí le parecía que tendría alguno. Sus escritos servirían para que la gente entendiera la verdadera historia, para que se enteraran de quién había sido uno de sus más importantes protagonistas.

Arsenio emergió del estrecho baño secándose con una toalla pulcra, aunque bastante usada y gastada. Elbio le quitó el cubo de las manos y lo volvió a llenar en la pila de la cocina. Era su turno para el aseo.

Cuando Elbio terminó de bañarse indicó a Arsenio la dirección de su cuarto, un espacio más amplio que el suyo, justo al lado.

—Buenas noches, hermano, no sé si podrás dormir bien, ese colchón está desbaratado, tiene sesenta años o más, pero te aseguro que es el más cómodo —palmeó la espalda de su invitado.

—Nunca duermo bien, no del todo, achaques de viejos... Gracias, Elbio, veo que me has brindado lo mejor de esta casa. Lo mismo el almuerzo que la cena me parecieron sabrosísimos. No era necesario que te empeñaras tanto.

—Buscar de comer ha sido lo más difícil, pero de eso nos encargamos Olga y yo. Ella por un lado y yo por el otro siempre forrajeando encontramos con qué alimentarnos. Es una lucha diaria, la lucha diaria de los cubanos. —Se quitó la ropa y se quedó en calzoncillos—. Sí, te doy mi cuarto porque mi cama es más confortable que la otra. Hombre, no iba a darte lo peor.

El viajero se agachó y extrajo una *laptop* Mac de su mochila tirada en el suelo:

—¿Habías visto una como esta antes?

—Sí, aunque no como esa, algo parecida; mi hijo me enseñó un aparato similar cuando lo visité.

—Te enseñaré a usarla. —Volvió a guardar el artefacto.

—Veremos, ya veremos. Hasta mañana, Arsenio.

El hombre le dio la espalda y se dirigió al aposento contiguo.

Las sábanas limpias despedían un intenso aroma a sol. Arsenio acomodó su cuerpo en el maltrecho colchón. Antes de dormirse pensó que a la mañana siguiente debía de poner al día su agenda y su diario. Cerró los ojos. Pese al cansancio le costó trabajo conciliar el sueño; en medio del inquietante sosiego nocturno Elbio tosía una y otra vez con una tos seca. Pasado un rato la crisis de tos fue mermando y la reemplazó una gruesa y renqueante respiración.

Ambos soñaron de cuando se conocieron siendo adolescentes. Según la versión de Elbio, intrincados en el monte buscaban los árboles más altos y difíciles de escalar y competían a ver quién de los dos los trepaba de manera más veloz. En su sueño Arsenio se veía reventando arañas con un palo, y Elbio se internaba desnudo en un riachuelo. Hacía un calor de mil demonios.

A la mañana siguiente se narraron los sueños mientras desayunaban acodados a la mesa de la cocina.

—¡Qué maravillosa infancia tuvimos! —exclamó Arsenio.

Reinó un exiguo silencio.

—Aquí en Banes no se ve la mantequilla desde el machadato —comentó Elbio, y Arsenio soltó una carcajada—. Es la razón por la que no puedo ofrecértela. Conseguí el aceite de oliva de milagro, en la bolsa negra, y por suerte me han dejado sembrar ajo. Allá en el patio tengo mis maticas bobas.

Mojaron el pan en el aceite mezclado con el ajo machacado, vertido en un plato amarillento.

Conversaron otro buen rato acerca de sus respectivas vidas hasta que Elbio, un poco ansioso, quiso cambiar el tema:

—¿De verdad piensas que lo que estoy escribiendo vale la pena?

El otro asintió mientras terminaba de masticar un bocado de pan.

—Has recogido testimonios de mucho valor y le has dado con tu escritura la relevancia humana que merecen. No me sorprende, yo sabía que eras de los pocos que podían hacerlo.

Elbio respiró hondo e indicó con la mirada a la ventana de la cocina por donde se colaba una luz entre sepia y anaranjada:

—Hoy hará un día estupendo, no lloverá. ¿Te animas a caminar conmigo por el monte?

—Mis piernas no son las tuyas, compadre, pero claro que te acompañaré. Hace siglos que soñaba con volver a esa manigua.

—No te inquietes por el carro, lo hemos escondido bien entre esos matorrales y nadie lo tocará. —Elbio señaló hacia un montón de altos marabuzales entre los que se atisbaba el viejo automóvil.

IV

Cuando Beno abrió los ojos a su alrededor todo era pura luz, una luz blanquecina, limpia, transparente. Una luz de mediodía aunque no era exactamente mediodía. «La luz del nuevo siglo», musitó Carmela Zaldívar. La criatura había nacido sonriente, nada raro. Los primeros meses, hasta en la barriga de Carmela, su madre, el vejigo sonreía y reía con gorgoteos divertidos que podían apreciarse desde el exterior. «Dicen que no es bueno eso de que los bebés rían en el vientre de las embarazadas», comentó Belisario Batista, el padre, «y peor que nazcan tan dichosos, tan sonrientes, ya tan felices sin haber vivido, ¿o es que estos recién nacidos vienen de una vida anterior, de un tránsito inaudito e inconcebible?».

Belisario Batista tomó a su hijito en brazos. Era un hombre corpulento, trabado, curtido por la tierra y la guerra; había luchado junto al general José Maceo, hermano del generalísimo Antonio Maceo[21], y la rudeza del trabajo en las plantaciones cañeras le había endurecido el carácter, pero no el alma. Su alma era de una ternura inconmensurable e incomparable con la de cualquier otro hombre de su especie, y esa ternura la volcaba toda en su mujer, en la madre de su hijo, y ahora también en su hijo Beno, venido al mundo un 16 de enero de 1901. Belisario era un hombre que conversaba con los espíritus de sus antepasados, y con sus hermanos de lucha caídos en combate, y con las almas en pena que muy temprano, en las madrugadas, solían acompañarlo en el trayecto hacia los campos de caña.

Rubén Fulgencio, Beno, nació un día de mucha claridad, en un mediodía de una incandescencia nacarada que flotaba encima del poblado de Banes. Refulgía una intensa luminosidad que provenía de las aguas dulzonas del río, decían, un fulgor irreal, trashumante. Un brillo telúrico. Contaban que probablemente alguien había perdido un anillo de oro en las aguas del río, y que la prenda arrastrada por la corriente había chocado con las piedras, y el hermoso metal se había arañado, y del rasguño nació aquella irradiación que ya algunos definían como «maravillosa e histórica».

La Luz de Yara, otro de los grandes misterios cubanos, que cuando aparecía lo hacía con una incandescencia entre verde y roja. Eran los rayos que emanaron de las llamaradas que hicieron cenizas el cuerpo del valiente in-

---

[21] Antonio Maceo (1845-1896). Héroe de la lucha por la independencia de Cuba durante la guerra de los Diez Años (1868-1878), y la guerra de Independencia (1895-1898). Muere en combate.

dio Hatuey[22], en la hoguera encendida por los malvados conquistadores españoles, cuyo colorido terminaba aplacándose y tornándose de una cándida blancura. El indio Hatuey, al que se le preguntó si quería ir al cielo mientras se consumía en las llamas, y aguerrido aunque embargado por el dolor de la tortura contestó con otra pregunta: «¿Van al cielo los españoles?». Al oír una respuesta positiva dio entonces otra réplica muy contraria a la esperada: No deseaba ir ni después de muerto a un sitio que por muy paraíso que lo llamaran no era más que otro infierno cundido de españoles.

Carmela recordaba que además de la potente luz, cantaron las cigarras y el cielo se espesó con un alboroto de azulejos y zunzunes revoloteando por debajo de las escasas nubes; también le pareció que las palmas se mecían en sentido contrario al viento, lo que no vio de buen augurio, y con menos agrado. El niño sonreía todavía, con sus ojos de un pardo vivaz y miraba a todos lados, y luego se le achinaban en una sonrisa amplia de encías y lengua; hasta que la partera le dio la nalgada que le sacaría primero el puchero, enseguida el jeremiqueo, y por último el llanto natural de los hijos del municipio de Veguita, en Banes, como todos a los que ella había ayudado a venir al mundo.

---

[22] Hatuey. Indio taíno, originario de La Española, cazado por los españoles durante la colonización de la isla. Hatuey llegó a Cuba en canoa y contó a los taínos cubanos las brutalidades de los españoles. Encabezó un movimiento rebelde que resistió a los españoles desde 1511 hasta su muerte el 2 de febrero de 1512. Se convirtió en un símbolo de la resistencia para los cubanos frente a los invasores españoles.

Belisario besó el rostro de su esposa y luego los pies de su hijo, mientras lo acariciaba murmuró: «Rubén Fulgencio, Rubén Fulgencio, tu madre y yo hemos decidido que así te llamarás... Eres indio, muchachito, indio y mestizo por los cuatro costados».

Sus padres eran católicos y desearon que Rubén Fulgencio fuese bautizado muy temprano en la iglesia Santa Florentina, en Fray Benito, antigua provincia de Oriente. Por esa razón su madre empezó a llamarlo Benito, lo que se convirtió también muy rápidamente en el diminutivo de Beno.

Como mismo nació creció Beno, sonriente iba de la mano de su madre que le mostraba el verdor de las montañas, elevadas a más de siete mil pies. Ambos cuidaban de las diversas variedades de orquídeas cercanas, y de las flores y platiserios que nacían salvajes en sus protuberantes laderas, y a las que ellos podían tener acceso. A veces se dirigían a la Bahía de Nipe, en peregrinación, en donde Beno aprendió a nadar. Allí donde apareció la Virgen de la Caridad del Cobre[23], la patrona de Cuba, a inicios del siglo XVII.

—¡Beno, Beno, no te alejes demasiado! ¡Mira que hoy hay tremendo oleaje! —Su madre acudía a la orilla para esperarlo con la toalla abierta y secar su piel tan pronto saliera de la playa.

A la edad de ocho años Beno ya acompañaba a su padre a los campos de caña, al trabajo rudo, a veces servía

---

[23] En el sincretismo cubano la Virgen de la Caridad del Cobre simboliza la religión católica y es también Oshún, deidad del panteón yoruba afrocubano.

de aguatero, de repartidor de agua entre los macheteros. Labor de gran peligro, porque el niño se exponía a que un cortador entretenido le cortara de un machetazo los tendones de los tobillos al no advertir su presencia con la tinaja de agua entre las manos. El niño entraba en el campo de caña y su cabeza de pelo negro, como el ébano quemado, desaparecía entre la maleza, y él corría de surco en surco calmando la sed de los trabajadores de la zafra.

—¡Agua, agua, agua! —Su vocecita resonaba apresurada los sembrados de una punta a la otra.

Ya para esa época habían nacido sus hermanos Juan, Hermelindo y Francisco. Vivían en el bohío de techo de guano y piso de tierra 'apisoná', construido por Carmela y Belisario. Beno sabía que sus padres habían fabricado el bohío, y para él eso era lo más normal del mundo. Un día él también forjaría su propio bohío.

Pero mucho antes, a la edad de quince meses, Beno asistió con sus padres al advenimiento de otra luz, la del 20 de mayo de 1902[24], la de la independencia de Cuba. El niño celebró tal acontecimiento porque a sus padres no les quedó más remedio que llevarlo a los festejos, no tenían con quién dejarlo. Durante el trayecto, los demás campesinos se ofrecieron para cargar en brazos a Beno y que su madre no se fatigara y tampoco él al caminar con

---

[24] Elección de Tomás Estrada Palma el 31 de diciembre de 1901, toma posesión de plenos poderes el 20 de mayo de 1902. La Constitución adoptada en febrero de 1901 instaura un Gobierno republicano, reconoce los derechos humanos, instaura la separación entre la Iglesia y el Estado. No más de tres mandatos consecutivos del presidente, por una duración de 4 años cada uno.

sus trastabillosos pasos aquella distancia tan asombrosa para una criatura de tan corta edad y de tanto peso.

Carmela contaría después que Beno no lloró, que se portó como un niño mucho mayor de su edad, que observaba atento a todo el mundo, a los paseantes, a los bailadores, a los conversadores, que hasta bailó en brazos de su madre y en los de su padre, y que solo miraba las luces, los fuegos de artificio, las estrellas en el cielo y el colorido en derredor; contemplaba en silencio, contento, como una criatura alegre que apenas comprendía que sus padres eran su único mundo, y él el centro del mundo de ambos.

—Carmela, no tenemos cómo vestir a estos vejigos. Contamos apenas con el dinero para comer y para alumbrar con velas este bajareque. Necesito inventar algo —se quejó Belisario. Él, que jamás se quejaba de nada. Pero los tiempos eran cada vez peores para los campesinos de su estirpe.

Beno oyó a su padre y su corazón se torció de pena, ¿cómo era posible que con todo lo que su padre trabajaba no pudiese sacarlos de aquella miseria? ¿Cómo era posible que ganara tan poco, que luchara mocha en mano contra la crueldad de los cañaverales y de los capataces y su vida continuara en el mismo punto muerto sin advertir ninguna evolución económica?

Entonces advino la huelga de 1909, la primera huelga general en Cuba, la de los estibadores del puerto, con la que se solidarizaron el resto de los trabajadores del país. Beno contaba ocho años y fue quien obligó a entender a su padre la importancia de lo que ocurría. Con los ojos brillantes se declaró él también en huelga, en solidaridad con quienes él consideraba sus compañeros, y hasta su familia. El niño machetero abandonó su mocha y se propuso no retomarla hasta que no reconocieran y pagaran un mejor salario a los obreros. De tal modo Beno hacía su primera revolución, anunciadora de las que llevaría a cabo años más tarde.

Era además un niño muy estudioso, aprendió el abecedario con la cartilla aldeana y se inició en la lectura con los textos escolares. Aunque aplicado, era un chamaco como cualquier otro, empinó papalotes y chiringas, practicó natación en el río, improvisaba décimas a sus primeras enamoradas, se iba a la valla del pueblo a apostar por los gallos, jerezanos o criollos, montó una potranca briosa en corridas de montadores. Un niño común; lo que lo diferenciaba de los demás era su inmenso amor por la lectura.

—Beno no quiere ir a la escuela de Banes, Belisario, y no lo obligaremos... Allí se siente relegado... —reveló la madre a un padre compungido ante una decisión que sospechaba ya estaría tomada. Sabía que tanto su mujer como su hijo poseían un complicado y férreo carácter y no se arrepentirían.

—Beno, no puedes quedarte sin estudios, no lo admitiré... —Sin embargo, Belisario resistió e insistió.

—Entonces, Papá, preferiría ir a la escuela Los Amigos[25], dicen que allí imparten otra forma de enseñanza...

[25] La Sociedad Religiosa de los Amigos, generalmente conocida como los cuáqueros o amigos, es una comunidad religiosa disidente funda-

—... Enseñanza cuáquera. Veremos que tal te va en esa otra escuela —sonrió aliviado Belisario.

¡Por fin una escuela nueva, un ambiente distinto!

Fue admitido por el director del plantel, el señor Ramón Fernández, con quien Beno simpatizó al instante. Don Ramón a su vez le tomó gran cariño y admiraba al chico que pasaba horas preguntándole todo tipo de detalles sobre los métodos de enseñanza y declarándole su pasión por la lectura y que ansiaba leer libros para adultos.

—Quiero leer más, don Ramón, pero el tiempo no me alcanza. Entre los mandados que me ordena hacer mi madre, el corte de la leña, buscar, cargar y repartir agua, aparte de mi trabajo como machetero, no logro el tiempo que necesito. Creo que deberá usted hacer algo...

—¿Qué cosa, Beno? ¿Qué quieres que haga? —el maestro respondía azorado frente a los discursos del pequeño.

—Tendrá usted que anunciarles a mis padres que requiero de más tiempo en la escuela. Así me beneficiaré de una hora diaria de lectura asignada por usted, o sea,

---

da en Inglaterra por George Fox. (1691-1624). Aunque ellos mismos se llamaron «amigos», el pueblo los llamó *«quakers»* o «tembladores» *(quake* significa 'temblor' en inglés). Tal vez en alusión a la instrucción dada por George Fox a sus seguidores de «temblar en el nombre del Señor», y también puede corresponder a la experiencia de quienes eran «movidos» por el Espíritu.[1] *«Quaker»* en español se conoce como «cuáquero». Entre las personalidades cuáqueras admiradas por Batista desde adolescente la principal era Abraham Lincoln. Se extendieron en Estados Unidos por las actividades de William Penn, especialmente en el estado de Pensilvania. No tienen un credo oficial, y los cuáqueros pueden llegar a tener creencias diversas, en diferentes países y a escala nacional. A pesar de eso, son considerados una de las iglesias históricamente pacifistas.

por el colegio. Diré a mis papás que se trata de una obligación, de una tarea ineludible, usted lo confirmará con ellos. —Sí, leyes y vocabulario le sobraban.

Tal como lo planeó, aconteció, y Beno creció como un lector empedernido, anhelando leer siempre todavía más. Su adolescencia fue la de un muchacho apresurado con un libro debajo del brazo, contento de poseer libros manoseados y releídos. Algo que a sus padres, tan pobres y poco instruidos, les costaba entender.

—Mamá, ¿por qué me dices Beno si mi nombre es Rubén Fulgencio? Todo el mundo me llama Beno porque tú me nombraste así, pero ese no es mi nombre real.

—Te puse Beno por Fray Benito, pero también porque Rubén termina en Ben, y yo le agregué la o, y porque Beno recuerda a «bueno», y tú eres un hijo bueno, mi buen muchachito...

El chamaco, sonrojado, abrazó a su madre.

Al rato salió corriendo a comprobar el billete de la lotería. ¡Había ganado dos pesos! Dos pesos, toda una fortuna para sus bolsillos. Contaba diez años y consideró aquel suceso como un milagro. Corrió a la pequeña quincalla de libros y demás objetos e invirtió toda su riqueza en libros que escondió en la casa del director del colegio para evitar los regaños de sus padres, que no habrían asimilado semejante imprudencia.

A la luz de una vela o la de un quinqué leía lo más que podía, desguabinándose las pupilas, achicharrándose las pestañas y olvidándose de los juegos infantiles. Prefería la historia y la geografía a andar correteando o mataperreando con el resto de los adolescentes del pueblo.

—Papá, ¿sabes quién es Abraham Lincoln?

—Lo sé, hijo, claro que lo sé —suspiró el dulce Belisario.

—Es mi héroe —subrayó el joven—, vivió en una cabaña, como nosotros en este bohío. He leído acerca de él, en un libro que me prestó Don Ramón. ¿Por qué no hay biblioteca en este pueblo, Papá, ni en ninguno de los pueblos adyacentes?

—No lo sé, chico, haces cada pregunta... Lo ignoro.

—Un día haré una biblioteca en Banes, para los niños. Lo juro, un día haré esa biblioteca.

Su padre lo contempló como si se hubiera vuelto loco:

—Beno, deja de soñar y apúrate, que llegaremos tarde al corte de caña.

Lejos estaba de imaginar el rústico Belisario que su hijo cumpliría con su palabra décadas más tarde, convirtiéndose en el primero que fundaría una biblioteca infantil en su pueblo, y otras, numerosas en el resto del campo cubano.

V

DURANTE DOS HORAS AVANZARON INTRINCADOS EN la maleza. Elbio andaba muy diestro, parecía trotar entre las irregularidades del trayecto provocadas por los mazacotes de tierra. Arsenio, por el contrario, lo seguía con dificultad desde una desventajosa distancia, sus piernas no respondían con la misma agilidad que las de su amigo. En varias ocasiones tuvo que recostar su antebrazo al tronco de los árboles, el pecho oprimido, la respiración fatigosa, pálido en exceso. Bebió hasta la última gota de agua de la caneca que llevaba colgada al cinturón, sudaba a mares, podía quitarse la camisa de algodón y exprimirla. En cambio, la piel de Elbio brillaba lozana permeada por una imperceptible capa de sudor. Volteó la cabeza y percibió el cansancio de su compañero.

—Busquemos un rincón en donde podamos acomodarnos a la sombra. Conozco un lugar cercano, vamos, anímate, queda poco.

El otro asintió y sin articular palabra se limitó a emprender de nuevo la marcha. Tras unos diez minutos de andanza por fin estarían a punto de hallar el sitio al que Elbio se había referido.

En efecto, de súbito apareció un claro extrañamente muy despejado. En el medio rutilaba un estanque diáfano donde el sol refulgía ardiente, reflejado en su puro centro. Los árboles que lo circundaban brindaban una apacible y refrescante sombra, además corría una mínima aunque agradable brisa donde podrían refugiarse del vapor recóndito y sofocante de la manigua.

Sentados en la yerba, acogidos bajo la enramada de un frondoso caguairán, se mantuvieron en silencio mientras contemplaban la infinita diversidad de verdes del paisaje. Los pájaros ilustraron a la desenfrenada naturaleza con su colorida presencia y sus cantos dispares.

—¿Cómo he podido vivir tanto tiempo alejado? —reflexionó Arsenio en alta voz.

—Pues, mira tú, nada, que has vivido, como mismo en una época vivimos en La Habana, cuando era aquella una gran ciudad. Además, tú has viajado el mundo entero, no te puedes quejar. La pregunta no es esa. La pregunta es: ¿qué carajo estamos haciendo aquí, ahora, juntos tú y yo y otra vez conspirando? —Elbio aparentó no dar demasiada importancia al comentario de su acompañante.

—Sí, no me puedo quejar, he viajado a la India, a Japón, al copón bendito. He visto paisajes maravillosos... Sí, no puedo quejarme... En fin, que como ves estoy oxidado. Apenas me sostengo en pie. ¿Tú crees que Batista hubiera regresado? —preguntó Arsenio al tiempo que contraía sus piernas y se las masajeaba golpeándose las pantorrillas con los nudillos.

—¿Batista, de regreso? No lo creo. Huyó de Banes. Huyó de Cuba. Como antes huyeron tantos otros, sin ánimos de comparar, como mismo escaparon José Martí[26] y Gertrudis Gómez de Avellaneda[27]. En cuanto a la vejez, es cuestión de costumbre, muchacho, yo cada mañana ejercito mis músculos, y así y todo me cuesta. Recuerda la edad que tenemos. ¡Bastante bien estamos!

—Bastante bien, sí, ya lo creo, ¡estamos vivos! ¡Y juntos, aquí, en medio de este monte! Pero te equivocas... Martí regresó.

—Para morir, en un día lluvioso. Traicionado por un vil y cobarde campesino cubano, Carlos Chacón, que lo delató con los españoles. En realidad, más que traición, lo cual supone que haya ido voluntariamente a delatarlo, los españoles atraparon a Chacón y él confesó, cuando no pudo explicar las monedas de oro que llevaba consigo y que le habían dado para comprar varios mandados, entre ellos,

[26] José Martí (1853-1895). Principal figura literaria y política cubana, líder de la guerra de Independencia junto a los Generales Máximo Gómez y Antonio Maceo. Uno de los fundadores del Club Central Revolucionario de Cuba en 1878, presidente del Comité Revolucionario Cubano durante su exilio en Nueva York, creador del Partido Revolucionario Cubano, y autor (junto con Máximo Gómez) en 1895 de un manifiesto llamando a la insurrección a favor del establecimiento de una república libre y democrática. Cae asesinado en su primera batalla, el 19 de mayo de 1895, en Dos Ríos, Cuba.

[27] Getrudis Gómez de Avellaneda y Arteaga (1814-1873). Escritora y poeta cubana nacida en Puerto Príncipe, vivió en Cuba hasta los 22 años, murió exiliada en Madrid a los 59 años.

café y cigarros. Se dice también que hubo un campesino que remató a Martí a machetazos, abuelo del pintor Oliva.

—Tienes razón. Al menos tú y yo estamos vivos.

Sonrieron entristecidos y estrecharon sus manos.

—No me acuerdo muy bien de la casa de Jacinto, es una pena que también haya fallecido. Es que ya era muy viejo. Con él se nos va toda una época. ¿Viven todavía aquí los hijos y los nietos?

—Antes de morir Jacinto compartió conmigo mucha información, porque no sólo recordaba más que yo, además como él era mayor que nosotros, o sea, que como conoció a la gente de por aquí de mucho más p'atrás pues se las sabía todas. Sí, Arsenio, sus hijos y sus nietos todavía ocupan la casa familiar, que también está desmoñingándose a pedazos. Pero ahí están. Ninguno simpatiza con este Gobierno, unos se han mantenido aguantando callados, otros se han unido a los grupos opositores de la zona. Opositores que, por otra parte, no cambiarán nada de lo que aquí hay. Esencialmente no pueden hacerlo porque no poseen armas, contrario a Fidel y a su grupo que sí constituyeron una fuerza armada hasta los dientes. Desde aquel famoso discurso que pronunció el comandante el 8 de enero del 59 donde soltó aquello de «¿Armas pa' qué?», nadie puede resolver armamento en este país. Aunque, te señalo que a estos opositores tampoco les interesa la vía armada, la gran mayoría se declara pacíficos. Al declararse pacíficos se convierten en la oposición que le conviene a los hermanitos Castro, la disidencia ideal.

—Ahí tienes, así y todo siendo tan pacíficos ni siquiera el mundo reconoce su reclamo democrático. Sin embargo, ese mismo mundo tan apaciguador para algunas cosas, que ignora a la mansa disidencia, está conformado por los fanáticos que todavía admiten y aprueban eufóricos la violencia guerrillera y terrorista de los Castro, que hicieron su cabrona revolución metiendo como metieron bombazos en cines y tiendas entre los años 1953 y 1959, lo que endureció al gobierno de Batista. El mundo se ha convertido en una insensatez. No es más que un horror.

—El error, devenido horror, cometido en este país en el año 1959, fue comprado por el mundo como si de un producto de mercado se tratara. En algunos casos lo heredaron gratis. De tal manera el mal castrocomunista se propaló en el planeta. No tengo necesidad de viajar para darme cuenta de lo que ha ocurrido. Con todo lo aislados que estamos aquí algunos todavía sabemos equiparar por dónde van los tiros y definir aproximadamente en lo que se ha transformado la humanidad. Afuera tomaron como ejemplo la ideología castrista y la asumieron a la ligera, como una moda revolucionaria. Aparte, ya conoces de todos los que ellos entrenaron aquí, y que después han ido diseminando por el mundo: Hugo Chávez y Nicolás Maduro en Venezuela, la guerrillera Dilma Rousseff en Brasil, la gente de ETA en España, las FARC en Colombia, Chile, Daniel Ortega en Nicaragua, Perú... Un sinfín primoroso...

—Así es, una moda revolucionaria asumida muy a la ligera. Y el encadilamiento frente a estos bolaechurres ocurre lo mismo con la gente de izquierdas que con la de derechas.

—Claro, el caldo de cultivo es la ignorancia y la mediocridad. A la derecha, lo que le interesa es el negocio. Y en fin, a la izquierda también. El «baro» es lo que cuenta. —Frotó sus dedos haciendo la señal del dinero.

Elbio se irguió, el sol bañó su rostro:

—¿Has descansado lo suficiente como para tirar un buen tramo y llegarnos hasta la casa de Jacinto?

—Ya que estoy monta'o en este carromato lo mejor que puedo hacer es dejarme guiar por ti. —Arsenio se enderezó con denuedo, estiró sus músculos, y se dispuso a secundar a su amigo.

Mientras se movían esta vez por una estrecha guardarraya que se hallaba medio oculta a la derecha del claro, Elbio emprendió el elogio del difunto Jacinto:

—Muy buena persona que era nuestro Jacinto, no sé si te acuerdas bien de él. Un hombre recto, de los que ya no quedan. ¿Tú sabías que también fue maestro? Agradecido siempre, muy agradecido de las escuelas que creó Batista. A él, como te dije, debo mucha de la información, de la que has leído en mis cuadernos, acerca de esas aventuras juveniles del sargento que tan lejos llegó.

—Cuadernos que sigo leyendo. Es oro molido lo que ahí cuentas. —Arsenio recogió un objeto que brillaba entre los arbustos, una piedra dorada proveniente del Santuario del Cobre.

—No sé si es oro molido o pólvora ardiendo, pero en esas páginas está la verdad. Y al que no le guste que se tome un purgante.

La silueta de lo que parecía una casa en ruinas surgió en la distancia. Arsenio se detuvo para tomar una foto con su móvil de aquellos vestigios encajados en medio de frondosos árboles.

—Vaya, vaya, estás como los turistas, que descubren belleza en donde sólo hay pobreza. —Elbio criticó el gesto de su amigo con tono irónico.

Avergonzado, Arsenio guardó el teléfono en el bolsillo de su camisa tipo safari.

Las maderas con las que la casa había sido construida lucían despintadas y carcomidas por el tiempo, las lluvias por un lado y el sol por el otro habían marcado serios estragos, a algunas ventanas les faltaban hojas, pero aun así se notaba que en el pasado había sido una hermosa aunque modesta residencia. La memoria de Arsenio tuvo un flachazo y evocó los buenos tiempos de aquella familiar morada, recién estrenada por sus propietarios, los mismos que la edificaron. Entonces se vio a sí mismo correteando por los alrededores acompañado de Elbio y de otros niños.

En el portal de la vivienda ahora dormitaba un hombre harapiento acostado en el suelo, no bien oyó los pasos de los forasteros despertó. Se restregó los ojos con sus sucios dedos y una vez que los tuvo delante identificó a Elbio:

—¿*Quiay,* viejo? No te había reconocido, perdí los veintiúnicos espejuelos y estoy que no distingo un burro a tres pasos —saludó a su vecino mientras examinaba al para él irreconocible acompañante.

—¿No trabajaste hoy, Enriquito? ¿Estás tú solo? ¿Y los otros? —inquirió Elbio.

El hombre de unos cuarenta y tantos años abrazó cariñosamente al anciano antes de contestar:

—Claro que fui a trabajar, pero me sentí mal y me vi obligado a volver. Ahí estaba tirado a ver si se me pasaba el dolor de vientre que me tenía retorcido, ya me siento un poco mejor. —Estiró el brazo y estrechó la mano de Arsenio sin soltar la otra mano con la que se apretujaba el estómago.

Elbio se apresuró a presentarlos:

—Este es Arsenio Villalta, que también nació aquí, es un gran amigo mío de infancia y de juventud. Lo fue también de Jacinto. Vive desde hace muchos años en el Norte[28].

—Bienvenido, señor. —Enriquito volvió a tenderle la mano. Arsenio palmeó su hombro mientras respondía al afectuoso ademán.

—Creí que aquí todos se llamaban de «compañero», que el «señor» estaba en desuso... He vivido también en Europa, no sólo en Estados Unidos.

—En esta casa siempre se usó lo de «señor» y «señora». Nos costó ser mal señalados... Pero ahora ellos vuelven a querer ser educados, o al menos parecerlo... —murmuró Enriquito mientras estiraba su cuerpo.

—¿Y los demás? —insistió Elbio.

—Los demás, trabajando, aunque creo que hoy Herminio y Melanio regresarán más temprano. Es que no se puede curralar en esa tierra tan vencida por los aguaceros, es puro fanguizal, y para colmo descalzos. Algunas de las mujeres salieron a forrajear, a ver si de paso pueden comprar unas buenas botas en el mercado negro. Es que somos familia numerosa, y no hay zapatos... No hay na de na. Y las otras... Las otras se fueron por unos días al

[28] «El Norte» se le llama en Cuba a Estados Unidos.

santuario de la Virgen del Cobre, a protestar junto a las Damas de Blanco[29].

—¿Con las Damas de Blanco, en contra del Gobierno? Me alegra oírlo, algo hay que hacer en contra de esta majomía de régimen. Pero me apena que los hombres no las acompañen.

—¿Y quién se pondría a trabajar la basura de tierra que nos quitaron y que recién nos han devuelto? Abandonaron toda esa tierra por décadas. ¿Tú sabes cómo hay que arrancar marabú? ¡Y con la tierra enchumbada! ¡Mientras más marabú arrancas más marabú aparece!

—Lo sé. El marabú crece para abajo también. Aunque hoy está haciendo sol, ya el fango casi se habrá secado —reprobó el viejo.

—¿Seca? ¿Seca la tierra desgraciá esta? Usted sabe mejor que nadie que a esta hora los surcos estarán secos en la superficie, pero en cuanto le metes el pie te hundes hasta la rodilla, por dentro siguen empapados y lodosos.

—No te quejes tanto, chico. Algo se salvará de todo ese desastre —bromeó Elbio—. ¿Nos convidas a un café?

Por la puerta abierta de par en par se podía divisar la casa hasta el fondo, donde reverberaba la exuberancia

---

[29] Las Damas de Blanco son un grupo pacifista de madres y esposas de disidentes cubanos que manifiestan en las calles vestidas de blanco, en algunos barrios habaneros y en otras ciudades del país. Laureadas con el Premio Sajarov en el 2005, no fueron autorizadas a salir del país para recibir el premio hasta el 2013. El grupo se formó como consecuencia de la Primavera Negra de Cuba en el 2003, tras el arresto de 75 disidentes, entre los que se encontraban 29 periodistas y 17 bibliotecarios independientes, y otros opositores.

de un bien cuidado patio. El hombre hizo un gesto invitándolos a que pasaran antes que él, al otrora distinguido salón.

Sentados en unos desvencijados sillones esperaron en silencio a que Enriquito colara el café. El aroma invadió la sala cuando el hombre se acercó con sendas jícaras humeantes colocadas encima de una antigua bandeja:

—¿Y tú no tomarás café? —preguntó Elbio.

—Estoy indispuesto, mejor no tiento al diablo —Enriquito acercó una comadrita y una vez acomodado en ella empezó a balancearse en un suave y crujiente vaivén.

No habían terminado de beber el café cuando aparecieron Herminio y Melanio, padre e hijo. Limpiaron de costrosa tierra sus pies descalzos en el rellano de la puerta. Se hicieron las presentaciones. Arsenio reparó en el enorme parecido del hombre más joven con aquel Jacinto que él había conocido: un muchachón muy apuesto.

—Te pareces cantidad a tu abuelo cuando tenía tu edad —comentó a modo de elogio.

—Es verdad, Melanio es el más parecido a Jacinto, incluso en el carácter y hasta en la forma de caminar —intervino Herminio—. ¿Y qué los trae por acá?

—Bien, es complejo de explicar. Arsenio ha venido desde Miami, donde reside, con la intención de visitar a sus familiares en La Habana, y de paso llegarse hasta aquí, la tierra en donde nació y creció... —Elbio hizo una pausa y dirigió una mirada cómplice a su compañero.

—Sí, así es, aunque también he viajado buscando información sobre la historia de Cuba, y sobre Batista... —otra pausa.

—¡Candela al jarro hasta que suelte el fondo! —por fin exclamó Melanio—. ¡Cuántas veces el abuelo Jacinto nos habló del personaje! Recuerdo sus cuchicheos temerosos, vaya, ¡como si hablara del monstruo de las cavernas!

—Sí, eso le decía yo a Arsenio, a mí también me contó muchas anécdotas, las que me valieron para escribir lo que he escrito. En cambio conmigo lo hacía muy normal. Nos juntábamos en mi casa, o cuando yo venía aquí y él se encontraba solo —Elbio escudriñó el rostro de Herminio.

—Sí. Mi padre habló poco de ese tema conmigo, y cuando lo hacía, con otros pero en mi presencia, pues murmuraba sus alusiones, porque sabía que yo nunca fui un admirador del Hombre, con mayúscula, como lo nombraba él. Más bien todo lo contrario. Soy de los que piensa que si hoy tenemos a estos degenerados en el poder es como consecuencia de sus fallos.

—Herminio, vas desencaminado, ya te lo señalé en el pasado. No tiene nada que ver una cosa con la otra. No te niego que Batista se equivocara en su anhelo de pertenecer a una clase que jamás quiso aceptarlo, todos los que han gobernado este país se equivocaron por una u otra razón. A Batista lo sacaron los americanos, y los suyos.

—Claro que tiene que ver, Elbio. No olvido tus puntos de vista y cada vez que tocamos el tema yo te respondo siempre lo mismo. ¿Quién rompió la democracia en este país dando un golpe de Estado? ... Fulgencio Batista y Zaldívar.

—Batista no dio un golpe de Estado, fue un cuartelazo, empecemos por ahí, y continuemos por que la gran mayoría de este pueblo apoyó ese cuartelazo. Finalmente hubo elecciones, sí, de que las hubo las hubo. Relativo a Fidel, ese ya es otro fenómeno. Un fenómeno producido, eso sí, por el gran descuido de Batista, no te lo niego. Ahí te doy la razón en todo; y debido también a la ceguera e ignorancia de una parte de este pueblo. Pero sobre todo, Fidel es el gran inventico de la prensa norteamericana. A eso súmale, y no lo olvides, que Batista fue muy considerado con Fidel y compañía. Los liberó cuando debió de haberlos fusilado sin que quedaran ni sus sombras. Muerto el perro no hubiera habido rabia.

Arsenio miró extrañado a Elbio.

—Bastante benévolo fue Batista al liberarlo después de tenerlo solamente un año en prisión, una prisión que a juzgar por las cartas que le escribió el mismo Fidel a Celia Sánchez[30] más bien parecía un hotel de lujo, ¡hasta langosta comía! —replicó Melanio.

—¡Mira, Melanio, cállate, que tú de esto sabes muy poco! —Herminio estalló en una repentina ira—. Tú sabes muy bien, Elbio, que el asalto al cuartel Moncada del año 53 tiene su origen en el golpe de Estado del 52.

—¡Y dale con lo mismo, con la versión lanzada desde el periódico Juventud Rebelde que apoyan Carlos Al-

---

[30] Celia Sánchez Manduley (1920-1980). Dedicada a la política y muy cercana a Fidel Castro, se decía que era su amante, nacida en una familia acomodada. Participó en la insurrección del 26 de julio de 1953 y codirigió el desembarco del yate Granma durante el segundo intento de insurrección de Castro en 1956, que se saldó con la huida o fuga hacia la Sierra Maestra y el inicio de la guerrilla. Celia Sánchez Manduley subió a la Sierra Maestra como guerrillera. Castro consultaba todo con ella.

berto Montaner y Matos! ¡Según me cuentan eso sigue diciendo Huber Matos[31] allá en Miami! ¡Y se equivoca de medio a medio, o se hace el burro con tontera! ¡Antes de aquel asalto fallido, en el que lo único que se demostró fue la cobardía de Fidel, hubo otros asaltos! ¿O qué fueron los asaltos diarios y los fusilamientos verbales contra la familia de Batista y contra el presidente mismo? —Elbio montó en cólera.

—¡No te olvides que Huber Matos pasó más de veinte años en prisión, condenado por Fidel, siendo como había sido uno de ellos! ¡No me irás a decir que es un mentiroso y un traidor! —replicó Herminio.

—¡¿A mí me vas a enseñar?! ¡¿A mí?! ¡Por eso te digo, por eso te repito! ¡Fidel ha sido peor que Batista! —El vozarrón de Elbio estremeció los cimientos de la derruida casa.

—Por favor, hablen bajito, no se alteren, no hay que ponerse así. Sólo estamos conversando como buenos amigos —intervino Arsenio.

—¿Amigos batistianos? Yo no tengo amigos batistianos. Y no quiero que ningún hijo mío tenga nada que ver con el batistato. Como tampoco ninguno me salió chivato castrista —zanjó Herminio.

[31] Huber Matos (1918-2014). Figura de la revolución cubana junto con Fidel Castro, comandante durante la toma del poder en 1959, había sido maestro rural. Castro lo condenó a veinte años de cárcel en 1959, los cuales cumplió hasta el final de la condena, por haber criticado frente a frente y en privado a Castro debido a la orientación demasiado comunista que tomaba el régimen cubano, y por ser defendido por Camilo Cienfuegos. Purgó su pena y se exilió en Miami, donde falleció.

—¡Tú sabes que no soy batistiano! ¡Y mucho menos chivatón de esta porquería! —Elbio saltó con la cara enrojecida.

Melanio intercedió, intentando suavizar la situación:

—Papá, ¿cómo voy a ser batistiano, si nací cuando ya eso ni se mentaba? Pero tengo derecho a saber, a conocer lo que pasó en este país, y sin la venda en los ojos. Uno aquí no puede acudir a los libros, porque no existen libros de historia que se atrevan a comentar de Batista.

—¡Melanio tiene razón, esos arrebatos tuyos están fuera de lugar! ¡Y la verdad es la verdad! A ver, según tú ¿quién ha sido peor, Batista o los Castro? —Elbio consiguió incomodar a Herminio.

—Mira, Elbio, aguántate ahí, tú sabes cómo yo pienso y debes respetarme. Los Castro nos traicionaron, esa familia ha sido lo peor que le ha pasado a este país. Pero eso de venir ahora a beatificar a Batista no lo puedo aceptar, ¡de ninguna manera!

Elbio tragó en seco, cerró los ojos unos segundos, respiró hondo:

—Nadie quiere santificar a nadie. Sólo hemos decidido poner las cosas en su justo sitio. Contemplar y tomar en cuenta las verdades, y no continuar con las mentiras que le inculcaron a generaciones de generaciones —Elbio señaló a Melanio.

—Quizás les interese saber cómo vivo yo en el exilio —irrumpió Arsenio.

—No, Arsenio, ya no eres un exiliado, tú lo sabes. Has regresado bajo el mismo régimen que te dio la patada por el culo, has vuelto a aceptar sus humillantes condiciones.

—De eso hablaremos más tarde, Elbio, de eso ya hablaremos... —su mirada se ensombreció.

Consiguió desviar la conversación hacia el modo de vida que llevaba fuera de la isla, desde hacía tantos años. Insistió en que nada había sido fácil, y Melanio curioso le siguió la rima. ¿Había encontrado él a figuras como Huber Matos? Sí, se había entrevistado en varias oportunidades con Huber Matos, y también con la familia de Batista, sobre todo con Rubén Fulgencio[32] y con Roberto[33]. De ahí pasó a nombrar a otros personajes a los que también había conocido, menos controversiales, del mundo artístico, como a Celia Cruz[34] y a Olga Guillot[35]. Al punto se pusieron a recordar melodías de aquellas maravillosas voces de la cancionística cubana, revivieron toda una época esplendorosa de la radio y de la televisión, y lamentaron aquellos tantos artistas que debieron partir sin posibilidades de regreso, la mayoría ahora muertos.

—Cuba los perdió, pero el mundo los ganó, y ellos se ganaron el mundo con su arte. Benditos sean —sentenció Elbio.

---

[32] Rubén Fulgencio Batista (1933-2007). Hijo de Batista y Elisa Godínez.

[33] Roberto Francisco Batista (1947). Hijo de Batista y de Martha Fernández, su segunda esposa.

[34] Celia Cruz (1925-2003). Célebre cantante y artista llamada La Guarachera de Cuba, exiliada en Estados Unidos después de la revolución castrista a la que nunca Fidel Castro permitió regresar a Cuba.

[35] Olga Guillot (1922-2010). Célebre cantante llamada La Reina del Bolero, aparece en las novelas de Guillermo Cabrera Infante. Fue censurada en Cuba por criticar el régimen de Fidel Castro. Se fue al exilio, donde murió.

El tiempo transcurrió y sin que se dieran cuenta ya había empezado a caer la tarde. Unas voces de mujeres anunciaron el retorno de tres de las anfitrionas de la casa. Mercedes, Petra y Rosa volvían contentas con lo que habían podido forrajear en su larga y fatigosa caminata de pueblo en pueblo.

Entraron sonrientes, saludaron con frases cálidas. Casi felices mostraron de inmediato lo que habían podido cambiar por los sacos de papas, malanga y plátanos con los que habían salido de la casa, cargados a sus espaldas: Unas botas nuevas para Melanio, unos tenis de muy poco uso para Herminio, pasta dental, detergente para lavar la ropa, jabones, y otros productos caseros que no se conseguían por los alrededores de Veguita. Cuando terminaron de enseñar los tesoros adquiridos se hizo un silencio. Petra dejó de sonreír:

—Todo esto está muy bien, pero... Las noticias que traemos de las mujeres que fueron a protestar al Cobre no son muy halagüeñas. Al parecer ha habido mucho golpe por parte de la policía y más de la mitad de ellas han sido detenidas.

Elbio cerró los puños:

—Ven ustedes, lo digo y lo repito, esas mujeres no debieran ir solas a esas marchas.

Herminio añadió cabizbajo:

—Solos estamos todos, Elbio. Este país nunca ha estado más solo. Estos hijos de puta son unos abusadores, unos asesinos. El mundo entero es cómplice de tanto abuso.

—Y después dicen que si en la época de Batista, pasó esto o lo otro. Bah... El mundo de hoy es una basura repugnante si lo comparamos —musitó Arsenio.

VI

AQUELLA MAÑANA JACINTO ESTUVO MÁS HABLADOR que de costumbre. Se puso a manotear y a parlotear desenfrenadamente. Dijo que prefería visitarme él a mí antes de que yo me apareciera por su casa. Para poder conversar libremente, subrayó, sin testigos que lo acusaran de esto o de lo otro.

Lo que aquí transcribo en este cuaderno son sus palabras, interpretadas por mí lo más fielmente posible:

«Nos queda poco tiempo, Elbio, y tenemos que aprovecharlo aclarando muchas dudas y desmintiendo a esta gente. Mira, tú sabes que Batista siempre estuvo muy claro en eso de la utilidad del tiempo, sí, desde muy jovencito le daba vueltas y más vueltas al asunto del tiempo. Y no es por guataquearle, pero siempre iba a todo meter, a la carrera, resolviendo esto y lo otro.

¡Ah, maldito tiempo, que no le alcanzaba! Vete tú a saber, pero él sí sabía lo que significaba derrochar el tiempo o malgastar oportunidades, porque había leído en los periódicos y hasta en gruesos libros sobre gente que se dedicaba a perder el tiempo y a reírse de las circunstancias, y de otros que hacían dinero con el tiempo perdido de los demás. Él no, él quería hacer cosas respetando el tiempo de los otros.

Tan joven, tan inmaduro que podía parecer debido a su corta edad, y ya andaba ocupándose de semejantes ideas y de otros temas igual de abrumadores. Para mí lo eran. Una tarde me preguntó si yo conocía lo que era la memoria, y no supe qué responderle. Me contestó que él tenía una vaga idea, pero que tampoco sabía a ciencia cierta de qué se trataba el embrollo ese de la memoria. Que por el contrario sí comprendía que lo peor era el olvido. ¡Y que se pondría a investigar sobre el tiempo, la memoria y el olvido! ¡Fíjate tú!

Él era muy frugal, necesitaba poco para vivir, sólo pedía aire y luz para estudiar, carboncillo y papel para escribir y serenidad para retener lo escrito. Me contaba que se le nublaba la vista con tanta lectura, y que se le secaba la boca de tantas oraciones, que no eran rezos, sino estrofas leídas y repetidas.

Eso sí, Beno cambió mucho cuando su madre murió en 1915, yo diría que maduró como un relámpago. Coincidió con que cumplió los catorce años. Una extraña rabia interior se apoderó de él, no podía admitir la muerte de quien más quería en este mundo. El apego a su madre era más fuerte que cualquier propósito o aspiración. Si algo ansiaba llegar a ser en la vida poseía un solo sentido: que su madre pudiera verlo y disfrutarlo, y ya eso no iba a ser posible.

Anduvo un tiempo hablándome de doña Carmela Zaldívar, de pronto perdía el hilo, y de su boca salía una retahíla de palabras incoherentes: "Madre hay una sola, madre buena e inteligente, madre sabia, madre 'acuérdate de no irte lejos, Beno'. Madre no me dejes, madre. 'Estate quieto, Beno'. Madre, por favor, dónde estás. Madre, no enfermes, te lo suplico. Madre, qué me haré sin ti".

Ya te digo, Elbio, cuando murió la madre, Beno hizo cosas muy drásticas, una de ellas y la más comentada fue que decidió marcharse del hogar. La tristeza lo embargaba, no podía soportar que la presencia de su madre se redujera a una especie de estela fantasmal, a una sombra que revoloteaba entre el piso de arcilla y las pencas de guano del techo. Ella siempre tan presente, tan ocupada en todo lo que tuviera que ver con el quehacer cotidiano y la atención de sus hijos, su ausencia lo sumía en un profundo abatimiento más hondo que el pozo del patio.

Además, cuando aquello ocurrió, ya él estaba harto del esfuerzo perenne en los cañaverales sin que el incentivo fortaleciera su espíritu, más bien lo ninguneaba. Sí, anhelaba marcharse bien lejos, viajar, conocer el país de una punta a la otra. Ambicionaba aprender de esos viajes, y de ahí extraviarse también por el mundo, ¿por qué no? Aunque seguía con la pituíta de leer y estudiar, cómo que no, ese anhelo no lo abandonaba, pero ya entonces le picaba la impetuosa curiosidad de partir lejos de la campiña y del ruralismo.

De ahí surgió la idea de fugarse de la casa. No sólo no previno al padre, se largó con los bolsillos vacíos. Amarró los pocos bienes que poseía en un rústico y usado morral y se marchó. No tenía idea de la dirección que tomarían sus pasos, ni de qué forma llegaría a un rumbo cierto.

Caminó alrededor de sesenta kilómetros, sin cansarse. Su cuerpo necesitaba caminar, urgía a sus piernas extenuarse, su mente se sintió imbuida por el esfuerzo acometido y lo inundó un vigor fuera de lo común. Anda que te anda, a pie, por carretera o siguiendo el curso de las líneas férreas logró llegar a Holguín.

Años después de aquella fuga me contó que durante todo el tiempo que caminó iba pensando en su madre, en la vida austera que tanto ella como la familia habían llevado, y en lo que podría esperarle a él en aquel momento tan solitario y crucial.

Su proyecto consistía en solicitar trabajo a un tío suyo, allí mismo en Holguín. Eso hizo, y por supuesto que lo consiguió. Pero tampoco en Holguín halló lo que buscaba, poco a poco se dio cuenta que no lo tratarían con la justicia que merecía un trabajador de su especie.

No podía abatirse, se dijo, debía continuar a cualquier precio. La escaldadura y el abatimiento aguijoneaban su carne y los huesos. "No puedes derrumbarte ahora", se repetía. Llegó un momento en que no sintió sus piernas ni sus brazos, ni la piel, ni el frío, ni el calor intenso. Ni el miedo a no sentir nada. Debía sosegarse, eso sí, aquietar el tumulto de ideas y ansiedades, centrarse en una sola propuesta: "Tienes que hallarte a ti mismo, ocuparte de ti y averiguar lo que de verdad quieres hacer contigo. Viajar, viajar, caminar, hacer de tu dolor sólo pasos. ¿Sólo eso?".

Debía aprender a entenderse a sí mismo, a controlar sus impulsos, a confrontarse consigo mismo para enfrentar a los que por la edad y las posiciones de poder imponían sus decisiones.

Con su tío, sin embargo, se llevaba de maravilla:

—Beno, por favor, ¿puedes traerme la jarra que contiene la champola?... Esa no, esa es la del Prú Oriental. La de la champola está en la cocina, es la azul... —pidió su tío en una ocasión.

—Tío, lo siento, pero no me llames nunca más Beno. No puedo oír nunca más el nombre con el que me llamaba mi madre. A partir de ahora nadie me llamará Beno. Ella era la que lo hacía y ella ya no está. Me llamo Rubén Fulgencio, o Fulgencio a secas.

Elbio, nunca más nadie lo llamó Beno. A mí tampoco me dejó que lo llamara Beno, aunque a veces se me escapaba. Al recobrar el nombre de Fulgencio adoptó otra postura, como si deseara martirizarse, trocó su personalidad de adolescente por la de un apresurado joven irrumpiendo abruptamente en la madurez. Aparentaba, como si no quisiera ser más aquel niño, no, renegaba de ser el hijo de una madre muerta. "¡Mamá, mamita, madrecita!", lloraba conmigo. "Debes entender que no te responderá, Fulgencio", le calmaba yo. "Mira, eso es la muerte, desmemoria", le recordé, "sólo eso, desmemoria".

Al menos de su tío sí se despidió en su segunda partida:

—Me iré esta noche. Buscaré trabajo en San Germán —avisó cabizbajo.

—Beno, perdón, Fulgencio… ¿Estás seguro de que eso es lo que quieres hacer, extraviarte otra vez por esos caminos? —objetó con serenidad el tío.

—Sí, eso haré —pronunció a media voz, aunque con tono firme—. Ahorraré dinero para darle la vuelta al mundo. Conociendo al mundo al fin podré conocerme a mí mismo. Después regresaré a casa, junto a papá y a mis hermanos.

No, Elbio, no. No pudo darle la vuelta al mundo. No ahorró el dinero porque no lo ganó. Regresó a Banes.

Aquí lo esperaba su angustiado padre, muy preocupado por la salud y la estabilidad emocional de su hijo mayor.

Belisario se alegró de verlo crecido, aunque más delgado.

—Papá, ahora sí sé lo que quiero. Quiero tener algo grande que hacer en la vida. Necesito alcanzar objetivos, luchar por una meta. En San Germán trabajé de aguatero, y estuve a punto de poner mi negocio de sembrador de caña, pero me dije que antes debía venir a verte, y consultarte. Debo explicarte… Quizás tú me entiendas. Todavía no he encontrado ese propósito imprescindible para mí, tal vez viajando se me aclaren las entendederas. Además, ya lo experimenté, viajar me hace mucho bien. Aquí en Banes no hay porvenir para mí, no voy a dedicar toda mi vida a desmochar caña.

Belisario era un buenazo. Le tomó el rostro sosteniéndole el mentón, él era ahora el padre y la madre. Iba a aconsejar a su hijo y tuvo como una aparición de Carmela Zaldívar.

—No sé qué diría tu madre de esto, pero no puedo oponerme a tus deseos. Si eso es lo que anhelas, pues, bien, mi hijo, vete… —suspiró—. Si estás tan seguro de que esos son tus planes, pues puedes marcharte. En caso de que no te salgan bien las cosas, ya sabes que aquí tienes tu casa. Cuenta con mis bendiciones y mi admiración. Eres valiente, no tienes que probárselo a nadie. Haz lo que te guíe y aconseje el corazón, muchacho.

Jamás regresó Fulgencio al bohío donde nació. El abrazo a su padre y a sus hermanos sellaba aquella primera etapa de su vida. Había que empezar de cero. Creía entonces saber un poco más de sí mismo: iría adelante, siempre adelante, esta era su meta. Toda forma ideada se asemejaba al futuro. Lo imposible pronto devendría posible, citó a su manera a José Martí y su "Lo imposible es posible. Los locos somos cuerdos"[36].

Agarró sus matules, y allá va eso.

En el pequeño pueblo de Dumois, al norte de Banes, sin conocer a nadie y con muy poco dinero para alquilar un hotel, decidió instalarse. Al igual que tantas otras personas dormía en un banco de madera de la esta-

[36] Tomo 20. Epistolario. Cartas a Miguel F. Viondi. N. Y., 24 de abril, 1880. Tercer párrafo, pág.: 285. «Me ve frecuentemente Gustavo Varona; por Vd. le envió a Javier buenas memorias, y aunque Vd. se me resista a dárselas, le envío también buenas nuevas. Estoy en esto, contento. Es admirable el poder de la voluntad tenaz y honrada. Vd. sabe que, por imaginativo y exaltable que yo sea, he sufrido y pensado bastante para que en mi corazón quepa gozo que mi razón no crea completamente justo. Lo imposible es posible. Los locos, somos cuerdos. Aunque yo, amigo mío, no cobijaré mi casa con las ramas del árbol que siembro». *Obras Completas.* José Martí. La Habana. Editora Nacional de Cuba, 1963-1965.

ción ferroviaria, desde ahí contemplaba fascinado pasar los trenes. Al amanecer se dirigía a conversar con los trabajadores, empezó a respetarlos y a admirarlos como a los primeros maestros que tuvo. Entabló amistad con ellos y se puso a reparar las maquinarias y locomotoras para poder subirse a ellas y ganarse algo de jornal.

Soñaba que manejaba uno de esos armatostes, que aquello funcionara dependía de él, y que conducía aquellas maquinarias cargadas de fantasías hacia un destino pleno de prodigiosas experiencias.

Afiebrado contaba que se veía manejando una locomotora en dirección a Camagüey, o a La Habana, e inclusive hasta el fin del mundo. "A todos los lugares en los que dice que se imagina", regó por el pueblo un conocido.

Elbio, ¿leíste el libro de Edmund A. Chester, *Un sargento llamado Batista?* Creo que debieras leerlo, yo lo tengo en casa, bien guardado en un escondite. Este señor escribió una verdad muy grande, sé que es verdad porque el mismo Batista me la contó. Fulgencio aprendió con los ferroviarios a administrar el tiempo. El mejor y la mayor parte de su tiempo lo pasaba Fulgencio junto a los ferroviarios, fueron sus mejores maestros. Y ellos también lo apreciaban mucho, inventaban anécdotas y chistes para mantenerlo entretenido y cercano. Con ellos se le ocurrió la idea de convertirse en viajante profesional, esos hombres lo inspiraron en su rumbo posterior.

—¿Vamos hoy de nuevo a La Bodega a almorzar? —preguntó el joven.

—Espéranos allí, Fulgencio. En cuanto terminemos nos encontraremos allá contigo.

La Bodega había sido como una especie de quimera con la que había soñado largo tiempo, un lugar para poder compartir con sus amigos, y por fin ahí existía. Era su sitio preferido, allí almorzaba opíparamente. Aunque él no bebía, los otros sí lo hacían. Jugaban al dominó y al cubilete. Compraban los alimentos frescos, se conseguían cigarrillos, tabacos, medicamentos, de todo a muy buenos precios. ¡De todo como en botica! Conversaban de política y comentaban los chismes o bolas que rodaban por el pueblo a una velocidad incalculable.

En La Bodega los ferroviarios le mencionaron por primera vez el poblado de Antilla, próximo al mar, y le pintaron el puerto azucarero como una de las maravillas del mundo. Ninguna aventura puede ser mejor vivida que la que se ha oído antes con ambición y amor.

—La ciudad está al norte de la Bahía de Nipe. Es pequeñita, una preciosura —así la describió uno de sus nuevos amigos.

—Me estoy embullando a viajar a Antilla, sí, a lo como sea —con estas sencillas palabras sorprendió el muchacho a quienes lo rodeaban—, puede que mi vida esté en Antilla, cerca del mar.

Y, óyeme, Elbio, tal como lo dijo lo cumplió. Se montó en el primer tren de carga que allí se detuvo. Desde la cola del tren iba contemplando los paisajes, emocionado y feliz. Imaginaba Antilla, podía atisbarla y verse a sí mismo de empleado en los ferrocarriles. Avanzaría en la vida, ayudaría a su padre, ganaría dinero para alimentarse y vestirse bien, enviaría dinero y todo lo que hiciera falta a sus hermanos. "Palabra de honor", se repetía a sí mismo.

Pero nada es como uno lo imagina con ansiedad, para bien o para mal. A su llegada a Antilla fue recibido por una imponente algarabía. Apenas podía entender lo que sucedía. Intentó averiguar, al rato le informaron que los ferroviarios se habían declarado en huelga.

—Muchacho, ¿necesitas trabajo? —un tipo se le acercó ofreciéndole villas y castillas—. Te ofrezco uno, con buen sueldo, albergue y comida. Dime algo, tú, es tu día de suerte. Tengo para ti una plaza de ferroviario.

—No, gracias, yo no soy un rompehuelga —saludó cortésmente al hombre y desconsolado se alejó del barullo.

Fulgencio no se rendía fácil, enseguida se dio a la tarea de reflexionar y organizar planes secundarios.

Pensó en Carmela Zaldívar, en lo que la mujer le habría aconsejado en este caso. Observó en el horizonte la franja de mar, ¿por qué no tomar un barco y hacerse marinero? ¿Le hubiera agradado aquello a su madre? No, no lo creía. A ella le habría disgustado que se alejara de su padre y de sus hermanos. No, no, todavía era muy pronto para semejante hazaña.

Entonces decidió agarrar por otro rumbo, o mejor dicho, empezó de nuevo en algo en lo que podía considerarse casi un experimentado. Retornó a la vereda, caminó hasta Alto Cedro. Otra vez la guardarraya, el sol penetrante o la oscuridad cerrada de la noche. Llegó extenuado a un sitio que no le era del todo desconocido, sin amilanarse se dirigió a unos campesinos que por allí andaban disfrutando de su pausa de reposo, y pidió ayuda. Se hallaba en medio de un vasto campo de hortalizas. Le señalaron al responsable del lote a lo lejos.

Esperó unos minutos, se dirigió hasta donde se hallaba Nemesio, el responsable del lote:

—Buenos días. Mire, señor, necesito trabajo. Toda mi vida me he dedicado a las labores agrícolas. He sido machetero, entre otras cosas… Necesito de verdad trabajo, con urgencia. ¿Tendría algo para mí?

Se puso de suerte:

—Eres joven y decidido, eso es lo que busco, gente como tú. Te daré ese trabajo. ¿Y qué hay con tu familia?

—Aquí no tengo a nadie, mi familia está en Banes. Allí dejé a mi padre y hermanos. Mi padre también es campesino, cortador de caña. Sabe, requiero del dinero… No sólo para mantenerme, también para ayudarlos… Y para comprar libros.

—¿Libros? Yo creía que leer era cosa de mujeres. Y hablando de mujeres. ¿No te irían mejor las mujeres que los libros? —lo soltó en tono burlón, los que los rodeaban sonrieron con muecas de agobio.

—Libros, sí señor, libros. Las mujeres vendrán después. Todo tiene su hora y su momento —replicó turbado—. Le prometo que seré un buen trabajador. Desde niño lo he sido. Además de narigonero fui machetero, como ya le dije, también ayudante de sastre, de carpintero, comodín de barbería, aprendiz de zapatero… Hasta hace poco he sido ferroviario.

—No digas más, tienes el trabajo. Te lo ganaste con tu palique, ahora tienes que probar si es verdad lo que dices, espero que no seas un guayabero. No aguanto a los fulleros… ¿Volverás algún día a los ferrocarriles?

—Sí, claro que volveré, pero no de inmediato. Será cuando la situación se calme, y que se arregle la cosa para los ferroviarios.

El trabajo se torna vicio para los que lo aman, y Fulgencio era un vicioso del trabajo. Podían encerrarlo en una celda, hundirlo en un pozo, apresarlo dentro de un árbol, que siempre buscaría la manera de trabajar.

Transcurrieron varios meses en los que hizo de todo trabajando como agricultor y de cuanto hubo en las parcelas de Nemesio. Al cabo del tiempo intentó de nuevo regresar a los ferrocarriles.

—Eres testarudo —Nemesio deshizo con sus manos un pedrusco de tierra seca—, cuando se te mete una idea en la mollera no paras hasta triunfar.

Fulgencio lo abrazó, agradeció su confianza, viró la espalda compungido y echó a andar. Caminó durante días. Después agarró un tren y otro y otro.

—Aquí lo que tengo para ti es retranquero —le anunció uno de los jefes de los Ferrocarriles Consolidados.

Otra vez lo había conseguido.

—Eso es lo que quiero, lo que preciso —respondió muy alegre.

—Pues ve a buscar el uniforme, y ya empezaste, que pa luego es tarde. —El hombre estrechó su mano.

No lo sabes, Elbio, pero allí Fulgencio y yo nos encontramos de nuevo, porque entonces yo trabajaba muy cerca del lugar en donde él había ido a carenar. Fue muy emocionante volver a abrazarlo. Nada, allí estaba, mi buen amigo de siempre.

La gorra de cuero le quedaba ajustada y lo engalanaba, y es que él pintaba muy apuesto. El uniforme le iba muy bien a su talla y se notaba que se sentía cómodo en él.

Tomó sus utensilios de retranquero, la llave cambiavías y el farol, y hacia allá se dirigió, a cumplir con sus nuevas labores.

Como retranquero hizo una enorme cantidad de viajes. Conquistó amistades en todas partes. Por donde quiera que pasaba hacía amigos. Alquilaba habitaciones en muy modestos y pequeños hostales. Leía durante horas y horas recogido en aquellos cuartos, entre viaje y viaje. Compraba libros a montones, que iba enviando a su casa cuando los terminaba de leer junto a discretas sumas de dinero. Vestía adecuadamente y por fin se alimentaba mejor.

Te reitero, Elbio, que Fulgencio era muy buen mozo, y él lo sabía. Las mujeres le caían detrás, y él, claro, se dejaba querer. Pero cuando aquello todavía él esperaba al gran amor de su vida. No podía imaginar con cuál de las monadas de muchachas que fue conociendo se casaría, pero seguro que algún día lo haría, con la que su corazón eligiera. La lectura ocupaba aún su interés principal, aprendía de los diccionarios, progresaba en el lenguaje.

—Fulgencio, ¿vendrás esta noche con nosotros al guateque?

—No, qué va, tengo asuntos que terminar.

Volvía una y otra vez a negarse, se excusaba siempre con que debía trabajar. Sus compañeros se mofaban de manera simpática de sus previsibles respuestas.

—¡Eah, seguro que irás a encontrarte con alguna noviecita! ¡Vamos, anda, confiesa la verdad!

Sonreía tímido:

—No, en serio, juro que hoy visitaré a unos amigos con los que he quedado en comentar varias lecturas.

Así era. Sin embargo, alguna que otra vez se dio cita con una hermosa joven a la vera de uno de los pueblecitos en los que pernoctó. Vivió de manera sana uno que otro romance, pero su mayor deseo seguía siendo el de mejorar su educación y su situación, para el día en que encontrara a su alma gemela ofrecerle lo mejor de su existencia. Con ella contraería matrimonio, ya no tendría dificultades económicas, y para entonces ya él sería alguien con un impresionante intelecto y un asegurado porvenir.

En una de esas, Elbio, en medio de esos trabajos difíciles de retranquero sufrió un accidente. Se golpeó la cabeza y cayó entre dos vagones de un tren en marcha, enredándose entre el acopio y las casillas. Perdió el conocimiento. Mientras se iba yendo y los ojos se le viraban en blanco divisó el rostro de su madre.

Carmela Zaldívar muy apacible con los brazos descansando en el regazo observó a su hijo. Entonces todo fue como un sueño, en el que él le llevaba un regalo. "Mamá, mamá, sálvame", murmuró. "Mira, mamá, te traigo esta pulsera tejida, es para ti, tiene un baño en oro de veinticuatro quilates. Mira, madre, este ramo de rosas también es para ti".

"¡Despierta, Beno, despierta!", insistía por su parte la mujer. Debía despertarse, insistía, y él la obedeció.

Las ropas habían quedado prendidas al enganche, eso le salvó la vida. Cuando volvió en sí pudo deslizarse y huir de las ruedas, fue cuestión de segundos. Su madre lo había amparado. Hospitalizado en Camagüey debió aguardar una buena temporada antes de volver al trabajo.

De regreso, y en breve tiempo, consiguió ser de los más destacados obreros. Allí trabajó hasta los veinte años de edad. Luego vino lo otro, el Ejército.

Para aquellos que se llenan la boca diciendo que Batista no poseía formación militar basta con recordarles que en 1921 decidió alistarse en el Ejército Nacional. Empezó de soldado raso, como es de suponer. Una vez en La Habana ingresó en el Campamento de Columbia, el que por cierto, era todavía un campamento en bastante deplorables condiciones, así había quedado desde la época de la guerra de Independencia. Los soldados dormían en barracones, y estos desangelados recintos dejaban mucho que desear, hallábanse en un verdadero mal estado.

Él no se quejaba. No podía quejarse de la vida militar. De lo único que se quejaba era de que no disponía de suficiente tiempo para retomar la lectura. Pero en cuanto pudo lo hizo. Consiguió algún intervalo libre y acceso a la biblioteca del campamento. Leer cada vez más seguía siendo su principal ambición, aunque otras aspiraciones le iban carcomiendo por dentro. Una de ellas, la de convertirse en abogado. Pero ¿cómo? Para matricular Derecho, que era lo que pretendía, debía de haberse instruido en la enseñanza media, y él no había tenido estudios y mucho menos había alcanzado el Bachillerato. Pero eso no lo desalentó, porque se dijo que podría estudiar de manera autodidacta.

—Fulgencio, acabe de apagar la luz, mire que no deja dormir a nadie —lo sorprendió en más de una ocasión el primer sargento Rogelio López—, resulta que ahora tenemos aquí en el campamento a un literato. Y ya me he enterado de que El Literato hasta anda buscando estudiar taquimecanografía. ¡A dónde iremos a parar!

Era cierto, Fulgencio había comentado con sus compañeros que estaba agenciándose el tiempo y la manera de ponerse a aprender taquimecanografía, aunque fuera por correspondencia. Tal como lo pensó lo llevó a cabo. Hizo enormes progresos. Sabía que siendo un buen taquígrafo ascendería a grados más relevantes en el Ejército.

Decidió entonces matricular en el Colegio San Mario, allí mismo en La Habana. En el San Mario recibió enseñanza nocturna de taquigrafía por el sistema Gregg[37]. Muy pronto se convirtió en uno de los taquimecanógrafos más veloces del centro.

En el Colegio San Mario sus aspiraciones fueron a más. Sí, porque el bichito del periodismo le había aguijoneado desde hacía tiempo, entonces se dio a la tarea de escribir artículos y reportajes bajo la firma de Rubén Fulgencio. Los publicaba en *El Educador Mercantil*[38]. Yo no me perdía ni uno. Poseía una mirada muy aguda sobre los

---

[37] Sistema Gregg, sistema estenográfico inventado en 1888 por John Robert Gregg, inicialmente para el idioma inglés.

[38] Publicación local de la época.

temas que trataba, y tuvo éxito porque eso era lo que agradaba a los lectores, su sagacidad.

Por carta me confesó que para él era muy emocionante ponerse al servicio de los lectores, y que mutar de lector a escritor le inspiraba aún más. Se había propuesto convertirse en el primero de los periodistas, pero para eso debía trabajar y ganar más dinero.

Para Fulgencio pasaron muy rápidamente los años y por fin se graduó en 1923 en su primer alistamiento. También se sintió atraído por la carrera de Comercio, estudiándola sabía que tendría empleo asegurado cuando terminara el Colegio San Mario.

Impartió clases, ¿lo sabías, Elbio? Sí, cómo que no, lo que le permitió descubrir que podría también convertirse en profesor. Que cualquier cosa, bien estudiada, claro, que se propusiera, podía llevarla a cabo.

De ahí que se dedicara además y por un tiempo considerable a comerciante de carbón, frutos menores y a la venta de carne y aves. Todo eso lo compaginaba con las clases de mecanografía, taquigrafía y redacción que impartía a sus camaradas de galones, lo que le valió formar parte del profesorado de las Academias Milanés y San Mario.

Sin embargo, por aquellos tiempos, en los que yo había regresado aquí, Belisario me comentó que había recibido una carta de su hijo donde confirmaba que reingresaría en el Ejército, como guardia rural de las fuerzas armadas. Belisario siempre me leía las cartas de Fulgencio.

Haría lo imposible porque lo destinaran a un buen puesto. Tuvo suerte, y es que, cómo no tenerla con su empeño. Consiguió que lo destinaran a la Finca María, la del presidente Alfredo Zayas[39], ubicada junto al Wajay[40].

Allí prestó servicios de manera muy disciplinada. Cuando lo liberaban de las tareas iba a sentarse a la sombra de un caimito, apertrechado de libros de texto y de clásicos de la literatura universal. Tanto leía que el mismísimo presidente Zayas terminó por bautizar el árbol como "el caimito del cabito lector", y a él como el "soldado Polilla", por el nombre de los bichitos que devoran libros.

Acompañó al presidente hasta que este terminó su período presidencial. Mucho aprendió en la casa de Zayas, bebió de sus hábitos. Zayas fue un ejemplo, "una fuente viva", así me lo describió en una de sus misivas.

Trasladado al Castillo de Atarés y luego al Castillo de la Fuerza, en todos aquellos lados aprovechaba para enchumbarse de conocimientos. Embebido de sabiduría contemplaba el vuelo de los pájaros y se presentía que podía llegar a ser libre como ellos, pleno y más anhelante que nunca, con ganas de descubrir otros horizontes.

Presentó oposiciones en lo militar en junio de 1926 convirtiéndose en sargento, dentro de los cuarenta y dos aspirantes él ocupó el primer lugar, lo que le valió un ascenso a cabo mayor.

---

[39] Alfredo Zayas (1861-1934). Presidente de Cuba desde 1921 hasta 1925. Negoció un préstamo con Estados Unidos para enfrentar el desmoronamiento del mercado azucarero. La influencia positiva de Washington se ve reforzada.

[40] Finca cercana de La Habana.

Fundó una academia propia de gramática, inglés, taquigrafía y mecanografía. Al tiempo añadió el francés. Sin muchos lujos, con las ganancias que le proporcionó el negocio de compra y venta, de comerciante.

Fíjate bien, Elbio, entretanto había conocido a Elisa Godínez, una atractiva trigueña. Empezó a tratarse con Elisa mientras trabajaba en la finca del presidente Zayas. Era una hermosa joven que vivía en las cercanías, oriunda de allí. Con ella se casó el 10 de julio de 1926. Por fin había encontrado el amor, su primer amor, la esposa que le daría la emoción de sus primeros retoños.

Con ella tuvo su primera hija, Mirta Caridad[41]. El segundo hijo fue Fulgencio Rubén[42]. La tercera, Elisa Aleida[43].

No había dejado ni un solo día de pensar en su madre y escribía a diario a su padre hablándole de ella. Elisa le recordaba cada vez más a Carmela Zaldívar, por sus modales, por su olor natural almibarado.

Ahora voy a parar, Elbio, me siento cansado, y hasta un poco nostálgico, lo que no me va para nada. Tú sabes, viejo, yo no tengo nada que ver con la nostalgia».

En este punto, Jacinto se detuvo por un instante. Estaba oscureciendo. Lo invité a compartir conmigo un plato de sopa de pollo y accedió gustoso. Sorbió ruidosamente la sopa de la cuchara, y entre cucharada y cucharada se tocó con un buen palo de aguardiente.

---

[41] Mirta Caridad Batista y Godínez (1927-2010).

[42] Fulgencio Rubén Batista y Godínez (1933-2007).

[43] Elisa Aleida Batista y Godínez (1933).

VII

LLEVABA YA DOS SEMANAS EN BANES. CAYÓ ENFERMO el día antes de la prevista partida hacia La Habana acompañado de Elbio; tras siete días de conversaciones y paseos por Veguita y medio Banes tuvieron que aplazar el viaje. La picada de un insecto en una pierna le provocó unas fiebres muy altas. Ningún doctor pudo reconocer por la roncha y el agujero lleno de pus la especie de insecto que lo había atacado, tal vez una garrapata, aventuraron; aunque, eso sí, diagnosticaron una seria y grave infección y lo pusieron bajo tratamiento con antibióticos y aspirina que combatiría la dificultad de su estado y bajaría la fiebre de inmediato.

Por suerte Arsenio llevaba consigo un botiquín bastante surtido de medicamentos, pues en la farmacia del pueblo no consiguieron ni una aspirina, y ni hablar de los antibióticos.

Por lo demás no tuvo queja, Olga y Elbio se ocupaban muy bien de él y poco a poco se fue acostumbrando a las dificultades cotidianas, e iba recuperando la salud, aunque más lento de lo que el médico había calculado.

La flojera provocada por el antibiótico le impedía acompañar a Elbio en sus caminatas diarias, lo que le permitía leer durante el día y comentar sus lecturas con su amigo al caer la tarde, cuando este regresaba.

Se acostaba a la hora en que lo hacían las gallinas, bien temprano, y abría los ojos con ellas también, antes del alba.

Unos vecinos de Olga y Elbio se presentaron en la casa con la intención de conocerlo y de saludar al «emigrante» recién llegado de «la Yuma», como le llamaban ellos a Estados Unidos. Arsenio advirtió que evitaban la palabra exiliado para referirse a él, por lo que se sintió obligado a rectificarles. Él era un exiliado, y a mucha honra.

Con los recién conocidos intentó conversar acerca de la época de Batista y sin muchos rodeos decidió preguntarles qué pensaban de la figura del general[44]. No hubo demasiada diferencia entre las reacciones de cada uno de los presentes, en espaciados momentos. Sus caras se fuñían, miraban desconfiados a todos lados para cer-

---

[44] Con fecha de 27 de enero de 1942, se promulga bajo la presidencia del propio Batista, el Acuerdo Ley n.º 7, conocido también como Ley Orgánica del Ejército y de la Marina de Guerra. En el cuerpo de ese Acuerdo Ley decía: «El oficial superior en situación de retiro, que haya ocupado en propiedad la Jefatura del Ejército y desempeñe o haya desempeñado la presidencia de la República figurará en la relación o escalafón especial de oficiales de su misma situación, con el mayor grado o jerarquía reconocido por esta Ley». Ese grado máximo era el de Mayor General y Batista reunía los requisitos.

ciorarse de que nadie los estaba espiando, y respondían titubeantes y atemorizados.

La mayoría mentía asegurando que apenas conocían nada de aquel tiempo tan lejano ya, que ellos habían nacido después de la «huida», o «fuga» para algunos, del «militar» o «dictador». Otros declaraban sintiéndose inclusive corajudos que de ninguna manera se podía comparar «la dictadura de Batista» con «el Gobierno de Fidel y Raúl», sin especificar con exactitud cuáles eran las razones y en beneficio de quiénes, y si sus evasivas respuestas constituían un halago al primero o una guataquería a los segundos. En lo que casi todos coincidían era en que Batista se había equivocado, y zanjaban el tema llamándolo todos por igual «implacable dictador».

Apremiados cambiaban el curso de la conversación y entonces se desasían en preguntas acerca de cómo era el Norte[45], y sobre la Ley de Ajuste Cubano[46], y si Arsenio sabía a ciencia cierta cuánto podía durar un viaje en balsa a la Yuma. Era evidente que casi todos estaban más obsesionados por largarse de aquel 'maravilloso' país, que in-

---

[45] Estados Unidos para los cubanos, sobre todo todavía en la actualidad para los campesinos.

[46] Ley de Ajuste Cubano, en inglés *Cuban Adjustment Act* o CCA. Ley Pública 89-732, es una ley federal de Estados Unidos promulgada el 2 de noviembre de 1966. Aprobada por el 89.º Congreso de Estados Unidos y firmada por el presidente Lyndon Johnson, la Ley aplica a cualquier nativo o ciudadano de Cuba que se haya inspeccionado, admitido o liberado, después del 1 de enero de 1959, y que haya estado físicamente presente en ese país durante al menos un año, o sea admisible como residente permanente de Estados Unidos. Modificada desfavorablemente para los cubanos por Barack Obama al final de su mandato.

teresados en adentrarse en su historia y mucho menos en cambiar las circunstancias que los obligaban a abandonar su tierra.

Aquellas respuestas en relación a Batista no eran demasiado diferentes de las que habían recibido en Miami durante sus investigaciones y las de su nieta Ada.

Concluyó que lo peor de lo que le había pasado a Cuba no eran las ruinas materiales, sino la ruina moral y antropológica. Irreparable. Ni en cien años aquello encontraría solución. Recordó una conversación que había sostenido con Batista en la que Arsenio le había prevenido: «Cuídese de ellos, de los cubanos. Carecen de verdaderos sentimientos. No saben sonreír con sinceridad. Fiestean hasta por gusto, por vicio». No creyó en aquel entonces que Batista prestara atención a sus palabras. La sucesión de acontecimientos así lo confirmó.

¿Qué hicieron los cubanos para merecer este castigo? ¿Para enajenarse hasta tal punto de perder la vergüenza, el amor propio, la sinceridad?

Cuentan algunos que la maldición nos cayó encima cuando el presidente Federico Laredo Bru[47] se negó a recibir el barco cargado de judíos proveniente de Hamburgo, el *St. Louis*. Triste suceso por el que Batista tampoco se molestó en hacer nada, aunque se excusó alegando que padecía unas fiebres provocadas por una devastadora gripe. Arsenio entonces no estaba a su lado. Pero lo que sí

---

[47] Federico Laredo Bru (1875-1946). Presidente de Cuba desde 1936 hasta 1940. El episodio relatado aquí tuvo lugar el 27 de mayo de 1939.

supo posteriormente es que Batista se enfrentó a Laredo Bru poniéndose a favor de recibir a los refugiados, y que este ni siquiera se dignó a oírlo, porque el Gobierno americano le había prohibido encarecidamente al presidente que aceptara cualquier barco cargado de judíos. No, no estaba tirándole para nada una toalla a Batista[48], lo menos que necesitaba el general era una defensa suya, pero la verdad es que no había sido testigo directo de aquel trágico acontecimiento con el *St. Louis,* y sólo recordaba lo que le habían confiado hacía ya varios años.

Existe sin embargo la versión que contaba Rafael Díaz Balart[49], que decía lo siguiente: «Te cuento que me impactó mucho cuando llegué a comprender que el motivo de la decisión de Federico Laredo Bru de no aceptar las visas de los pasajeros del *St. Louis* fue su honestidad administrativa. Nunca hubo un presidente de Cuba más honesto. El se había enterado que se estaban vendiendo visas (muchas de ellas las vendía el mismo Director de Inmigración, Manuel Benítez, un «niño gigante»[50] de la guerra de Independencia, y padre del futuro general Manuel Benítez Valdés, el que posteriormente haría el programa radial *De Frente* de Radio Mambí) y Laredo dejó

---

[48] Batista era el jefe del Ejército Nacional en ese momento.

[49] Rafael Díaz-Balart (1926-2005). Político cubano durante la presidencia de Batista. Elegido senador en 1958, pero no puede ejercer su mandato debido al advenimiento de Fidel Castro. Su hermana Mirta fue la primera esposa de Fidel Castro, por lo que este se benefició del gobierno de Batista. Fundador en enero de 1959 de la formación anticastrista La Rosa Blanca. Hijo de Rafael José Díaz-Balart, alcalde de Banes.

[50] «Niños gigantes», niños que lucharon desde temprana edad en la guerra de Independencia.

bien claro que ninguna visa vendida sería respetada. Lo interesante de Laredo Bru es que, Batista, que era el poder tras bambalinas como jefe del Ejército, tenía que respetarlo. Acuérdate que Batista le había pedido al Congreso que destituyera a Miguel Mariano Gómez[51] al poco tiempo de ser electo presidente en 1936, cuando este vetó el impuesto para financiar la gran obra de la educación rural en todo el campo de Cuba. Yo voté por la destitución de Miguel Mariano cuando era representante a la Cámara. Laredo Bru, que había sido el vicepresidente de Miguel Mariano y por lo tanto llegó a ser presidente tras su destitución, sabía que no le hubiera sido fácil a Batista pedir su destitución, y además, era un hombre brillante y con mano izquierda, que se hacía respetar. Pero lo que me impacta sobre el origen de la decisión de Laredo Bru es su honestidad, y que nadie se la reconocerá jamás, ni mucho menos se lo agradecerá. Lo que se sabe, y manchó la historia de Laredo, y de Cuba, es que no dejaron entrar a los refugiados que más tarde fueron a parar a los diabólicos campos de exterminio nazis. El hecho de que Roosevelt, que no quería un desbordamiento de refugiados hacia América, le pidió a Laredo y a Batista que no los aceptara, no los absuelve».

---

[51] Miguel Mariano Gómez (1889-1936). Hijo del segundo presidente de Cuba, José Miguel Gómez. Político cubano, alcalde de La Habana en 1928, después se fue al exilio durante el endurecimiento del gobierno de Gerardo Machado. A la caída de este último regresa a Cuba, funda el Partido Acción Republicana. Presidente de Cuba desde mayo de 1936 hasta su destitución por el Congreso en diciembre de 1936 por haber rechazado el impuesto azucarero de 9 centavos destinado a financiar las escuelas creadas por Batista.

De lo que sí Arsenio era ahora testigo, y ese convencimiento se le reveló más que nunca durante su convalecencia en su pueblo natal, es que algún fenómeno grave había atentado contra la integridad y la sensibilidad de los cubanos, y que ese proceso destructivo venía de lejos, desde mucho antes del batistato y del castrismo, que se extendía a una época de fundación identitaria. Es probable, se dijo, que durante aquel mestizaje tan alabado y cacareado que sirvió para la instauración de la denominada nación cubana algo había salido torcido.

Un burujón de acontecimientos vinculados quizá con la negación de una cultura por otra, de una religión por otra, de una raza por otra[52]. Entre su arisca multiplicidad y natural confrontación, en lugar de aceptarse buenamente se habían rechazado de manera torpe, con una ostensible brusquedad, y quién quita si hasta con envidias y odios. Unidas a la fuerza y masacotadas entre sí, la mayoría de las veces de manera violenta y criminal, y de forma hipócrita otras, ese embrollo cultural y religioso, ese precario altar racial en el que salieron perdiendo los primeros habitantes de la isla había maltrecho la mezcla que José Martí —este sí una excepcionalidad dentro de aquel mejunje—, idealizó (y de la que todos los cubanos son frutos a pesar de ellos mismos), y que el apóstol se empeñó en ensalzar con sus magníficas e inmortales palabras.

[52] Recordar que la primera forma constitucional de 1809 confirmaba la idea de una sociedad racista, negando los múltiples orígenes: indios, negros africanos, españoles, asiáticos y europeos.

El cubano está entre los seres humanos más mezclados de la tierra, y también es posible que esa sea la razón de que se encuentren entre los más racistas y clasistas. Batista se había propuesto acabar con el racismo y el clasismo. Otro empeño por el que pagó caro.

En una ocasión alguien había señalado en una reunión de amigos que Fidel Castro no era cubano, debido a que su padre había nacido en Galicia y que por otro lado, su madre, la criada de la casa, era de origen libanés. Arsenio debió rectificar a su interlocutor. Fidel Castro había nacido en Cuba, por tanto era cubano, y el hecho de que su madre libanesa hubiera sido la criada de la casa no variaba en nada la situación en relación a su nacimiento. La mala idea por supuesto se debilitaba por el carácter racista y clasista del comentario. Si fuésemos a medir la autenticidad autóctona de Fidel Castro por semejante rasero, indicó Arsenio, entonces José Martí tampoco sería cubano, pues siendo pichón de españoles, y español él mismo pues Cuba lo era, aunque nacido en Cuba en el seno de un hogar humilde, al medirlo por la misma paleta, no le correspondería serlo.

Ahí mismo se armó la discusión que no tardó en convertirse en fajatera. Martí, para colmo, había vivido más tiempo en el exilio que en la isla, y pese a ese hecho real nadie podía discutirle su cubanía, selló acalorado.

Las clases acomodadas de Cuba no querían a Batista por ser negro, recordó uno de los asistentes. Por negro no, Batista no era negro, repuso otro. ¡Por indio, a Batista no se le quiso nunca por ser indio y oriental! ¿Y cómo explicar entonces que la burguesía cubana manifestara públicamente su rechazo racial ante una supuesta negritud de

Batista? Pues porque era más fácil atacar al negro, más políticamente correcto según la época y sus estimaciones, que al indio, tan remotamente exterminado. ¡Pero el pueblo votó masivamente a Batista! Evocó una tercera persona. Ese mismo pueblo luego lo tiró pa la tonga, hicieron picadillo con él, intervino un cuarto participante. O él, Batista, fue el que olvidó a su pueblo, apostilló el último.

—¡Y sin embargo adoraron a Fidel, que era oriental también, nacido y criado en la misma zona…!

—¡Pero gallego, blanco, corpulento y rosado…!

Tras esa frase se hizo un rotundo silencio interrumpido de manera inesperada por el anfitrión al proponerles una partida de dominó. Una partida de dominó solucionaba el embrollo. Sanseacabó. Para eso, entre otras cosas, servía el dominó entre cubanos, para aplacar a los malgeniosos en que se habían transformado.

Elbio apareció abortando sus pensamientos:

—¿Cómo has pasado el día de hoy, muchacho? —preguntó agarrándole con fuerza el antebrazo.

—Pues mira tú, mucho mejor, al menos las fiebres bajaron. Y aquí sigo cavilando, dándole vuelta a la noria. ¡Bah, qué muchacho ni qué ocho cuartos! Mira lo achacoso que estoy, y ahora más, padeciendo tan inoportuna picada. Tú sí que estás hecho un mozalbete, perdido por ahí, entre tantos montes.

—Perdido no, Arsenio, perdido jamás. Encontrado.

Elbio se dirigió a la cocina para hacer café en un colador de madera donde colgaba una rústica teta de yute.

Desde la sala le llegó la voz de Arsenio impregnada de duda:

—No sé si he hecho bien en hacer este viaje. A veces pienso que nunca debí haber regresado aquí, que no me lo perdonaré…

—Te puedes decir que lo has hecho por una noble causa, y no como otros…

—El caso es que, si vienes a ver, he perdido mi condición de exiliado, como bien dijiste antes.

—No, tú no. Tú sigues siendo un exiliado que ha vuelto a rescatar la memoria de su país. Otros viajan con el pretexto de traer pacotilla a la familia, y lo que en realidad están haciendo es rellenándole los bolsillos a los tiranos. Es lo que hay, lo que trajo el barco… Y están los que vuelven por vanidad, porque fracasaron allá afuera, y retornan acá con el afán de ser reconocidos en este estercolero.

—¿Y cómo sabes tú todo eso si no te mueves de esta manigua?

—Ah, ya tú ves… Por mi hijo me entero, y también por Olga. Ella siempre trae noticias y chismes frescos del pueblo, y de La Habana.

—La gente que se va ahora de este país lo hacen para poder vivir mejor. Les han atribulado tanto el cerebro que ni siquiera se enteran que la primera causa por la que se largan es por la política, debido a la falta de libertad. Han aprendido que afuera apenas se puede criticar a este régimen, porque en la mayoría de las veces y de los casos estos tiranos son los tiranos más admirados por la izquierda dominante en el mundo. Entonces al cabo de cierto tiempo regresan eufóricos, con la intención de darle caritate a los familiares que dejaron aquí olvidados, y con el propósito de joder a los amigos, y que los vecinos se mueran de envidia. Y hay quienes regresan porque extrañan la humillación, añoran seguir siendo pateados por el culo. Sí, porque durante el tiempo que han sido emigrantes se lo han pasado extrañando el colosal puntapiés por las nalgas.

Arsenio oyó sin asombro a su amigo, conocía de esos casos mencionados por Elbio con una cierta ira contenida, y temía que en el futuro lo confundieran con uno de ellos.

—Eso no es lo importante ahora, Arsenio, no te atormentes con eso. Fui imprudente cuando te comparé con el resto, no debiste hacerme caso. Lo urgente es que sanes pronto, para que acabes de curarte, y que podamos reiniciar ese viaje a lo profundo de la historia y de la memoria, y que recorramos juntos casi toda la isla hasta llegar a la capital, donde sucedió todo. Porque aunque lo nieguen, todo pasó en La Habana.

En eso llegó Olga, acompañada de Prieto, el perro negro azabache, que no más entrar fue directo a lamer la picada infectada de insecto en la pierna de Arsenio, lo que no era la primera vez que hacía. Olga fue a espantarlo, pero Elbio se lo impidió:

—Déjalo, Olguita, la saliva de los perros es lo mejor que hay para las heridas en las canillas. Acuérdate de San Lázaro y los perros, carajo.

—Pues ahora que lo dices, abuelo, ¿por qué no frotamos la picadura con mierda de gallina? Dicen que también es muy buena para cicatrizar las pústulas…

Elbio y Arsenio se miraron y no pudieron evitar las carcajadas.

—¿De qué se ríen ahora, eh, qué fue lo que dije que tanto los divierte? —Olga los observaba atónita con los brazos en jarra.

—Niña, poldió —Quiso decir «por Dios», pero lo machacó imitando el habla de los matanceros—, mejor échate tú la mierda de gallina en el pecho, a ver si acabas de desarrollar de una vez, aunque creo que ya es un poco tarde...

—Abuelo, abuelito, respétame que, mira, ya me han salido algunas canas —la mujer separó al azar unos pelos de su cabellera.

—Pero, mija, ¿tú no conoces que la mierda de gallina para lo que sirve es para que las chiquitas púberes se froten los pechos y les crezcan las tetas?

Elbio y Arsenio volvieron a matarse de la risa. Así estuvieron un rato, riendo a mandíbula batiente, y Olga no tuvo más remedio que freír un huevo en saliva y dejarlos por incorregibles. Al rato, Prieto dejó de lamer la pústula en la pierna del enfermo, y se durmió a los pies de Arsenio.

De pronto Olga cortó el silencio:

—Abuelo, ¿te acuerdas de la muñeca que me regalaste cuando cumplí nueve años y que siempre guardé con tanto cariño?

—¿La de trapo?

—Sí, mi muñequita querida, la de toda la vida, la que ponía encima de la cama como adorno. A pesar de lo viejita y usada, a pesar de los tantos remiendos, era mi preferida...

—¿Y qué pasó con ella? Por tu cara no adivino nada bueno...

—El otro día Prieto se subió encima de la cama y quiso jugar, la atrapó con el hocico y corrió con ella al patio, no había quien se la quitara de los dientes... La destrozó en cuestión de segundos.

—Ah, vaya, caramba...

Olga restregó sus ojos compungida.

—Era el más bonito recuerdo de mi infancia, pero, viejo, no iba a castigar al perro por eso...

—Claro que no, hija, claro que no. ¡Qué va a saber Prieto de muñecas viejas, para él era sólo un trapo!

Arsenio presenció el diálogo entre abuelo y nieta y su mente voló hacia otra situación, años atrás, en la que otra muñeca se veía involucrada.

—Ustedes saben que oyéndolos recordé una conversación que tuve con la hija de Batista, con Elisita. Algo que pasó con su hermana, Mirta Caridad.

—¿Qué ha sido de esos muchachos, Arsenio? —Elbio palmeó el lomo de Prieto.—Ahí están. Todos han llegado a existir por ellos mismos, sin aspavientos, sin alharaca... ¡Y cuán difícil habrá sido mentar el apellido de su padre, llevarlo con dignidad!

VIII

MIRTA CARIDAD PENAS CONTABA DOS AÑOS, POR lo que sólo consiguió evocar lo que le contaron a través del tiempo y de las conversaciones que sostuvo con su madre, y con «Papi», como ella lo llamaba y lo seguía llamando.

Transcurría el año 1929, y se contagió de tosferina, entonces era muy difícil de tratar dicha dolencia que la tumbó en la cuna durante semanas. Contaban sus padres que en el delirio de la fiebre lo único que ella pedía era una muñeca.

—Papi, *quero* una *ñecaaaaa*… —gimoteaba con ñoñerías de bebé.

El padre, lo contrario de la madre, se inquietaba más por la querencia de la niña que por la temperatura y la tos:

—¿Qué hacemos, Elisa? No tenemos dinero para juguetes en este momento —musitó angustiado.

—No te preocupes, la niña lo olvidará, es la fiebre que la pone quejosa. —La madre no se apartaba de la pequeña.

—Papi, Papi, *quero* una *ñeeeeca* —reclamó la chiquita.

—Voy a pedir prestados cinco pesos, no puedo dejarla así... —Fulgencio esperó por la aprobación de su mujer.

Elisa asintió, sabía que de todos modos su marido saldría desesperado y volvería con la muñeca.

Cinco pesos era toda una fortuna. Uno de sus amigos se los prestó, y fue directo a comprar la muñeca. Volvió ufano con el juguete, contento de complacer a su hija.

—Toma, mira, mi niña, aquí tienes la *ñeca*. —La colocó en el regazo de Elisa, y su mujer acostó la muñeca junto a Mirtica.

Cuando aprendió a hablar correctamente preguntó a su padre:

—¿Cómo se llama la muñeca, Papi?

—Yeya, se llama Yeya, mi niña —contestó muy seguro.

En aquella época alquilaban en Santos Suárez, al poco tiempo se mudaron a la Esquina de Toyo, y todavía Yeya andaba con ellos.

Durante la Revolución del 33[53] hubo muchos cambios en sus vidas. Yeya desapareció durante uno de esos

[53] Se trata de la Revolución de los Sargentos, advenida en 1933, punto de partida del escalonado ascenso al poder de Batista y lo que siguió después, que será descrito en los siguientes capítulos.

bruscos cambios. «¡Papi, Papi, Yeya se me ha perdido!». Mirta Caridad no podía desembarazarse de la pesadilla de haber extraviado a su muñeca más querida, y de no saber cómo anunciarlo a su padre. Poco a poco y tras múltiples contratiempos Yeya fue quedando en el olvido. O al menos eso creyó ella.

En 1961, Mirta Caridad, ya hecha toda una mujer, visitó a Fulgencio Batista y Zaldívar en el exilio de Funchal[54].

Atravesó el umbral de la residencia con el embullo habitual de visitar a su padre. Fulgencio la esperaba con los brazos abiertos y su amplia sonrisa.

La esposa de su padre la acompañó a la habitación que le habían destinado. Colocó su maleta en una esquina del cuarto, la abriría más tarde. Ardía en deseos de reencontrarse con «Papi», de sentarse un largo rato a conversar a solas con él.

Así fue, hablaron de lo humano y lo divino. De súbito, el hombre le preguntó:

—Mirta, ¿qué fue de Yeya?

La hija quedó pasmada, sorprendida ante la pregunta para la que todavía, tantos años más tarde, no tenía una respuesta.

—¿Yeya, la muñeca?

Él asintió parpadeando.

Voló con el pensamiento hacia su madre, que le contaba el episodio de las fiebres a causa de la tosferina, pudo

---

[54] Funchal, situado en Portugal, una de las ciudades del exilio de Batista (1959-1962).

incluso imaginar la silueta de su padre cruzando el cuarto a grandes zancadas con Yeya en sus manos.

Y ella que había creído durante mucho tiempo que Yeya no había sido más que un sueño, se dijo, una especie de delirio provocado por la dolencia.

—Yeya se quedó en Cuba, Papi —se atrevió a murmurar con los ojos aguados—. Ella estará siempre en mi corazón, aunque sólo se trate de una muñeca, pero sé con el amor que me la diste.

—No, hija, qué va. Yeya no se quedó en Cuba, ven a ver, ven conmigo.

Se desplazaron hasta el gabinete de trabajo del padre. En un rincón, sentada en una mesita se encontraba Yeya, junto a la llave de cambiavías y el farol de ferroviario, también con los grados de sargento. Yeya con los ojos demasiado grandes y fijos, la nariz respingona, la boca pronunciada, el pelo negro y encrespado.

—La encontré hace poco en uno de mis baúles. Fui yo quien rescató a Yeya de una de las mudanzas, la guardé en una caja para entregártela, y ya ves, lo olvidé. ¡Tantas veces que estuve por decírtelo y es ahora que me acuerdo de hacerlo! El caso es que Yeya siempre ha estado conmigo.

Mirta tomó a Yeya para observarla de cerca, a ver si le traía algún recuerdo exacto de su infancia. Pero no percibió tal precisión, lo que sí vio en ella fue el símbolo de un padre amoroso, el gesto de un hombre tierno que anhelaba volver a hacer feliz a su hijita. Y así se sintió en aquel instante, otra vez como una chiquilla consentida por su padre.

—Te la puedes llevar, es tuya —Fulgencio sonrió.

No quiso llevársela, la muñeca se quedaría allí. Pero aquellas vacaciones con su padre fueron inolvidables en gran parte por el episodio con Yeya.

—Cuídala tú, Papi, como hasta ahora.

Yeya fue a partir de entonces testigo de tantos encuentros importantes, y también ella lo cuidaba a él, o él fantaseaba con que así ocurría, y que lo inspiraba en la escritura de sus libros, y que Yeya velaba su sueño.

Sí, la muñeca fue a veces la única testigo de numerosos encuentros con célebres personajes que a partir de un momento prefirieron visitarlo a escondidas. Yeya podía testimoniar de aspirantes a conspiradores, de traidores arrepentidos, pero también y lo más importante de unos cuantos amigos que lo quisieron y admiraron. Yeya estuvo allí haciendo frente a la tristeza, pero también compartió sus alegrías, y pudo descubrir a la par suya a nuevos amigos en el exilio, seres humanos intachables.

Empeñado en la redacción de sus memorias el general fatigado buscaba aliento e inspiración en la carita de Yeya. Sólo tenía que levantar la mirada y detenerse en sus aperos de ferroviario y en los desmesurados ojos de la muñeca, de tal modo recobraba enseguida el ímpetu extraviado.

Más de cinco décadas pasadas Mirta Caridad no había borrado aquel episodio. Tras la muerte de su padre fue ella quien recobró a Yeya. Y junto a su muñeca reaviva su memoria. «¡Papi, Papi!». Mirta contaba que su padre le aseguraba que Yeya le hablaba con la voz suya, de su hija lejana.

Quedaba lelo, esperaba ansioso más palabras, toda una conversación, pero las frases añoradas fueron espaciándose. Eso también era el exilio, una ausencia cada vez más absoluta de palabras coherentes con su pasado, un silencio espeso que le auguraba una suerte de indescifrable abandono.

—De abandonos sí que Yeya sabe… —se susurró a sí mismo en la soledad de su despacho.

Enfrente estaba todavía la muñeca negra, de trapos zurcidos, el pelo hirsuto, ojos asombrados. Allí quedaba para rememorarle cómo habían sido sus inicios de hombre casado, de padre de familia. Sus tres primeros hijos, dos hembras y un varón. Yeya también despertaba en él su estreno como esposo amante de una sencilla mujer, de aquella buena y solícita madre.

Batista buscaba en vano una opinión en las pupilas inertes de la muñeca, tal vez una divergencia, o una buena noticia, una modesta señal humana. Quién le iría a decir en aquellos años de sargento que una muñeca llamada Yeya se convertiría más tarde en su más fiel confidente. Una simple muñeca que le había costado la fortuna de cinco pesos. Dinero prestado que devolvió en cuanto pudo. Quién le iba a predestinar que esos cinco pesos en el cuerpo de una muñeca tomarían el valor sentimental que tuvo para él en momentos de intensa soledad.

Nadie puede explicarlo, ni él mismo lograba entender el proceso en que se hunde un hombre de la calle devenido un jefe de Estado, desdoblándose también en el hombre más complejo. En el hombre más desconocido. En alguien que quiso ser más de lo que no era, ni de lo que nadie le permitiría que fuera por mucho que se esforzara debido a sus orígenes humildes. Ambicioso en su deseo de que los más humildes ascendieran y se convirtieran en clase media, anhelante de ser reconocido por esa élite social que lo había rechazado una vez elegido presidente.

Alguien le soltó en una ocasión: «Eres el hombre más odiado». Pudo tolerarlo, pero nunca aceptarlo. El hombre más olvidado. El más denostado. El más repudiado después que apareció Fidel Castro en el panorama político. Todo eso sí.

Sí, pero antes había sido el más apreciado y admirado. El más adulado, mientras el pueblo supo apreciarlo y ser agradecido. El mismo pueblo que tanto lo amó y que tan presente lo tuvo se transformó en muy poco generoso, y en el más desmemoriado.

La «hombradía» le costó cara, le comentó a Yeya en una lluviosa tarde. Lo que exigieron de él toda la vida fue la «hombradía», que fuera el hombre con pantalones bien puestos. El hombre fuerte de Cuba. El hombre familiar, de una sola mujer, el esposo fiel. El padre de sus hijos, y el padre del pueblo. El hombre de una sola familia política, la del pueblo. El ameno, el simpático. El hombre políglota. El hombre elegante, bien vestido, siempre pulcro. El jefe ideal. El símbolo de la raza y el mestizaje. El indio, el mulato, el hombre plural. El hombre Dios, y el hombre-hombre. El amante de la libertad. El incorruptible y fiel a la democracia. El enamorado de la patria. Pero el de mano dura a partir de 1956, a lo que se vio obligado. Para al final terminar siendo el traidor. El hombre fugado. El hombre sacrificado. El martirizado. El deplorable. ¿El hombre reencontrado?

La «hombradía» lo crucificó, muerto en vida, musitó a Yeya. La «hombradía» dejó viudas y huérfanos. La «hombradía» sembró el horror y el terror. No, el terror no, el terror lo sembraron otros, los revoltosos, los que llegaron de último, también protagonistas de la «hombradía». Sí, el hombre traicionado, más que el hombre traidor. Traidores fueron aquellos... que lo subrayaron, que escribieron su nombre en letras rojas. El hombre subrayado y luego borrado. El hombre liquidado. El supuesto multimillonario, cuánta ironía, que ayudó a tantos, y repartió becas a tantos jóvenes cubanos exiliados. El caritativo. El hombre aislado. El hombre generoso. El hombre espantado de aquel país. El siniestro, Yeya, el hombre siniestro, como tanto han dicho de él. El hombre iluminado. El hombre cansado. No, se retrajo de sus palabras iniciales. Jamás muerto en vida, ni nunca apesadumbrado.

Yeya lo observaba atenta, sin mover sus pestañas. Él sudaba a mares, el pelo que empezaba tenuemente a encanecer revuelto, la mirada buscando siempre algo impreciso en las tinieblas del recinto. Yeya, hubiera deseado que fuera humana para que pudiera abrazarlo, correr hacia él y cobijarlo en su vientre.

«La "hombradía", Yeya, la "hombradía"», repetía sin ningún sentido. La «hombradía» hizo de él este hombre destruido, aunque no derrotado —evocó la lectura de Hemingway de *El hombre y el mar*—, pero todavía pleno de sueños y deseos. ¿Derrotado? Ni de juego.

El hombre sonriente. El hombre a ratos queriendo ser malvado. El hombre sin embargo insignificante frente a la enfermedad de sus hijos. El hombre majestuoso frente a sus vástagos. El hombre maternal. El marido también maternal. El hombre callado, apocado ante la presencia de una simple muñeca envejecida. Esa muñeca negra, su magdalena proustiana, el Rosebud de Orson Welles en *Citizen Kane,* o ambas evocaciones en una sola: Yeya.

El hombre soldado, el hombre taquimecanógrafo, el hombre sin estudios, el hombre autodidacta, el hombre estudioso, el hombre revolucionario, el hombre jefe de Estado de los años cuarenta, el hombre golpista de los cincuenta, el hombre dictador. ¿Dictador de qué? ¿Él, dictador? Ni de broma.

El hombre político, el hombre intelectual, el hombre amante de las artes. El hombre poderoso. El hombre justo porque se ocupó del Ejército y del pueblo. El hombre injusto porque se empecinó en seguir ocupándose del Ejército y del pueblo. El hombre feo. El hombre mono, sobre todo para esa burguesía que un buen día arrancó el cartel publicitario de un cine donde se exhibía *King Kong,* en octubre de 1941, y salió en masa a la calle, en protesta, en su contra, por negro, por el color de su piel, por mono. Creo que hubo otras, ¡ah, esa obsesión primate de los cubanos! Como aquella organizada por Chibás en contra de Grau San Martín, al grito de «King Kong, que se vaya Ramón». El hombre pacífico. El hombre sosegado. El hombre turbulento. El hombre acomplejado. Acomplejado de ser el hombre impreciso. El hombre demasiado preciso. Que volvía a hacerse impreciso.

El hombre destacado en todas las obligaciones, el hombre introvertido a solas con sus dudas y pensamientos, el extrovertido que debía hablar claro a su entorno y al pueblo, su pro y su contra, sus síes y sus noes. El hombre balanceado, aunque inseguro. El vacilante. El hombre seguro cuando apremiaba el destino del país, decidido, sin titubeos. El hombre contradictorio. El hombre polémico.

¡La «hombradía», Yeya, la «hombradía»! El hombre sencillo. El abigarrado. El hombre esencial. El insustancial. El hombre verbal. El espiritual. El hombre material. El avaricioso, decían. El hombre manso, objeto de pendencias. El hombre con un nombre: Batista. El nombre de un hombre que atemoriza, que espanta. El nombre de un hombre que perjudica. El hombre perjudicial. El hombre arduo. El hombre esforzado y forzoso.

El hombre incomprensible desde sus fragilidades, Yeya, el hombre incomprendido desde las injusticias. El hombre, que sólo tú, pobre muñeca vieja, y unos pocos más, por el momento —y subrayó «por el momento»—, pueden llegar a apreciar y a comprender. El hombre completo. El incompleto. ¡La «hombradía», Yeya, la osadía de la «hombradía»!

El temerario.

El Hombre.

IX

NO DIGAS MI NOMBRE, MEJOR NO LO REVELES. Mira, Arsenio, a mí nadie puede venirme con el cuentecito del revolucionario y su destino. Fui y soy testigo de la Revolución de los Sargentos, así, escrito con mayúscula y subrayado. En 1933, en esa Cubita bella, de «yo no bailo con ella»[55] y de yo no fui, existía una crisis política de padre y muy señor mío. Aquello era de ampanga. Inaguantable, y todavía menos se podía aguantar la miseria que padecíamos nosotros, el pueblo. Nadie quería ya al tirano Gerardo Machado, tampoco los norteamericanos. Ellos menos. Estaban locos por quitárselo de encima. Con tal intención suplantaron al embajador por otro guacarnaco que debió asumir la tarea de lograr una transición pacífica. De Machado hacia otro gobernante.

---

[55] Referencia musical de la época convertida en refrán popular.

Qué te voy a contar. El nuevo embajador, Benjamín Sumner Welles[56], llegó a La Habana a bordo del Petén, eso era en mayo de 1933. Ya tú sabes, de inmediato la prensa lo bautizó como «el embajador de la cordialidad», y paquí y p'allá. Tú sabes cómo somos los cubanos cuando nos da por ensalzar a alguien.

Na de na, que así fue como empezó todo el nuevo remandingo ese. Que ya la cosa estaba cada día más encojoná, difícil, quise decir. El horno no estaba para galleticas. El flamante diplomático fue a ver a Machado, con el fin de ponerlo al corriente del tejemaneje americano. Tenía que irse echando, porque la Casa Blanca quería que se largara de la manera más tranquila posible. En pocas palabras: había que encontrarle una salida a la crisis. Y esa salidita debía de ser honrosa, por la vía constitucional.

Machado estaba ahí, medio lelo, en el *tíbiri tábara,* el muy pasmado, no se esperaba lo peor. Es más, él se creía todavía que seguía siendo el ojito derecho de los americanos. Además, se embarcó en una tonga de obras públicas, quería hacer de Cuba la «Suiza del Caribe», ¡di tú! No hubo condiciones predispuestas. Eso sí, se organizó de ahora pa luego una conferencia sectorial, denominada La Mediación, presidida por Cosme de la Torriente[57],

---

[56] Benjamín Sumner Welles (1892-1961). Embajador de Estados Unidos en Cuba desde abril hasta diciembre de 1933.

[57] Cosme de la Torriente (1872-1956). Combatiente durante la guerra de Independencia, al final de la cual luce grados de comandante. Participa en la elaboración de la Constitución de 1897. Político destacado en relaciones y negocios desde 1900 (gobernador provincial, embajador, secretario de Estado). Presidente de la Asociación de Amigos de la República

aquel viejo luchador. Aunque más bien quien se ocupaba de orientarlo todo era el mismísimo Welles, que tan guacarnaco, tan guacarnaco no era.

Te lo digo yo, Arsenio, por otra parte Batista no andaba comiéndose un queque. Lo menos que estaba Batista era distraído, y enseguida se dio cuenta que algo tramaban. «Cómo se traman las cosas cuando son del alma»[58]. Batista observó, analizó, elucubró planes. Nada, mi hermano, Batista tenía un destino: El del revolucionario y su determinación. Porque ese sí que era un revolucionario. No el gángster este de Fidel Castro.

El caso es que el problema mayor no era que la economía fuera tan requetemal. Inclusive la economía iba bien, y en algunos momentos hasta mejor. Pero la violencia lo empañaba todo. Batista estuvo muy atento a esos brotes de violencia, sabía que ahí estaba el punto álgido, y frágil.

Sumner Welles por su parte, ni corto ni perezoso, consiguió a la mayor brevedad un sucesor para Machado. Se trató nada más y nada menos que de Carlos Manuel de Céspedes y Quesada[59]. Hijo de Carlos Manuel de Céspedes, el original. El Padre de la Patria[60], con mayúscula y subrayado.

---

en los años 1950, creada para establecer un diálogo entre el Gobierno y los partidos tradicionales.

[58] Referencia musical alusiva a un poema anónimo, unas veces atribuido al Indio Duarte y otras a José Ángel Buesa, que se recitaba mucho por la radio: «¿Qué cómo fue, señora...? Como son las cosas cuando son del alma».

[59] Carlos Manuel de Céspedes y Quesada, el hijo (1871-1939). Presidente de Cuba desde el 13 de agosto al 14 de septiembre de 1933.

[60] Carlos Manuel de Céspedes del Castillo, propietario de tierras, poeta. Inició en 1868 el Grito de Yara, en el curso del cual libera a sus es-

Pero sabido era que el hijo, con minúsculas y sin subrayar, no era el padre. No dio la talla, de ninguna forma.

El estira y encoge que se armó entre Welles y Machado es conocido. El segundo insistía en su plan de entorpecer la mediación. El primero, empecinado en acabar con el segundo. Los militares, que en ninguna parte del mundo son bobos, se disputaban el Gobierno. Las conversaciones no llevaban a ningún puerto. ¡Qué iban a llevarlas! Porque dime tú, ¿cuándo los cubanos han sabido algo de conversar con los americanos? ¿Cuándo hemos sabido conversar con nadie? Todo no es más que un jelepe de quítate tú pa ponerme yo, y un monólogo y trajín verborreico. Pero ese jelepe, o julepe, tenía que terminarse de una vez y por todas. Ahí estuvo entonces, en el momento y exacto a la hora, Fulgencio Batista y Zaldívar.

Ahí llegó, nos buscó. A unos cuantos militares, y nos reunió en un plan conspirativo: La Junta de los Ocho[61], así lo llamó. Eso ocurrió el 26 de agosto de 1933. El que te cuente otra cosa, te miente.

Quiso el azar que el sargento primero Batista hablara en los funerales de Miguel Ángel Hernández, uno de nuestros compañeros más queridos, muerto en el Castillo de Atarés, debido a su oposición al régimen.

Ahí fue donde el futuro revolucionario se lució de lo lindo. Predijo cambios necesarios: depuración en la ofi-

---

clavos y los insta a la lucha armada contra el Gobierno español. Es el punto de partida de la guerra de los Diez Años (1868-1878), primero de los tres conflictos, la Guerra Chiquita y la guerra de Independencia, que serán el inicio de la independencia de Cuba.

[61] Referencia a los ocho sargentos de la Revolución de los Sargentos.

cialidad militar, anunció proyectos encaminados a una mayor y mejor atención de los soldados. Nosotros lo oíamos extasiados, en los cielos.

En medio del afiebrado discurso siguió señalando objetivos reformistas, que por cierto nos parecían bastante peligrosos. Eso sí, la gente notó en él la materia de líder. Su tono temerario asombró e hizo un efecto muy positivo en los oyentes. Habló de justicia, de progreso, se posicionó como un rebelde en contra de la esclavitud. Y por primera vez definió aquel proceso como un cambio revolucionario. Un cambio que se llamaría la Revolución de los Sargentos.

Los conspiradores éramos unos cuantos —ocho al inicio, después se sumaron más—, muy jóvenes todos, casi niños, los sargentos Juan Estévez Maynir, Gonzalo García Pedroso, Pablo Rodríguez Silverio, José Eleuterio Pedraza, Manuel López Migoya, Ignacio Galíndez, los cabos Ángel Hechavarría y Juan Capote Fiallo. Se agregaron Ramón Cruz Vidal, Mario Alfonso Hernández, Heriberto Marchena, Gregorio Querejeta Valdés, Belisario Hernández, Nicolás Cartaya y Mariano Gajate. Y menda, quien te habla. No digas mi nombre, Arsenio. No es por temor, ni por nada. O sí, más bien por cautela. Quiero vivir tranquilo, Arsenio, ¿tú me comprendes?

¿Que dónde se planeó el rebumbio principal, al inicio? La Gran Logia Masónica de la Avenida de Carlos Tercero nos prestó su local. Como sabes el Templo Masónico existía desde 1908, pero el nuevo edificio que se ve hoy se inauguró oficialmente en 1954. Allí discutimos en secreto. Después nos juntamos en una vivienda en el Reparto Hornos. Además de que también nos dimos cita en la propia casa de Batista, en los altos de La Esquina de Toyo.

Empezamos por demandar mejoras que beneficiarían al Ejército, mejor comida para los soldados, supresión de los soldados-asistentes a los oficiales, o sea, supresión de los soldados-sirvientes que servían a los altos oficiales; exigimos tener el mismo derecho a usar polainas de cuero y queepis. Lo mismo para los soldados como para los oficiales.

Lo de nosotros iba en serio, ansiábamos aniquilar la ruindad, terminar con el castigo. Asegurar que se atendiera nuestra demanda como una causa justiciera. Que se terminara la cobardía, el robo, la traición, la criminalidad, el sometimiento. Esa era la esencia del septembrismo (llamado así por la sublevación del 4 de septiembre). Una sublevación que se fue gestando en cada uno de nosotros, pero sobre todo en el sargento Batista.

Aclaro, antes de continuar, que Batista no tumbó a Machado. No, de eso nada. Los americanos decidieron quitarlo de en medio. Lo otro vino solo, mucho después.

La revolución llegó a punto y en hora. Detuvo el derrumbe que se veía venir con el plan de Sumner Welles. Eso sí, no nos engañemos, Arsenio, sin Batista no habría sucedido nada de lo que te estoy contando. Y te explicaré por qué.

Pues, mira, chico, porque hubo una reunión en el Club de Alistados del Campamento Militar de Columbia en la que se encendieron los ánimos de sargentos, cabos y soldados, reunidos todos por Batista. Debido a unos cambios momentáneos en la jefatura del Ejército se facilitaron las condiciones para una mayor libertad de acción. Aquello fue tremendo. Batista tomó la palabra en aquella asamblea de insurgentes. Se apoderó de la tribuna como si toda la vida hubiera estado pegado a ella, como si hubiera nacido en ella.

El capitán Mario Torres Menier se levantó molesto y se retiró con la cola —por no decir rabo— entre las piernas. Él no estaba ahí más que en calidad de observador de mando. Batista aprovechó y mencionó la palabra sublevación, la que dio lugar, sin violencia, sin derramamiento de sangre, y sin tiroteos de ningún tipo, en la madrugada del 4 de septiembre de 1933.

Allí, aquel día, surgió la relevante y triunfante Revolución de los Sargentos. Todo me lo escribes en mayúsculas por favor, Arsenio. Revolución de los Sargentos, repito, en la que hasta ese instante un desconocido sargento, combinó todos los puntos para situar nuevamente a Cuba en el mapa internacional.

Ocurrió de madrugada, sí señor. La madrugada es una constante en la vida de Fulgencio Batista y Zaldívar.

Sun sun sun sun sun Damba E, pájaro lindo de la madrugá...

Así le cantó el pueblo, así le cantaba. Después y siempre.

El apoyo a la sublevación de septiembre fue unánime e inmediato por parte de los estudiantes, por los profesores, obreros y campesinos. Esto, Arsenio, fue muy importante, y tú lo sabes.

—Crearemos una Junta Revolucionaria —ordenó nuestro sargento. Y fue creada la Pentarquía.

Con todos esos factores y sectores en orden y a favor, el 5 de septiembre surgió un Gobierno Colegiado o Pentarquía, integrado por los catedráticos universitarios Ramón Grau San Martín[62] y Guillermo Portela[63], el hacendado Porfirio Franca[64], el periodista Sergio Carbó[65] y el doctor José M. Irisarri[66], quienes suscribieron junto a Batista la Proclama de Septiembre. Casi todos eran de izquierda, centro izquierda, y muy pocos de una derecha desleída. Cuba nunca fue un país de derechas, ni con Machado. Machado fue quizás el primer socialista de Cuba.

Sergio Carbó y Morera firmó un decreto y con José Eleuterio Pedraza[67] confirieron a Batista el grado de coronel.

---

[62] Ramón Grau San Martín (1887-1969). Político cubano. Presidente de Cuba desde el 10 de septiembre de 1933 hasta 1934, y desde 1944 hasta 1948.

[63] Guillermo Portela (1886-1958). Abogado, diplomático, político cubano. Participa en el golpe de Estado contra Céspedes que conduce al poder a Grau San Martín.

[64] Porfirio Franca (1878-1950). Hombre de negocios y político cubano. Funda con Grau San Martín y Carlos Prío Socarrás el Partido Revolucionario Cubano (Auténtico). Pronto se sumaría al Partido Cubano Ortodoxo, creado en 1947 por Eduardo Chibás y al que él se sumará durante la segunda presidencia de Grau, en reacción a la corrupción de su Gobierno.

[65] Sergio Carbó y Morera (1892-1971). Periodista comprometido políticamente, opositor durante la presidencia de Machado que lo obliga al exilio. Participó en el Gobierno de la Pentarquía, tuvo un rol activo en la destitución de Céspedes.

[66] José Miguel Irisarri (1895-1968) Abogado y militar cubano.

[67] José Eleuterio Pedraza (1903-se ignora su fecha de muerte fuera de Cuba). Militar cubano. En los años treinta ocupa el puesto de jefe de la Policía Nacional tras la partida de Grau San Martín, y de jefe de la Armada bajo la presidencia de Batista. Se va con Batista a Santo Domingo en 1959 tras la victoria de Castro.

Con tal grado asumió el mando superior del recién nacido Ejército Nacional Constitucional.

Arsenio, cuéntalo todo, porque lo que te estoy diciendo han querido borrarlo de la historia. Lo que aquí te digo no existe para las páginas de los últimos cincuenta y tantos años de la historia de Cuba. Sin embargo, se ha escrito sobre todo eso, sobre ellos, sus protagonistas. Pero lo escrito desde el exilio ha sido prohibido, censurado e ignorado por el régimen. Te aseguro, Arsenio, que no tengo ningún interés en mentir. Hemos padecido tanto la mentira que los que todavía quedamos con un poco de vergüenza y dignidad sabemos que sólo nos honra la verdad, y ella nos protege, como un escudo moral. Sigo...

—Usted, como jefe del Ejército, nos debiera representar ante el Estado Mayor, no sólo frente al Ejército. Usted debe presentar el pliego de demandas. Es hora de que nos aumenten los sueldos, de que nos mejoren la comida y de que tengamos derecho a uniformes adecuados.
—Eso pedimos a Batista.

—El problema es que el Ejército carece de un jefe que nos sepa mandar —respondió él, y tenía razón—. Los sectores opositores no acatan la presidencia de Céspedes. Hay muchos oficiales desorientados, y hasta perseguidos.

—Coronel, los estudiantes no andan comiéndose las uñas, no están ociosos. Ahí tiene usted a Carlos Prío Socarrás, a Segundo Curti[68], Antonio de Varo-

[68] Segundo Curti Messina (1910-2000). Opositor contra Machado durante sus años de estudiante. Amigo cercano de Grau San Martín (al que encontró en prisión en aquella época), del cual él será un gran colaborador durante el Gobierno de los Cien Días en 1934. Después Ministro de Esta-

na[69], Rubén de León[70], Lincoln Rondón[71], Julio César Fernández[72], Ramón Hermida[73], y Antonio Guiteras Holmes[74]. Debemos estar atentos a ellos, sobre todo a Prío So-

---

do (1944-1946) durante su presidencia. Ministro de Defensa de Prío Socarrás (1949-1950). Exilio durante el cuartelazo de Batista en 1952. Regresó a Cuba con la victoria de Castro.

[69] Manuel Antonio de Varona (1908-1992). Político cubano, opositor contra Machado, detenido y exiliado en múltiples ocasiones. Hizo carrera política, fue elegido al congreso en 1940, líder de la mayoría en el Senado, apoyaba a Batista en aquel entonces. Primer ministro de Prío Socarrás en 1948, presidente del Senado en 1950. En 1952, tras el cuartelazo de Batista, retoma la lucha contra este último, y toma la ruta del exilio. Regresó en 1959 a Cuba, pero decepcionado por la orientación política de Castro vuelve al exilio en Estados Unidos. Acordó con Estados Unidos para convertirse en el presidente de Cuba si Bahía de Cochinos hubiera sido un éxito.

[70] Rubén de León (se desconocen fechas de nacimiento y muerte). Figura del Directorio Estudiantil Universitario (grupo estudiantil anticomunista y antibatistiano) en 1930, opositores a Machado (prisión y exilio). Fundador y uno de los dirigentes del Partido Revolucionario Cubano (Auténtico). Participa en la caída del Gobierno de Céspedes en 1934, hostil a la partida de Grau al término del Gobierno de los Cien Días en 1934, entonces se opone a Batista, según él un contrarrevolucionario. En 1938 es excluido de su partido por apoyar a Batista, funda entonces el Partido Nacional Revolucionario (Realista), y apoya la candidatura de Batista en 1940. Fue además Ministro de Prío, representante a la Cámara, la que presidió, y senador. Se exilia en 1959 cuando Castro toma el poder.

[71] Lincoln Rondón. Muy poco se conoce acerca de esta personalidad implicada políticamente como estudiante y que se exilia probablemente a inicios del triunfo de Castro. Es el autor del libro *Cuba y su derecho a la libertad,* editorial Laurenty Publishing Inc. Miami, Florida, 1986.

[72] Julio César Fernández, figura relevante de la época de Batista de la que se conoce muy poco. Escribió una carta abierta a Fulgencio Batista en abril de 1940.

[73] Ramón Hermida, poca información. Ministro del Interior de Batista en los años 50.

[74] Antonio Guiteras Holmes (1906-1935). Líder político durante los años 30. Líder estudiantil cercano al movimiento comunista de la épo-

carrás y a Guiteras. Por supuesto, a Eduardo Chibás[75]... —comenté yo, y Batista sostuvo mi punto de vista.

—Se pondrán de acuerdo con nosotros, así me lo han informado ellos mismos —anunció Batista—. Preparan un golpe contra Céspedes, y al parecer algunos militares los apoyarán.

Oye, Arsenio, y tal como lo predijo. Céspedes fue por fin derrocado en septiembre del 33. La única acción para lograrlo fue cerrarle las puertas del Palacio Presidencial, sin más, mientras él andaba paseándose por Sagua La Grande. Allá, entretenido y aturullado con los daños de un ciclón que había azotado por aquellos días la región central de Cuba. Céspedes regresó a La Habana y fue a palacio. Sostuvo une entrevista. Se cuenta que sacó un retrato del padre que estaba en la oficina presidencial y se lo llevó.

Derrocado Céspedes, como ya te dije, se instauró la Pentarquía. Sin embargo, quién te dice a ti que a la sema-

---

ca. Socialista revolucionario. Milita para la instauración de la democracia sobre la base de enfrentamientos violentos con las fuerzas del poder. Ministro del Interior durante el Gobierno de los Cien Días de Grau San Martín. Se radicaliza después y funda el movimiento Joven Cuba, organización proletaria y anticapitalista. Muere abatido en 1935.

[75] Eduardo René Chibás Ribas (1907-1951). Político cubano denunciador del mayor problema de Cuba según él, la corrupción de los Gobiernos de Grau y Prío. Fundador del Partido Ortodoxo en 1947. Pierde las elecciones en 1948 frente a Prío, al que criticará su elección con virulencia. Igualmente senador y cronista de radio. Se había comprometido a aportar durante su crónica del 5 de agosto de 1951 la prueba de la corrupción del ministro de Educación. Pero los diputados que debían apoyar a fondo su acusación desistieron en el último momento y él evoca en su crónica la posibilidad de un golpe de Estado de Batista, antes de fingir un suicidio al final de su crónica a modo de excusa por su impotencia de revelar la corrupción gubernamental. Pero se mata de verdad por un error.

na Grau San Martín va y le da un golpe de Estado a la Pentarquía, y tomó el poder como presidente provisional. Eso fue, subrayo, el 10 de septiembre de 1933.

Muchacho, Arsenio, el embajador Welles andaba que ardía, en desacuerdo absoluto con lo que estaba sucediendo, pero nadie hizo caso de sus opiniones.

Batista y Grau se unieron entonces. Ignoraron la Enmienda Platt[76] y al presidente de Estados Unidos.

Frente a una gran multitud en Palacio, Grau San Martín juró unos estatutos revolucionarios que suplantaban la Constitución. Cuba seguía adelante sin Estados Unidos. Aquello encabronó todavía más a Sumner Welles.

Todo hay que decirlo, el diplomático se enervaba con cierta facilidad y emitía juicios acalorados, demasiado ligeros. Describía en sus informes a la Casa Blanca «todos aquellos cambios» como el resultado de «maniobras comunistas o tentativas radicales extremas». Inclusive mandó la información a Washington de que la Junta Revolucionaria, o sea la Pentarquía, estaba integrada por elementos radicales. Los extremistas para Welles eran Portela[77], Grau San Martín e Irisarri. Por supuesto, ninguno había dado pie a ese tipo de acusación ni a ninguna otra por el estilo.

---

[76] Enmienda Platt. Anexo a la Constitución de 1901 proclamando la independencia de Cuba y las condiciones de la retirada norteamericana al final de la guerra de Independencia. Aseguraba la perennidad de los intereses norteamericanos incluido el control de Estados Unidos sobre Cuba. Cuba, liberada de los españoles, cae bajo la influencia (positiva) de su vecino estadounidense.

[77] Guillermo Portela Moller (1886-1958). Abogado, profesor universitario y político. Miembro de la Pentarquía.

Así son los americanos, mi hermano, muy tozudos con todo lo que tiene que ver con Cuba, y siempre equivocados. Por suerte, el embajador de México tenía una visión diferente del desenvolvimiento de aquellos cambios. Y quiso enterarse de primera mano quién era en realidad Fulgencio Batista y Zaldívar.

Allá fue:

—Me dicen que le gusta a usted hacer equitación una hora diaria por la mañana. Lo invito a que hagamos un paseo juntos. Poseo muy buenos caballos —le espetó el licenciado Don Octavio Reyes Spíndola cuando se cruzaron en un acto oficial.

El coronel aceptó de buen agrado.

Tras larga conversación a caballo, Reyes Spíndola puntualizó:

—Observo que es usted todo lo contrario a lo que se comenta. Amigable, cultivado y con las ideas transparentes sobre Cuba. Además de ser un auténtico jinete.

Batista sonrió en silencio a modo de sabia y elegante respuesta.

—Creo que podrá conversar más a menudo con el embajador Welles —insistió el embajador mexicano—; las cosas quedarían tan claras como me han quedado a mí.

Estados Unidos había enviado, a requerimiento de su embajador, buques de la armada a las costas cubanas. Las tropas desembarcaron del *MacFarland* y del *Richmond* instalándose en el lujoso Hotel Nacional, donde se hospedaba Welles. Por fin entonces el diplomático se entrevistó con el coronel Batista:

—Debe usted proteger vidas y propiedades norteamericanas aquí. Pienso que también deberá autorizar el desembarco de infantería de nuestra marina. Es conveniente que se establezcan zonas neutrales vigiladas por la marina estadounidense.

—Su excelencia, señor Welles, ¿podría usted explicarme su concepto de zona neutral? —inquirió irónico el coronel.

—Los hogares y los hoteles donde se alojan los norteamericanos debieran ser considerados zonas neutrales, bajo la jurisdicción de la bandera de Estados Unidos, también alrededor de la Cuban Telephone Company, la Compañía Cubana de Electricidad y las propiedades norteamericanas más conocidas.

—Lo siento, señor Welles, pero debo rechazar su propuesta. Esta revolución que hemos puesto en marcha es una revolución independiente, nacionalista por la importancia que le damos a la nación y la independencia cubanas. No toleraremos el desembarco de tropas extranjeras de ninguna manera. No lo requiere ningún propósito. Esas tropas en nuestro suelo podrían desencadenar serios y peligrosos problemas. Los cubanos podrían atacar a los marines en las calles habaneras, lo que generaría un conflicto innecesario, porque las Fuerzas Armadas tendrían que ponerse del lado del pueblo para defender su soberanía. Usted sabe que respeto y aprecio enormemente a Estados Unidos, pero esta revolución se opone a la Enmienda Platt bajo la cual su país tiene el derecho a intervenir en los asuntos internos nuestros. Deseo que usted comprenda mis puntos de vista, y entienda por qué rechazo su propuesta. Espero que las relaciones entre ambos países continúen siendo amistosas y firmes.

—Nuestras relaciones continuarán siendo amistosas y firmes y en eso coincide usted con el presidente Roosevelt.

Pese a este significativo encuentro, Welles no dejó de subestimar a Batista, y concluyó que podía reconducir a Céspedes al poder presidencial. Entonces se dedicó a elucubrar una contrarrevolución contando con las Fuerzas Armadas norteamericanas, que desembarcarían en la isla.

La historia de Cuba, amigo Arsenio, está llena de estas peripecias insólitas. Uno las cuenta y nadie las cree. Porque es imposible admitir semejantes pretensiones por parte de un embajador frente a un país libre.

Las cosas como fueron, Welles se dejaba guiar por Horacio Ferrer[78], el antiguo secretario de Gobernación y Guerra en el Gobierno de Céspedes. Hasta que no recibió un mensaje directo de la presidencia norteamericana, directamente de Roosevelt, no se mantuvo calmado: «Tenemos la fuerte convicción de que cualquier promesa, implícita o de otra naturaleza, en cuanto a lo que Estados Unidos haría bajo cualquier circunstancia es imposible; que ello (el desembarco de fuerzas americanas de policía) sería considerado un quebrantamiento de la neutralidad, favoreciendo a una facción de las muchas existentes, in-

---

[78] Horacio Ferrer (1876-1960). Médico y combatiente durante la guerra de Independencia contra España, y después contra la dictadura de Machado, tomando partido oficialmente contra este último. Contribuye a virar al ejército contra el dictador, que cae en 1933.

tentando establecer un Gobierno al cual todo el mundo y en especial la América Latina, estimaría creación y criatura del Gobierno americano».

¿Sabes, Arsenio, cómo reaccionó la juventud cubana? No, ya veo, tampoco lo sabe mucha gente. ¿Cómo saberlo? Si todo lo han ocultado. Yo te lo cuento.

Frente a los planes de Welles de intervenir y de volver a constituir el Gobierno de Céspedes, la juventud cubana desarrolló una actitud todavía más audaz. Reunidos bajo el mando del Directorio Revolucionario apoyaron al Gobierno de Grau San Martín con acciones rebeldes.

Antonio Guiteras, Tony, que era titular de la Secretaría de Gobernación, sí, el célebre líder revolucionario, fue de los primeros en sumarse a las Fuerzas de la Marina cubana que salieron desde el Castillo de la Punta, que por fin desembarcaron, y de alzarse contra los disparos de los exoficiales que combatieron desde las ventanas y balcones en lo alto del Hotel Nacional.

También se sumaron a los soldados de Batista jóvenes del ejército civil Pro Ley y Justicia bajo el mando de Santiaguito Álvarez y Mario Labourdette[79], y los estudiantes del ABC Radical que dirigía Óscar de la Torre[80]. Al final se rindieron, pero entre una cosa y la otra hubo unos cientos de muertos. Todo eso aconteció en la maña-

---

[79] Acciones rebeldes. Welles les temía y los consideraba una suerte de bandidos.

[80] El ABC radical dirigido por Óscar de la Torre era antimachadista y no aceptaban ninguna injerencia norteamericana en los asuntos cubanos. El movimiento duró muy poco, se disolvió en 1934. Óscar de la Torre, científico y profesor de la Universidad de La Habana.

na del 2 de octubre de 1933, sí, una de las fechas más desoladoras de la historia de Cuba.

En los campamentos militares ondeaba la bandera nacional junto a la insignia del 4 de septiembre. Los exoficiales traidores a la libertad de Cuba del ejército creado en 1909 habían fracasado, también los planes de Welles. Pero nada de esto desanimó al embajador norteamericano.

Es sabido que los soldados del coronel Batista consiguieron expulsar de las guarniciones a los sediciosos y estos fueron a refugiarse en el Castillo de Atarés. Los cruceros Patria y Cuba (que era sobre todo buque escuela) cañonearon con sus baterías a la fortaleza el 9 de octubre. En tremendo pánico se rindieron los sublevados. El resto de los revoltosos también optaron por rendirse. El triunfo de Batista llegó a ser total.

Aunque no hubo demasiada tranquilidad, y la que hubo no duró mucho. Una vez finalizado el enfrentamiento contra los exmilitares, los comunistas empezaron con su jodientina, a querer hacer de las suyas, como siempre, de oportunistas. En realidad, habían empezado desde Machado, con conflictos campesinos como el de Realengo 18.

El Partido Comunista[81] controlaba la facción de la dirigencia de la Confederación Nacional Obre-

[81] «El primer Partido Comunista de Cuba (PC), fundado en agosto de 1925, tuvo una relación difícil con la revolución que en la isla es conocida como «del 30» o «del 33». El PC contribuyó de forma esencial a la configuración de la situación revolucionaria que acabó con el régimen de Gerardo Machado en 1933. Esa agrupación contaba con una gran acción obrera, que dirigió y fraguó en medida significativa, y con una tradición extraordinaria de pensamiento, con figuras como Julio Antonio Mella y Rubén Martínez Villena. No obstante, ya en la cima de la crisis de 1933 no

ra[82] desde los años machadistas. La desproporción de lo sucedido en aquellos años fue aprovechada por los comunistas y sus agentes internacionales, y se dispusieron a armar huelgas y a estructurar intentos o ensayos de sóviets en cincuenta y seis ingenios azucareros. Pues ahí también Batista supo enfrentarse a toda esa maraña, y lo hizo con firmeza, chico, como había que hacerlo. Se habían constituido esos sóviets obreros y campesinos, en 1935, Batista, verdadero artífice de la política cubana, tenía locos a los comunistas que montaban en cólera en su contra, entonces Batista empezó a tomar medidas nacionalistas de izquierda, y ahí mismo los hizo leña. Terminó así con la posibilidad de que se adueñaran del país, que era lo que se proponían.

Como es sabido, por otra parte, el presidente Franklin Delano Roosevelt estaba negado a reconocer el Gobierno septembrista, y se rehusó por sus timbales. Batista no deseaba el enfrentamiento con los norteamericanos, respetaba la política del Buen Vecino, o sea, relaciones normales aduaneras[83]... Solamente España, Uruguay

---

comprendió la situación gestada, protagonizó el «error de agosto» (pactar con Machado el fin de la huelga general), y combatió un resultado directo de aquella revolución: la presencia en el Gobierno Provisional del ala revolucionaria representada por Antonio Guiteras». Julio César Guanche. Tomado de *La Revolución del 30 se fue a bolina*, de Raúl Roa. Editorial Ciencias Sociales, Cuba, 1976.

[82] Confederación Nacional Obrera. Creada en Camagüey, Cuba, en 1925, por Alfredo López. Fue un paso significativo dentro del movimiento obrero cubano, aunque con algunos rasgos anarcosindicalistas.

[83] «La política del Buen Vecino es la que siguió Franklin D. Roosevelt en relación a Latinoamérica y que se caracterizó por la no injerencia en los asuntos domésticos de los países». Extraido del artículo *¿Qué fue la política del Buen Vecino?,* de Adriana Collado. www.aboutespanol.com.

y México dieron reconocimiento pleno al Gobierno revolucionario.

Al verse Grau en la imposibilidad de obtener la ayuda económica y el reconocimiento político de los americanos decidió entonces dimitir. El ingeniero Carlos Hevia[84] tomó el poder oficialmente el 16 de enero y lo entregó cuarenta y ocho horas después, temprano en la mañana del 18. Ese mismo día lo toma la figura anhelada aunque fugaz del secretario de Estado, Manuel Márquez Sterling[85], que lo entregará al líder de los nacionalistas y coronel mambí Carlos Mendieta y Montefur[86].

Sin embargo, Arsenio, tú lo sabes, aunque hayas llegado después, Batista era el verdadero líder de una revolución venida desde muy abajo. Era la cabeza de una revolución socialdemócrata. Una revolución que se afianzó con el sostén del pueblo, que nació en el corazón de los

[84] Carlos Hevia (1900-1964). Político cubano que llegó a presidente de la República de Cuba del 15 al 18 de enero de 1934 tras la renuncia de Grau de cuyo Gobierno era Secretario para la Agricultura. Realizó múltiples funciones gubernamentales a finales de los años 40 y durante los 50. Ministro de Estado en 1948, ministro de Relaciones Exteriores en 1949, candidato al Partido Auténtico en 1952 para las presidenciales, anuladas por el cuartelazo de Batista. Exiliado en Estados Unidos, se opuso a los regímenes de Batista y de Castro.

[85] Manuel Márquez Sterling (1872-1934). Abogado, embajador de Cuba en México y en Estados Unidos, presidente interino de Cuba durante algunas horas el 18 de enero de 1934; presidente de la Asamblea Constituyente al principio de la elaboración de la Constitución de 1940.

[86] Carlos Mendieta y Montefur (1873-1960). Combatiente durante la guerra de Independencia , más tarde líder de la oposición a Machado. Presidente de Cuba del 18 de enero de 1934 hasta diciembre de 1935. Bajo su presidencia se consiguió el derecho al voto femenino y la abrogación de la Enmienda Platt.

soldados y fue subiendo hasta los oficiales, desde las clases bajas hasta las altas. Un gobierno revolucionario que se enfrentó a la Enmienda Platt, y para ello sabía que debía situarse en una posición centrista. Eso fue lo que por fin le valió el apoyo de Estados Unidos.

De su ejemplo político surgió el 18 de enero de 1934 un Gobierno de Concentración, bajo el poder civil del coronel libertador Carlos Mendieta y el empuje del coronel militar Fulgencio Batista y Zaldívar. Un Gobierno finalmente integrado por altos representantes del centro y de la derecha.

Pues sí, el resto es historia. Triunfó Batista frente a un desolado Welles, que fue sustituido por el nuevo embajador, Jefferson Caffery[87].

Mendieta y Batista enderezaron la economía del país. Subieron los salarios, se extendió y creció la producción y se establecieron contratos colectivos de trabajo. El gobierno mendietista-batistiano es entonces reconocido por la Casa Blanca un 29 de marzo de 1934, comprendiendo y admitiendo así un nuevo Tratado de Reciprocidad Comercial entre ambos países, y derogándose la famosa Enmienda Platt el 29 de mayo del mismo año.

Batista creó dos mil setecientas diez escuelas Cívico-Militares entre 1935-40, donde aprendieron a leer y a escribir miles de guajiros (que es voz taína o mejor, guanahatabey, y no como se ha propalado, eso de que proviene del inglés, de 'war hero', de nuestra Guerra de Indepen-

---

[87] Jefferson Caffery (1886-1974). Embajador de Estados Unidos en Cuba desde 1934 hasta 1937.

dencia porque de así fueron llamados nuestros campesinos por los norteamericanos, no, lo supe por el novelista Guillermo Cabrera Infante y el poeta Orlando González Esteva, este último lo aclaró en su programa radial a través del célebre poema del Cucalambé) residentes en las zonas más alejadas y aisladas de la campiña cubana. Los maestros y bachilleres convertidos en sargentos hicieron que el analfabetismo decreciera en pocos meses. Sí, Arsenio, tú estás claro, cualquier similitud con la mala copia que hizo Castro décadas más tarde de esa campaña de alfabetización llevada a cabo por el Jefe de las Fuerzas Armadas, coronel Batista, no es pura coincidencia.

Fíjate, mi socio, se crearon además vocacionales para el aprendizaje agrícola, en los denominados Hogares Infantiles Campesinos y Misiones Rurales Educativas, también entre los años 35 y 40, en esas tareas se implicaron pedagogos de reputación y técnicos de altísima especialización; el número de personas formadas es incalculable, pero alcanzó la masividad. Batista se ocupó también de la salud y de la sanidad. Gracias a sus gestiones proliferaron los hospitales, dispensarios, creches y gabinetes médicos móviles y facultativos desde 1935. Por su iniciativa personal se construyó el enorme sanatorio antituberculosis de Topes de Collantes en 1937, y en 1939 el moderno y espacioso Instituto Cívico-Militar de Ceiba del Agua, y posteriormente la Carretera Central que unió a Ceiba con el pueblo de Caimito. Eso se tradujo en enseñanza gratis y asistencia gratis a miles de hombres y mujeres con bajos recursos, lo que dio renombre a estos centros hospitalarios y militares. Aparte, contaban con un personal altamente calificado.

¡Teníamos un gran país, hermano, lo tuvimos, y no supimos apreciarlo!

Esto es lo que hay, sí señor. Batista desde Columbia y Mendieta desde Palacio propiciaron elecciones integradoras de una Asamblea Constituyente. Era lo anhelado por las jóvenes generaciones y por la sociedad progresista. Todos al unísono coreaban el eslogan «Elecciones primero y Constituyente después», circulado por el sector menocalista, o sea por Mario García Menocal[88], que de nuevo aspiraba a la presidencia. Lo que aplazó los comicios de constituyentes y desembocó en unas elecciones presidenciales.

Que hubo terrorismo, claro que lo hubo, de parte de los enemigos del orden público y de la democracia. Pero el pueblo y la fuerza pública se enfrentaron y esos enemigos fueron contenidos y sancionados.

Hasta el presidente Mendieta fue herido en una mano, sí, en aquel atentado, durante el homenaje que le brindaron los oficiales de la Marina de Guerra, en el Campamento de Triscornia. Hubo muertos, porque se debió haber sido muy represivos contra estos elementos, pero no fue lo suficiente. Sí, Batista quiso garantizar la tranquilidad y normalidad ciudadana con medidas previsoras aceptadas por el pueblo. Y ya ves…

Aunque, pese a eso, el progreso continuaba imparable. La gente confiaba en las nuevas medidas. Se implantó desde

---

[88] Mario García Menocal (1866-1941). Estudia en Estados Unidos. Combatiente por la independencia. Líder conservador después de la independencia. Presidente de Cuba desde 1913 hasta 1921 (reelegido en 1916). Intento de Revolución en 1931, fracaso y exilio. Regreso para presentarse en las presidenciales de 1936, perdidas contra Gómez.

1939 el descanso retribuido a los trabajadores, se creó el Seguro de Salud y de Maternidad Obrera (gratuita, pocos países lo tenían entonces), se garantizó una libre sindicalización de la clase obrera, o sea, libre creación de sindicatos diversos.

Los comunistas se quedaron sin pretextos, cayeron abatidos y sin justificación alguna ante la nacionalización del trabajo (obligatoriedad de emplear al menos cincuenta por ciento de obreros y empleados nativos en cualquier centro de trabajo), afianzada por el precedente estadista Grau San Martín. Otros grupos revolucionarios, desconfiados y celosos, organizaron enfrentamientos. El 17 de junio de 1934, el ABC lideró una Marcha Nacional, reclamaban «todo el poder para el ABC». La gente de Guiteras se les enfrentó a balazo limpio, a tiros de ametralladoras, a su paso por la avenida del Prado y el Malecón habanero.

¡El acabóse! Intervención armada de Joven Cuba, el grupo de Guiteras, los comunistas y otros grupos, los que destruyeron el monumento del Arco de Triunfo erigido por los abecedarios, los del ABC, en el Parque Central.

La razón por la que el ABC se vira contra Batista es porque le achaca que no los protegió lo suficiente durante la marcha. El ABC se convirtió en el acérrimo enemigo de Batista. Sabes que fue así, Arsenio, y también conoces que ahí no paró todo. Siéntate, acomódate, que la historia no es tan larga como compleja. Compleja no, complejísima.

Ahora viene la etapa del terrorismo de los comunistas radicales, antecedente del otro terrorismo de los castristas, del que vino después, el que triunfó y hundió el país... Pero no nos adelantemos. Antes, mucho antes, también asistimos a la reconstrucción del ejército y del campamento Columbia.

X

Despedirse una vez más de su tierra natal fue otro amargo trago por el que debió pasar. Arsenio sabía que no volvería nunca más a Veguita, donde había nacido y crecido, su avanzada edad no se lo permitiría; salvo para traer de vuelta a su viejo amigo. Ese viaje sería con toda probabilidad su último periplo a tierra cubana. Todavía más engorroso le resultó sacar a Elbio de su bohío y convencerlo para que lo acompañara a La Habana. El hombre a veces aceptaba medio dudoso, otras volvía sobre su decisión de no moverse de ninguna manera de su casa, y así estuvo indeciso o renuente, dependía de los días y de cómo tuviera el ánimo, hasta el último minuto. Por fin aceptó, gracias a Olga, su nieta, quien le señaló que posiblemente también esta sería la última vez que disfrutaría de la presencia de Arsenio, su viejo amigo, y que además le vendría bien visitar a su otro hijo y a sus nietos allá en La Habana. Pero aún más afanoso que todo lo anterior fue encontrar un lugar donde adquirir la suficiente cantidad de gasolina para poder desplazarse a la capital en el automóvil alquilado, y que el carburante alcanzara como para casi bojear la isla entera.

El viaje constituyó toda una odisea, algo que sin duda habían previsto. Lo hicieron todo lo apurado que pudieron, porque además de fatigoso fue también pesaroso. Tomaron por numerosos trechos y veredas sumamente descuidados hasta llegar a la Carretera Central.

—Te das cuenta, Elbio, esta carretera fue construida entre 1927 y 1931.

—No ha vuelto a repararse desde hace más de medio siglo, así que te aconsejo que manejes con tino —advirtió su compañero de viaje.

El recorrido duró casi dos semanas. Debieron detenerse continuamente para estirar las piernas, acotejar las articulaciones, aplicarse mutuos masajes y aliviar los dolores musculares.

Durmieron la mayoría de las veces en el interior de la máquina, las otras consiguieron pernoctar en destartalados y baratuchos hoteles o en algunas casas en las que tuvieron que pagar a sus dueños por comer frugalmente y descansar en camas desvencijadas y cundidas de chinches.

—Este país no tiene nada que ver con el que yo dejé —comentó Arsenió mientras conducía al despuntar la aurora. Ni el café sabe igual.

—Este país no tiene que ver ni con su sombra, ni con nada de nada. Si antes no se le podía comparar con ningún otro por su nivel de riqueza, ahora tampoco se le podría comparar con ningún otro por su nivel de desidia y de miseria humana y existencial. ¡Qué sabor va a tener un café que mezclan con chícharos! El verdadero café es para los extranjeros y para la exportación. Los cubanos no tenemos derecho ni siquiera a beber café de verdad —murmuró Elbio.

—Cuando antes me dirigía a verte, iba tan embullado con encontrarte que no me di cuenta del nivel de destrozo y desesperación que observo ahora...

Esa fue la razón por la que el trayecto se les hizo demasiado atropellado y extremadamente penoso: redescubrir un país arruinado.

Los campesinos acudían como alelados a los más intransitables caminos, vestían una ropa raída y mal lavada, zapatos gastados y agujereados. Lloviera, tronara o relampagueara, iban cargados con sacos y cajas de cartón, con la intención de vender sus escuálidos productos agrícolas arrancados prematuramente de una tierra estéril. El cansancio se reflejaba en sus arrugados rostros, la amargura invadía las facciones, la inextricable angustia se apoderaba de sus pasos. Así y todo pretendían ser afables a la hora de proponer sus ventas, sonreían, bromeaban, fingían una felicidad que con evidencia no sentían.

—¿Por qué demuestran lo contrario a lo que son?

—Arsenio, les han sembrado en el moroco que los cubanos tenemos que ser felices a porfía. Eso es lo que buscan aquí los extranjeros: felicidad a la cubana a ultranza.

—Pero tú y yo no somos extranjeros.

—Nos confunden. ¿Te has dado cuenta del carro que vas manejando? Además, aunque lleves ya semanas aquí no has conseguido quitarte de arriba el olor a foráneo que emana de tu piel, de tu pelo, de tu boca, de tus sobacos, de tus cicotes... Lo que ha sido raro, viejo, es que a mí todavía la policía no me haya sacado a patadas de tu lujosa carroza, aunque añeja pintada de un rosado escandaloso. Tal vez porque somos tan viejos que los policías no se van a meter con unos cáncamos sin ningún interés comercial y beneficioso para ellos...

—Elbio, nosotros luchamos para que esto no sucediera nunca en este país.

—En efecto, luchamos para impedirlo, muchos dieron su vida para evitarlo. Pero nos equivocamos de lucha y de hombre... —remató Elbio.

—No, yo siempre supe que Fidel no podía ser la solución.

—Ambos lo sabíamos, varios lo sabían. El pueblo lo suponía. Digo, corrijo, una parte de aquel pueblo lo suponía. Pero los americanos se empecinaron en reemplazar a Batista, lo ignoraron, y cesaron de enviarle apoyo y de venderle armamento. En plancharlo. Total, Batista había terminado, ya se iba a ir. Las elecciones se habían ganado... Cuánta desgracia... Qué espanto, chico... —el guajiro carraspeó emocionado.

—Todo lo que te leí hace un rato, Elbio, mis anotaciones acerca de lo que me contó ese amigo que ya murió en Miami, el militar que participó en la Revolución de los Sargentos, es algo que no se repetirá en este país... —Arsenio soltó la disquisición como si quisiera hacer una pregunta.

Elbio adivinó su intención y respondió:

—No, compadre, ningún militarito de a tres por quilo formado bajo el castrocomunismo tendrá jamás el valor de revolucionar este país, ni mucho menos de tumbar al régimen. No hay valor, ni moral, ni formación. Lo peor, no hay mente, porque no hay nada dentro de esos cerebros como no sea la avaricia de enriquecerse. Como mismo me estás oyendo, sí, porque en la actualidad esos militarcitos de pacotilla sólo sueñan con convertirse en hombres de negocios al estilo «capitalismo salvaje», como tú le llamas. Ignoran su propia historia, o sea la historia de esta isla, y no saben nada de la Historia Universal, con mayúscula. Un ejército que desconoce la historia de su país perdió el verdadero sentido de su existencia: defenderlo hasta las últimas consecuencias.

—¿No estás siendo demasiado brutal? —Arsenio manipulaba el timón con una mano mientras con la otra se secaba el sudor que le bañaba el rostro.

—A ti siempre te dio por llamarme brutal. Cuando le canté las cuatro verdades a mediados de 1958 a Batista, alertándolo de lo que se estaba cocinando en el ejército con sus jefes principales y con los americanos me llamaste «brutal» también. ¿Te acuerdas, eh? ¿Tenía o no tenía yo razón, Arsenio?

—Claro que la tenías. Claro, viejo. Aunque Batista sabía más de cuatro cosas, no creo que estuviese demasiado ido de la realidad, pese a que ya ansiaba largarse lo ataba su altísimo sentido del honor y del deber… Esa fue al menos la impresión que yo tuve, que ya él quería escapar y dedicarse por entero a su familia, pero que temía abandonar el país y dejarlo en manos de unos desalmados…

—Andrés Rivero Agüero no era ningún desalmado...

—Tú y yo sabemos lo que era la Coalición Progresista Nacional, el partido de Rivero Agüero. La salvación otra vez, la última tablita a la que asirse, la última de las oportunidades, Elbio...

—Sí, amigo mío: lo mejor que le hubiera podido pasar a Cuba, visto lo visto, y desandado lo desandado, bajo el horror que llegó después.

Al entrar en la ciudad de La Habana parquearon por unos instantes en la vía principal, estaban sedientos y exhaustos.

Intentaron bajarse del automóvil cuando repararon en una esquina a una pareja que se ripiaba a golpes. Tres niños lloraban aferrados a las piernas del hombre y de la mujer. Ningún transeúnte intervino para separarlos. Arsenio hizo el ademán de abrir la portezuela. Elbio se lo impidió con un gesto enérgico:

—Ni te atrevas, vete tú a saber si terminas como mínimo con un piñazo en un ojo, o con una *puñalá* en el costillar, y que para colmo no sea precisamente el hombre quien te suene el tortazo o te hinque el tajazo.

—Elbio, no puedo permitir que maltraten a una mujer.

—Yo tampoco, pero ya me he acostumbrado a que entre marido y mujer nadie se debe meter. Si se quieren matar que se maten. Y si no se matan, esta noche gozarán mejor en la colchoneta. Además, no te das cuenta que eso no es una mujer. ¿Cuándo tú viste en nuestros tiempos a una cubana fajarse como un macho en medio de la calle?

—El mundo no es el que era, Elbio. En todas partes...

—Mira, Arsenio, ahórrate tu confortable discurso de progre bien alimentado, acuérdate que nos hallamos en medio de la jungla. Y no precisamente en la de Wifredo Lam[89].

En ese mismo instante el hombre extrajo un cuchillo y tasajeó el pecho de la mujer delante de sus hijos. Ella pegó un alarido y cayó ensangrentada en el pavimento. Entonces fue que apareció la Fiana[90], ululando a todo meter. Los niños gritaban más fuerte.

Arsenio perdió el conocimiento y se desvaneció en el asiento del coche. Elbio movió la cabeza de un lado a otro, frió un huevo en saliva, bajó, se dirigió al maletero, sacó una botellita de alcohol de noventa grados de su mochila. Volvió a su sitio y roció el rostro de su amigo con el alcohol, después lo abofeteó:

—Vamos, Arsenio, no es momento para desmayos, arriba, que tenemos que huir de aquí lo más pronto posible. Dale, que tienes que manejar, Arsenio, dale, ¡arriba!

El anciano volvió en sí, asustado todavía, preguntó por la mujer.

—Muerta, Arsenio, finiquitada. Dale, métele al acelerador, chico.

Una vecina se encargó de los niños. Al rato llegó la ambulancia. Los policías arrestaron al sujeto que lloraba

---

[89] Wifredo Lam (1902-1982). Célebre pintor cubano que enlazó la simbología africana y caribeña con el modernismo y el surrealismo. Al final de su vida se acercó al régimen comunista de Castro. Uno de sus lienzos, *La Jungla* (1943), escandalizó a Nueva York en 1944, antes de ser adquirido por el MoMa.

[90] Nombre que los cubanos le dieron a las patrullas de policías.

y no hizo resistencia alguna. Mientras lo hacían no se percataron del automóvil pintado con un color chillón que arrancó a toda prisa del lugar.

—Necesito un buen vaso de agua fría. —El anciano se aferraba nervioso al timón.

—Tranquilo, viejo, ya encontraremos un tugurio, un bar, cualquier sitio. Pero recuerda que aquí hay un buen tramo entre lo que necesitas al momento y que lo puedas conseguir unas horas o varios días más tarde. Cuando creas que vas a tener sed, tienes que prevenirla con amplia anticipación. Debimos traer más botellas de agua...

—¡Elbio, asesinaron a esa mujer delante de nuestros ojos y no hicimos nada por impedirlo!

El guajiro palmeó la espalda de su amigo:

—Arsenio, asesinaron a todo un país delante de nuestros ojos y tampoco hicimos nada por evitarlo. Este país está muerto, es un cementerio repleto de zombis. Sí, hay más violencia de lo que te imaginas, sobre todo en La Habana. Nadie dice nada. Matan a los opositores y enmascaran los crímenes como accidentes de automóviles o muertes inevitables en una celda o en un hospital, como hicieron con Oswaldo Payá, Harold Cepero, Orlando Zapata Tamayo y Laura Pollán. Y nadie escribe nada de nada. Será porque ya todos estamos muertos. Sí, desde el 8 de enero de 1959, en que Fidel Castro implantó su régimen de fusilamientos en La Habana, empezamos a morirnos.

Arsenio empezó a sollozar.

—No llores, viejo, te entrará más sed si gastas lágrimas —musitó algo turbado su acompañante.

XI

—Elisa, los niños tendrán que esperar a que pueda desayunar mañana con ellos. Hoy no podré hacerlo, debo irme más temprano de lo habitual, inauguraré el Tribunal Superior de Guerra —anunció Batista a su esposa.

Ese día llegó a la jefatura de Columbia más temprano que de costumbre, tal como lo había planificado. Iba muy bien preparado para el evento y la reunión que correspondía.

Sabía que nombraría en la dirección del Tribunal Superior de Guerra al comandante Ignacio Galíndez, a él lo unía la alianza y fiel participación en la Junta de los Ocho.

—Comandante Galíndez, vamos a reorganizar las Fuerzas Armadas. Toca arreglar y reestructurar el campamento. Instalaremos en el polígono varios bloques de cemento. Queda claro que los soldados necesitarán confortables viviendas, escuelas y creches para sus hijos, dispensarios, gabinetes dentales. Todas estas renovaciones también deberemos expandirlas por toda Cuba.

—No sé si nos lo permitirá el terrorismo, mi coronel —respondió Galíndez.

—Aniquilaremos el terrorismo de grauístas y abecedarios[91], se lo aseguro yo. Es más, ya se sienten vencidos, y el hecho de vernos a nosotros triunfadores los acosa de celos. Por eso actúan así, a la desesperada, con tanta violencia.

—Sí, pero estallan bombas y petardos dondequiera, cunde el pánico en las calles habaneras. En una sola noche han detonado cien *nipples,* que son bombas caseras hechas con tuberías, las llaman así porque así llaman los plomeros a las conexiones entre tuberías...

—No se preocupe, Galíndez, que Pedraza no se amilana, y las fuerzas públicas tampoco. Eleuterio ha hecho zafra con los dinamiteros. Esto se acabará, Galíndez, se lo prometo —sostuvo firme el coronel.

—Han caído ya muchos policías y soldados, trataban de defender el orden ciudadano —insistió el comandante.

—Volverá la paz, sí, tendremos paz. Usted podrá lograrla, por su coraje fue ascendido en 1933 —el coronel asintió con la vista fija en un punto de su buró.

La paz volvió, claro que sí. La economía no se resintió, y hasta crecieron las fuentes de producción y trabajo.

---

[91] Terrorismo de los partidarios del antiguo presidente y de miembros radicales del ABC.

—A Guiteras le ha dado por secuestrar a los ricos. Ahora dice que esa plata es para sus proyectos insurreccionales. Guiteras se ha vuelto loco —alertó Galíndez en otra oportunidad—. Desconfío de Guiteras, y Dios sabe que no quisiera.

—Es una pena, lo sé, una verdadera lástima. Esos ingresos le han ido reportando algunas ganancias, con los secuestros de Antonio San Miguel, Paulino Gorostiza y Eutimio Falla Bonet.

—¿No preferiría usted que yo hablara con Guiteras?

—Sí, en efecto. Hable con él, anúnciele que si abandona toda esta locura le ofreceré un alto puesto en mi gabinete. Que yo conozco sus planes, que sé que también querría escapar de Cuba.

—¿Y si no hace caso? Él no acepta consejos ni de su propia gente, es un cabecidura.

—También lo sé. Y no sé si podamos advertir a los policías de Matanzas de que no hagan nada que vaya a peor, Guiteras podría ser un buen líder, de nuestro lado, sino fuera por su ambivalencia… Ahora más que nunca tendremos que crear los Tribunales de Defensa contra el terrorismo.

—¿Cuál ley ampara esa idea?

—La Ley Constitucional de 1934, del pasado año, por supuesto.

—Van a pedir su cabeza, coronel.

—Que la pidan. ¿No es lo que se supone que suceda?

Los comunistas y los del ABC pidieron, en efecto, la ejecución de Batista. Ofrecían una suculenta recompensa a quien lo eliminara. Pero no hubo absolutamente ninguna propuesta seria que tuviera la intención de liquidar al coronel.

Batista enfrentó como siempre a sus adversarios. Nadie esperaba semejante acto de inteligencia y osadía de su parte, aquello era una lucha sin tregua y sin sensiblerías.

La República se defendía escudada tras la figura de un hombre. El Hombre fuerte del Campamento de Columbia. Una voz por encima de la de Palacio.

—Impulsaremos también el Plan Trienal[92], reconstruiremos social y económicamente este país. Con eso callaremos muchas bocas y aplacaremos la ira de nuestros enemigos. Será un perfecto plan económico, social, político, sanitario y educativo.

Pero los anarquistas y agitadores convulsionaron los medios laborales. Consiguieron entonces aliarse a los terroristas del todavía clandestino Partido Comunista. Siguieron poniendo bombas que mutilaban a inocentes, destruían lugares donde la gente trabajaba de manera honrada.

Batista clausuró los locales donde se reunían los perturbadores. Los comunistas continuaron haciendo de las suyas.

Carlos Rafael Rodríguez[93], quien después estuviera en el Gobierno de Batista y más tarde en el de Fidel, junto

---

[92] Consultar el libro *Plan Trienal de Cuba o Plan de reconstrucción económico social,* de Fulgencio Batista y Zaldívar. Editorial Habana-Cultural S. A., 1938. El Plan Trienal consistía en incentivar fuertemente la economía y el desarrollo social.

[93] Carlos Rafael Rodríguez (1913-1997). Político comunista y economista cubano, fue ministro de Batista y de Castro. Participó en el

a José Ángel Bustamante[94], intentó allá por los 50 y por la vía del comunismo ganar los comicios universitarios de la FEU (Federación Estudiantil Universitaria), pero no lo consiguió al imponérsele el Ala Derecha Estudiantil[95]. Los locales del Ala Izquierda Estudiantil[96] fueron también clausurados por la policía, con el apoyo de los estudiantes que no se adherían a ninguna fracción política.

—Hemos destruido mucha literatura marxista. Han caído en el ridículo, Coronel. Lo acusaban a usted de haber asesinado a Ludovico Soto, y al final lo encontraron muerto en un lupanar de Atarés. Había ingerido abundantes estupefacientes —informó Galíndez a Batista.

—Sí. Pero Guiteras, los guiteristas preparan una huelga, en grande.

La huelga no se produjo hasta 1935. Los auténticos y abecedarios se reunirían en el fallido plan de abolir el mando militar de Batista. Querían además devolver la presidencia a Grau San Martín, y entregarle la jefatura de las Fuerzas Armadas a Pablo Rodríguez, el exjefe de la guarnición palaciega de Grau.

Gobierno de Batista en 1942 cuando la alianza estratégica de Batista con el partido comunista cubano. Detractor del asalto al Cuartel Moncada el 26 de julio de 1953, sin embargo se acercó finalmente a Castro en los últimos meses de la guerrilla en 1958. Ocupó puestos prominentes y ministerios bajo el régimen de Castro que lo hizo uno de los principales responsables económicos del país, hasta su muerte en 1997.

94 José Ángel Bustamante (1911-1987). Implicado en los movimientos estudiantiles contra Machado, más tarde tendrá un rol de líder del Directorio Estudiantil Universitario, en los años 30, relacionado también con la Federación Obrera de La Habana.

95 Estudiantes vinculados a partidos de centro-derecha.

96 Grupo estudiantil vinculado al primer Partido Comunista de Cuba.

Se cogieron el culo con la puerta, como se dice vulgarmente, porque los primeros que no siguieron la huelga de marzo del 35 fueron los obreros, la clase trabajadora renunció, pero así y todo el revuelo que armaron hizo mucho daño. A ella se unieron los anarquistas y muy pocos maestros y empleados públicos. El secretario de gobernación Pelayo Cuervo Navarro[97] condenó la acción y exigió represión para los huelguistas. Tony quiso aplazarla, pero el ABC ya había precipitado el imprudente acto.

Aquello terminó con la detención de muchos de ellos y más tarde con la muerte de otros, entre ellos el mismo Antonio Guiteras. Esto sucedió un tiempo después, el día 8 de mayo, cuando Guiteras trataba de escapar del país, hacia América del Sur. Antonio Guiteras Holmes, un héroe para algunos, un delincuente para otros, en cualquier caso alguien al que Fidel Castro se cuidaría de mencionar décadas más tarde, o lo hizo muy poco, hasta hundirlo en el olvido. En la época muchos delincuentes se convirtieron en héroes, no hay mayor prueba que el mismo Fidel Castro tiempo después.

El 12 de junio de 1935 se promulgó una Ley Constitucional garante de la paz tras conseguir que los anarquistas,

[97] Pelayo Cuervo Navarro (1901-1957). Abogado miembro del Partido Revolucionario Cubano (Auténtico), relacionado con Chibás y el Partido del Pueblo Cubano (ortodoxo) desde su creación en 1947. Al igual que Chibás, denuncia la corrupción bajo los gobiernos sucesivos «auténticos» y después del cuartelazo de Batista. Fue abatido por las fuerzas gubernamentales de Batista durante la insurrección contra Palacio el 13 de marzo de 1957, orquestada por el Directorio Estudiantil Universitario.

terroristas y comunistas se sosegaran en el empeño de romper con la ley y desajustar el país. La Ley Constitucional reunió la gran mayoría de los artículos de la Carta Magna o Constitución de 1901. Carlos Mendieta aconsejado por Batista y ante la presión del sector menocalista, que prefirió a Miguel Mariano Gómez antes que al primero, decidió renunciar a la presidencia.

Entonces, bajo el régimen provisional de José A. Barnet[98], que se inició el 11 de diciembre de 1935, se celebraron elecciones presidenciales. Batista es el máximo arquitecto de una coalición política integrada por los partidos Acción Republicana y Unión Nacionalista. A ellos se alió además el Partido Liberal. Vinculados al independentismo y a las nuevas corrientes nacionalistas y lo que en la época constituía un progresismo revolucionario. El coronel estuvo muy cercano a Miguel Mariano Gómez y Arias en su elección, durante el proceso electoral.

Sin embargo, una vez ganada la presidencia, Gómez hizo lo indecible por distanciarse del protectorado de Batista. El Hombre Fuerte no se esperaba semejante traición. La postura de Gómez devino crisis institucional, ocasionada por la interferencia del Poder Legislativo, por parte del Jefe de Estado.

—Gómez y Arias vetó la ley aprobada por el Congreso[99], por la que se fijaba un impuesto de nueve centavos por cada saco de azúcar, y esa es la recaudación que

[98] José Agripino Barnet y Vinageras (1864-1945): presidente interino de Cuba de diciembre de 1935 a mayo de 1936.

[99] Poder legislativo integrado por la Cámara de Representantes y el Senado que componían el Congreso de la Nación.

mantiene los gastos de las Escuelas Cívico-Militares. El presidente le está atando las manos al Congreso, o eso pretende —reflexionó Batista en alta voz con sus allegados—. Con este acto se posiciona en contra de la soberanía del poder legislativo.

—La Cámara lo acusa de interferir en las libertades del Congreso —respondió un subalterno—, los representantes Carlos Manuel Palma y Felipe Jay, ambos del marianismo[100] parlamentario, y el menocalista Antonio Martínez Fraga lo han llevado al Tribunal de Justicia.

La mayoría del Congreso acordó destituir de su cargo a Miguel Mariano Gómez durante la sesión del 23 de diciembre de 1936. El tránsito a la gran constitución había comenzado.

[100] Movimiento de Miguel Mariano Gómez.

XII

ARSENIO APARCÓ EL FLAMANTE VEHÍCULO FRENTE al Parque Central, junto a otras máquinas de antaño repintadas con los colores chillones más inimaginables, a las que ahora rebautizaban como «almendrones». Viejos artefactos refistoleros que habían resistido de milagro al desastre nacional, recordó Elbio.

Ambos atravesaron la calle y se dirigieron hacia el Hotel Inglaterra, allí Arsenio había reservado una habitación doble para él y para su amigo. Hacía más de cincuenta años que Elbio no había estado alojado en un hotel que para cualquier cubano podía ser considerado como lujoso e imposible de pagar con sus bajísimos salarios. Sus ojos estudiaban cada detalle meticulosa y desconfiadamente.

En el pasillo que los conducía hacia su cuarto, Arsenio le expuso en un murmullo que todo lo que hablarían lo harían en la calle, por si acaso.

—Por si acaso —repitió Elbio.

Tomaron un baño cada uno, cambiaron sus ropas y salieron a la cálida noche habanera.

—¿Qué planes tenemos?

—Iremos a visitar al contacto del que te hablé, al hombre que me escribió lo último que te conté en el auto sobre Miguel Mariano Gómez y Arias. Vive muy cerca de por aquí.

—¿Tú estás seguro de que no es un chivatón? —inquirió Elbio atusándose el canoso bigote.

—No te inquietes, mi hermano. He comprobado y evaluado cada uno de mis contactos. Este hombre tiene ciento dos años. Hay que hablar con él lo más pronto que podamos, no vaya a ser que se le ocurra morirse mañana, o esta misma noche, sin ir más lejos.

—Si ha aguantado hasta hoy, no creo que se vaya a *partir* ahora que nos está esperando, no puede existir tan puñetera casualidad.

Del boulevard San Rafael subió un vaho desagradable, a mohosa humedad, llegaron a la calle Industria y subieron por ella. Arsenio señaló el número y asintió mirando a los ojos de Elbio. Tomaron por una escalera podrida y maloliente. El ascensor no sólo no funcionaba desde hacía varias décadas, era sólo un hueco al vacío. Por fin llegaron casi asfixiados al tercer piso, las puertas desvencijadas y pintorreteadas de cualquier color cerradas a cal y canto. Lo nunca visto, en La Habana la gente jamás se encerraba de esa manera, pensó Elbio, primero debido al calor, después porque a todo el mundo le encantaba chismorrear lo que hacía el vecindario.

—La puerta verde —afirmó Arsenio, y se dirigió a ella.

—¿Seguro que es esa puerta? —Elbio volvió a desconfiar.

—Aquí lo tengo anotado —su amigo había extraído un pequeño papelito del bolsillo de la impecable guayabera[101].

Arsenio tocó con los nudillos haciendo uso de una clave secreta —a través de rítmicos golpecitos— que le habían enviado a través de la correspondencia. La puerta se abrió y una mujer sonriente apareció por ella.

—Soy Arsenio, él es Elbio, venimos a ver a…

—A ver a mi abuelo. Él los está esperando. —La mujer cedió el paso—. Abuelo, aquí están los amigos que esperas.

El anciano se hallaba sentado en una comadrita que chirriaba al menor movimiento de su esmirriado cuerpo. Se irguió con dificultad y extendió la mano a sus invitados.

—Abuelo, te dejo con ellos. Regreso en una hora más o menos —la mujer volvió a sonreír y se despidió de los visitantes.

Arsenio agradeció el envío por escrito que el hombre le había hecho a través de unos amigos comunes. Empezaron a recordar la vieja época.

—Cuando La Habana era La Habana —rezongó el anciano.

—Cuando Cuba era Cuba —subrayó Elbio.

---

[101] Camisa tradicional cubana.

—Yo había querido olvidar todo lo de aquella época. ¿Para qué sirve remover los recuerdos como no sea para poner incómodo al auditorio? Pero tu carta, Arsenio, me animó a rememorar y encendió en mí la chispita del recuerdo, aunque muy tenue. Aquí estoy para lo que ustedes quieran saber.

—Nos han escamoteado vilmente la historia, y es nuestro deber hacer todo lo posible para que las generaciones futuras vuelvan a recuperar ese trozo de la memoria que nos cortaron de un tajo.

—Ay, amigos míos. La historia de este país es un cúmulo de inconveniencias. Una especie de antisinfonía. Por ejemplo, ya que toca hablar del personaje que nos incumbe, del cual no mencionaré el nombre, porque las paredes tienen oídos. Pero antes de continuar, ¿quisieran compartir una tacita de café?

—Le he traído café, del bueno —Arsenio sacó un paquete de café La Llave de su mochila.

El anciano hizo un gesto de contentura:

—Magnífico. El café aquí está cada vez peor, lo mezclan con chícharos. Y el bueno lo exportan —su mano sobrevoló el aire en señal de vuelo indefinido.

Coló el polvo aromado en una vieja y destartalada cafetera, sirvió dos tacitas humeantes a los hombres arrellanados en antiguos butacones de cuero despellejado y él regresó a su comadrita con su taza entre las manos. Carraspeó, bebió de un sorbo el líquido y empezó su testimonio:

—No ha habido nadie más inconveniente para Estados Unidos que El Hombre. Lo tragaron, lento y poco a poco, o sea, tuvieron que tragarlo porque no les quedó más remedio. Aquel que dijo, cuando fue abrogada en mayo de 1934 la Enmienda Platt: «No somos enemigos, sino amigos de Estados Unidos; pero queremos genuina amistad, no tutela», ya estaba cavándose el abismo con sus propias palabras.

Jamás fui fanático del Hombre, lo reconozco. Aunque la mayoría de las veces estuve junto a él, fui cercano a él. De modo que de mí no sacarán ustedes más que la verdad. Conmigo no va el *guataqueo* ni el *guasabeo,* se los advierto. No soy como los anteriores a los que ustedes habrán entrevistado.

Elbio sonrió conforme con las palabras que acababa de oír.

—Ah, pero eso sí, reconozco que el Hombre tuvo lo que había que tener, y los tuvo bien puestos. Se dirán muchas cosas, se contarán muchas tonterías, pero timbales tenía, con perdón de la palabra. No hay más que ver de la manera en la que se comportó en cada una de las crisis, en las dos principales del año 33, la del 2 de octubre y la del 8 de noviembre. Aquel otoño fue de madre, y padre y muy señor mío. No había tranquilidad en ninguna parte. En aquel entonces, fuera del Ejército, el Hombre no era muy popular.

»Sí, los estudiantes apoyaron a Grau San Martín. El 10 de septiembre fue designado. El Directorio Estudiantil Universitario lo quiso y lo tuvieron. Nadie apostaba por esa pareja, y sin embargo el conjunto dio resultado, ¡y muy buenos resultados! Nadie creyó en la unión del Hombre con Grau San Martín, y ya ustedes ven, ambos se dieron a la tarea de encaminar el país hacia la calma, brindándole una relativa estabilidad. Fue Chibás el que propuso en el Directorio a Grau San Martín, por un favor que le debía de unos años antes.

»Muchachos, ustedes lo saben, había que luchar contra los grupos organizados que imponían el terror, los radicales, los comunistas, sin tregua para lograr sus fines políticos, no paraban. Sabíamos también que varios grupos juveniles andaban sueltos y a la desbandada, «sueltos y sin vacunar», como se dice aquí ahora vulgarmente, y se hacían llamar revolucionarios. Eran eso, según ellos: revolucionarios. ¡Qué revolucionarios ni qué ocho cuartos, ni qué niño muerto! Terroristas es lo que eran, porque el pueblo vivía aterrorizado a causa de sus acciones. La bomba andaba sata. De noche estallaban artefactos por doquier causando muertes, mutilaciones y destrucciones.

»El Hombre no ignoraba que debía actuar, y muy rápido. De una manera u otra. Era consciente de que todo estaba en sus manos, pero no conseguía acabar de dar crédito a que él tendría que decidir en solitario, no podía acostumbrarse a la idea de que de la noche a la mañana tendría él que dirigir el destino de la isla.

»Los norteamericanos empezaron a ver en él —pese a su propio gusto— a una figura descollante, extraordinaria y brillante. Eso fue así, pero siempre con reservas, recelos. El Hombre trabajaba veinte horas diarias, dedicaba todo su ánimo a los problemas que se le presentaban, y su único deseo era que no lo abandonara la voluntad y la fuerza para lograr el acierto. Claro, no todos lo veían como lo vieron en aquel momento la mayoría de los americanos. No se crean otra cosa.

»Aquí, en algunos sitios públicos, cuando él llegaba la gente se levantaba y se iba. Eran los de la clase alta, la alta burguesía, que despreciaba al «sargentico», como lo llamaban, al «indiecito», al «mulatico». Pero contrario a las apreciaciones de estos, el Hombre se hacía cada vez más popular entre los cubanos de a pie. Lo que obligó a que esa clase de gente de la alta burguesía que lo denigraba comenzara a reprimir su desprecio por el coronel y tratara entonces de acercarse más a él, sólo por oportunismo.

»Claro, lo que lo volvió más popular todavía fue su comportamiento frente a los problemas, vaya, el conflicto que tuvo como escenario el Hotel Nacional.

»Desde el ocho de septiembre varios exoficiales se habían concentrado en el hotel. El hecho es que habían perdido todo tras la revolución del Hombre. Y en vez de esperar en sus hogares, o de dedicarse a la reorganización del ejército prefirieron y optaron por enfrentarse. Ya ustedes saben, el Armagedón, hablaron horrores del dúo Hombre-Grau, y estuvieron decididos a armarla bien gorda. Así fue.

»No aceptaron de ninguna manera tomar el mando que les brindó el Hombre. Algunos de ellos habían sido sus jefes, y creían que todavía él como soldado les debía respeto. Ellos debían de entender que antes del 4 de septiembre los soldados no se sentían para nada contentos con las condiciones de vida que les imponían, el trato personal era de una extrema rudeza. Existía mucho malestar, todo hay que decirlo... No eran bien alimentados, iban peor vestidos y se les mal alojaba. Vivían en el temor, acomplejados. No les permitían ocupar asientos en palcos o plateas de los teatros. No les autorizaban a viajar en primera clase en tren. Si un oficial hacía acto de presencia en algún sitio los soldados que allí se encontraban debían esfumarse del lugar. Todo esto lo explicó el Hombre a la prensa.

»En resumen, que no se sabía a ciencia cierta lo que sucedería con esos militares concentrados en el Hotel Nacional. Incluso llegaron a decir que todo aquello era una idea del embajador Welles, que les había sugerido que se refugiaran allí. Welles nunca se metió en nada de eso. La verdad es otra, y la verdad es siempre la verdad. El embajador más bien recogió sus féferes y desapareció.

»A esto se sumó el empeoramiento de la situación debido a una huelga de los empleados del hotel. Los quinientos jefes acomodados en la instalación empezaron a desesperarse. Sobre todo aquellos que habían sido amigos del Hombre. Y por mucho que se les advertía que nadie les haría el más mínimo daño, desconfiaban, y entraron en pánico.

»—Se están introduciendo armas y parque en el Nacional —le informaron al Hombre.

»—Hay que cercar el hotel con un cordón militar. Les invitaré a que abandonen el lugar. Deberán salir en pequeños grupos, y se les dejará que regresen a sus hogares. Les entregaremos a todos salvoconductos. Los que no tengan acusaciones volverán a sus cargos en el nuevo Ejército.

»Los oficiales no aceptaron ninguno de los acuerdos que se les propuso.

»—Dígale a B. que no negociaremos con un sargento amotinado —eso respondieron.

»Así y todo el Hombre los trató como a reyes, y hasta les envió alimentos.

»Transcurrían los días y se sucedía la introducción de armas.

»—Esto se está poniendo malo, pero malo de verdad, porque están interponiéndose y molestando el orden público —dicen que afirmó el Hombre.

»—La gente está cansada ya de tener que hacer grandes rodeos para llegar a sus casas. La huelga se les está virando en su contra —alguien de su entorno comentó—. Debiera usted cortar el agua y los víveres.

»—No, eso sería inhumano, no sería justo de nuestra parte. Enviaré a algunos diplomáticos para dialogar con ellos.

»No hubo arreglo, ninguno, pese a que todas las comisiones que se presentaron les informaron que había que evitar la guerra. Fracasaron cada uno de los remedios conciliadores. Para colmo, los oficiales empezaron a pactar con los revolucionarios del ABC. Había que tumbar a Grau de todas todas, como fuera. La cosa se puso fea, tensa, entre los soldados que cuidaban los alrededores y que eran continuamente insultados, y los oficiales, cada vez más enrabietados.

»La batalla del Nacional estalló en la mañana del 2 de octubre. El propio Hombre confesó que había sido uno de los días más terribles de su vida. Porque fue una de las batallas más sangrientas que se vivió en Cuba:

»—Muy temprano en la mañana del 2 de octubre de 1933 decidí enviar dos mensajeros al Hotel Nacional, para de esta forma volver a insistir, tratar de nuevo con los oficiales para que desalojaran el hotel. Yo les garantizaba toda la protección, ellos saldrían escoltados por un regimiento de caballería bajo las órdenes del capitán Ignacio Galíndez. Formé la tropa alrededor del hotel. Completé el círculo con el mando del Estado Mayor, a unos quinientos metros del edificio. Cursamos la invitación a los oficiales suponiendo que nos responderían. Los comisionados iban acercándose tras los arbustos y rocas. Pero los oficiales dispararon contra ellos, si no corren no salvan sus pellejos. —Así me lo comentó el Hombre. A este que está aquí.

»El combate se inició con un fuego cerrado, el buque *Escuela Patria* —también crucero— navegaba frente al Hotel Nacional. Algunos soldados yacían en puntos cercanos al inmueble. Una verdadera batalla campal en plena Habana, con heridos, camilleros, y todo lo inimaginable. El Hombre estuvo a punto de perder la vida. Su automóvil fue agujereado por balas de calibre 30.

»No imaginan ustedes lo que fue aquello; hubo hasta un americano muerto. Vivía en el López Serrano[102], tuvo la desgraciada idea de asomarse a una ventana para averiguar lo que pasaba y una bala lo hirió de muerte, miren qué clase de fatalidad la suya.

»Los obuses de la artillería ligera silbaban cerca del mar. El Hombre había tomado el mando, dirigía el combate desde una ensenada. Se le veía triste, aunque bastante calmado. Hizo otro intento de alto al fuego, pero los

---

[102] Rascacielo habanero art déco, construido en 1932.

oficiales resistieron. Pidió entonces que agitaran la bandera blanca. Había que ganar el hotel y proponer una solución pacífica. Los oficiales seguían disparando sin compasión.

»Después de largas horas hubo por fin una tregua, pero los oficiales no la respetaron. Tras cien muertos en las calles, periodistas norteamericanos lesionados, y como les decía, un verdadero escenario de batalla campal, finalmente los oficiales cedieron. Sin embargo, enarbolaron la bandera blanca, fingieron que cesarían el fuego, y por el contrario volvieron a arreciar en contra de periodistas y transeúntes. Hubo un puñado considerable de bajas de su parte; súmenle a eso el hecho de que los soldados consiguieron introducirse en el hotel con el propósito de ir capturando a grupos de oficiales.

»Al cabo de un tiempo cesó el fuego, los jefes de los oficiales fueron apresados, y entonces, antes de ser llevados a La Cabaña[103], se ofrecieron a conversar con el Hombre.

»—No, no es momento para discutir. Corren ustedes peligro con tanta gente amotinada.

»De ese modo culminó la batalla del Hotel Nacional, que fue muy ruda, donde contamos unos doscientos

---

[103] La Cabaña. Fortaleza española del siglo XVIII, cuartel militar durante el gobierno de Batista. A partir de 1959 y de la toma del poder por Castro fue convertida en prisión y en el cuartel general del Che Guevara, donde daba órdenes expeditas de fusilamiento, lo que le valió el nombre de El Carnicero de La Cabaña. El escritor Reinaldo Arenas estuvo encarcelado allí durante dos años. En la actualidad, ironías de la mala memoria, se celebra la Feria Internacional del Libro bajo sus muros húmedos de sangre.

muertos. Pero el Hombre resistió. La verdad es la verdad. Y la ganó.

»Días más tarde el embajador Welles afirmó frente al Hombre lo siguiente:

»—Hoy por hoy, es usted el único en este país que representa a la autoridad. Debe continuar, su control es muy saludable para Cuba.

»El 4 de septiembre de 1933 fue una especie de sinfonía gloriosa. El 2 de octubre del mismo año fue por el contrario una antisinfonía sangrienta. Un réquiem. Pero el que dirigía era el Hombre, y el que paralizó a los oficiales fue sin duda alguna él».

El anciano hizo una pausa, se levantó del mueble y se dirigió a una neverita. Abrió la tapa, sacó tres piedras de hielo con una tenaza de aluminio y sirvió agua en unos vasos con dibujos floreados en los que introdujo los trozos de hielo. Bebieron sedientos.

Elbio rompió el silencio:

—Supongo que no has vuelto a menudo por el Hotel Nacional.

El viejo negó con la cabeza, su delgado cuello traqueó:

—Mira como tengo los huesos de mohosos que todo me chirría. En aquel entonces estuve cerca, no allí mismo en el Hotel Nacional… —rio a carcajadas—. No, llevas razón, hace mucho tiempo que no he ido por allá. Aquí no existe transporte disponible para esos viajecitos, y yo estoy muy viejo y cachicambeao para andar corriendo detrás de una guagua. El dinero que entra en esta casa es poco, y sirve para comer. Malamente para comer, y muy malamente; no da para taxis ni nada de eso.

—¿Quedan otros como usted? —Arsenio dudó mucho en hacerle la pregunta, por temor a la respuesta.

—Somos ya muy pocos, cada vez menos. De milagro en la Cuba del hambre y la miseria. Pero los que quedamos somos los mejores. Tienen ustedes que visitar a Matías. Corran a verlo, está muy enfermo, aunque lúcido, como yo. Les daré su dirección ahora mismo, en este papelito. Aquí mismo la anotaré.

Los tres hombres se abrazaron, Arsenio y Elbio prometieron que volverían.

Arsenio intentó darle un billete de cien dólares al anciano, pero él se mostró renuente a recibirlo.

Emergieron del edificio, había refrescado un poco. Recorrieron sin rumbo algunas calles. Detenidos frente al Teatro Campoamor en ruinas no pudieron contener las lágrimas. Elbio le pasó un brazo por encima de los hombros a su viejo amigo, y tumbaron hacia el Hotel Inglaterra.

XIII

A LA MAÑANA SIGUIENTE SERÍAN LOS PRIMEROS EN desayunar en el restaurante del hotel. Leyeron el *Granma*[104] en dos patadas, dos hojas recortadas cundidas de incoherencias y fanatismos. Arsenio intentó conectarse al wifi del hotel pero a esa hora nunca había conexión, eso aseguró el camarero sin saber demasiado por qué.

En la entrada del Inglaterra descubrieron no sin cierta alegría que les esperaba una soleada y calurosa mañana. Doblaron hacia la izquierda y decidieron pasear por el Prado. A la altura de La Punta contemplaron durante un buen rato el mar, lejano, como un cinturón espejeante. Retornaron despacio, apuntaban a los edificios, recordaban las antiguas y elegantes fachadas con una

[104] *Granma*. Principal periódico (matutino la mayoría de las veces) del Partido Comunista de Cuba y del país, que lleva el nombre del yate utilizado por Fidel Castro y sus hombres en su intento, realizado, de desembarcar en Cuba desde México.

cierta nostalgia, y también los luminosos anuncios publicitarios.

—Mateo vive en Lealtad, ¿no? —preguntó Elbio.

—No es Mateo, es Matías, y vive en la calle Salud —respondió Arsenio.

Pasaron delante del Cinecito, un cine para niños. En plena esquina se amontonaban decenas de personas, al parecer filmaban algún espectáculo raro con sus teléfonos móviles. Los ancianos se sintieron atraídos y acudieron al lugar:

—No, mi viejo, este espectáculo no es para usted —un joven impidió a Elbio que se deslizara entre la muchedumbre que chillaba obscenidades y reía a carcajadas.

Pero Arsenio lo haló por el brazo y pudieron colarse y divisar por los entresijos del gentío. Se trataba de una joven pareja: Él negro y ella mulata, él debajo, y ella encima. Ella desnuda. Templaban al aire libre, en pleno bulevar de San Rafael, a la luz del día, a los ojos de todos, mientras estaban siendo filmados por numerosos teléfonos móviles. El acto sexual daría después la vuelta al mundo.

Arsenio agarró de nuevo a Elbio por el brazo:

—Vámonos, hombre, se nos hará tarde. Esta es la Cuba de hoy, mi amigo.

—No, esta es La Habana de hoy. Allá en el pueblo todavía estas monstruosidades no pasan.

—¿Tú imaginaste alguna vez que esto podría llegar a suceder en este país? —inquirió Arsenio.

—En este país cualquier cosa podía suceder, cualquier cosa. Pero jamás habría apostado porque en pleno siglo XXI dos jóvenes estuvieran haciendo relajo en medio de la calle y frente por frente al Cinecito. Más bajo no podemos caer. Y pensar que esta fue una de las calles más elegantes de Cuba y del mundo, sin chovinismo, que por aquí pasaron actores y actrices de Hollywood y renombrados diseñadores franceses, por donde también paseaban mujeres refinadamente vestidas y muy bien calzadas, mujeres decentes, y con todo un futuro por delante. ¡Qué clase de porvenir el de ahora para esa juventud!

—¡Porvenir es una calle, Elbio!

—¡Era!

Matías no andaba tan fuerte de salud como Eulogio, no podía andar sin ayuda, y apenas veía. Vivía en un cuarto inmundo, estrecho y con apestoso olor a polvo. La vecina que se ocupaba de él extendió dos banquitos a los visitantes y se dirigió —según ella— a buscar café. Ni tiempo dio para que Arsenio le anunciara que él traía café de regalo. Se perdió. Nunca regresó.

—Matías, estamos interesados en la sublevación del 8 de noviembre de 1933[105]. Y si puede darnos cualquier información sobre Batista bienvenida será. Usted estuvo allí...

—¿Me pregunta usted cómo fue la sublevación del 8 de noviembre de 1933? ¿Por qué a mí? Ah, claro, porque yo estuve. Yo estuve, sí, cómo no iba a estar. Pero ya soy muy viejo. Ciento tres años recién cumplidos. Ya no quiero hablar del pasado. El pasado, pasado es.

---

[105] Sublevación del 8 de noviembre de 1933. Sublevación nacida de la alianza entre unos 500 oficiales rebeldes y estudiantes acomodados de movimientos en su mayoría de izquierda. La razón esencial, a mi juicio, era en contra de la diversidad y riqueza en todos los sentidos que representaban las nuevas medidas y leyes revolucionarias de Batista.

Hizo una breve pausa.

—¿Insiste usted? —Nadie lo había hecho pero Matías lo precisó—. Mi voz no es la voz de la historia, como usted tal vez pretenda. Mi voz es la de un cubano más que estuvo allí. Pero no sé si a mi edad, mi opinión cuente o sirva para algo. Batista era Batista. Y de eso aquí no se habla o se habla poco. Cuando se habla es para insultarlo y rebajarlo.

»Sí, cómo no, fue una revolución en contra del Gobierno de Grau-Batista. La isla entera esperaba algo mayor. Y de una punta a la otra empezó el desorden. La gente tuvo pánico. Yo el primero.

»Los pilotos del Campamento de Columbia que se rebelaron secuestraron los aviones y volaron casi a ras de tierra. Eran aviones de combate. Dispararon a matar con sus ametralladoras calibre 50. Dispararon contra las calles, las azoteas, las terrazas.

»La gente corría enloquecida, atemorizada; se escondían donde podían, y como podían.

»La ciudad se convirtió en una ciudad fantasma. La fatalidad levitaba sobre ella. Detrás de las columnas se refugiaron mujeres, ancianos, niños. Había que ver aquellos rostros empavorecidos.

»Desde los automóviles también disparaban contra cualquier cosa que se moviera.

»Cuba estaba en guerra, no sólo La Habana, la isla entera combatía. Los cubanos se mataban entre ellos en las avenidas habaneras como en las ensenadas santiagueras, y hasta en los pueblos intrincados, en apariencia insignificantes; se había armado la gran locura de matar por matar.

»Aquello no se podía controlar. Ningún esfuerzo por parte de la diplomacia y de mediadores surtió efecto. Los consejos fueron en vano.

»Yo fui atrapado por la revuelta en plena calle. Los primeros que dispararon se hallaban en un camión que iba a millón por el Paseo del Prado. En poco tiempo los insurrectos gobernaron a tiro limpio.

»¿Batista? Antes de que todo empezara, había convocado a una reunión urgente en su casa del campamento Columbia con el secretario de Guerra y Marina, o de Gobernación y Guerra (de las dos maneras se decía), Antonio Guiteras Holmes, y con el jefe de la Policía Nacional, no recuerdo su nombre ahora. Apenas habían terminado cuando fueron atacados. Los aviones rebeldes disparaban contra las secciones principales. Hubo bombardeos. Una bomba destrozó una escuela, junto a la residencia de Batista. No sé cómo salvaron el pellejo, pero un amigo que estaba allí me contó que Batista dirigió el combate como todo un hombre y en todo momento.

»Por fin las fuerzas de Batista se pudieron unir para preparar un ataque más coherente contra las fuerzas rebeldes aéreas.

»Lograron hacer prisioneros a un grupo de los revoltosos, pero del lado de Batista también hubo gente apresada.

»Centenares de personas fueron recogidas, detenidas.

»—Tendrán protección, toda la que necesiten. Están ustedes bajo la custodia del Ejército.

»Una joven dio un paso adelante, encarada a Batista dijo:

»—Si usted me da una pistola y la libertad regresaré a la calle y continuaré peleando por la causa.

»Batista la atendió respetuoso:

»—Señorita, no soy dueño de usted ni de nadie, soy sencillamente la persona que la custodia a usted, pero como se trata de una dama, contra quien no se han formulado cargos, le propondré lo siguiente: No voy a darle la pistola, pero por el contrario sí le daré su libertad.

»¿Por qué no la metió en un calabozo? ¡Qué se yo!

»—Si usted me da la libertad me uniré a mis compañeros. Pero quiero de usted la seguridad, ese es mi salvoconducto —reclamó ella.

»—Usted está bajo mi custodia, sólo le ofrezco seguridad mientras así sea. En las calles hay gente revuelta, sobre la que es difícil mantener el control. Si usted se queda aquí, en el campamento, podré asegurar que no le suceda nada. Una vez que se vaya, usted es la responsable de su suerte.

»La rebelde aceptó la libertad, y volvió con los suyos. Pero al día siguiente fue otra vez arrestada.

»La violencia arreció, lo que era de esperar. Ocho estaciones de policía estaban en manos de los sublevados. El plan era ir masivamente hacia el Palacio Presidencial.

»En las calles se seguía combatiendo con ametralladoras y hasta con cañones, el plomo reinaba silbando de un lado a otro. Cientos de personas habían muerto.

»En aquel momento creí que Batista se rendiría, a esas alturas todo era posible. Pero las fuerzas del Hombre se atrincheraron y respondieron con fuego cerrado.

»Las mentiras rodaban de un lado a otro, que si Batista había muerto, que si Grau había sido hecho prisionero. Pero en cuanto esas mentiras fueron aclarándose y se disiparon, los revoltosos cambiaron de casaca y se pusieron del lado de las fuerzas batistianas.

»Juan Blas Hernández[106], un caudillo mitad revolucionario mitad delincuente, tomó el castillo de Atarés. Blas era un peleón, y había alcanzado alguna popularidad en época de Machado. Lo llamaron el Sandino[107] de Cuba por su resistencia al tirano, allá en el campo cubano. Otro olvidado, sin más. Pero el ejército de Batista le fue encima con todo, finalmente acabó con él un resentido cabo.

»Se hizo una noche oscura, las luces no se encendieron. El ruido incrementó. El castillo de Atarés se fue llenando de rebeldes, los que acudían para enfrentar a las tropas de Fulgencio —yo era de los pocos en llamarlo por su nombre de pila. Eso era precisamente lo que perseguía el coronel, reunir al enemigo en un frente único.

»Aquello fue apoteósico. Durante toda la noche y al día siguiente el fuego no amainó.

»Sin embargo, el 9 de noviembre, al atardecer, la fortaleza fue ganada por el Gobierno. Nadie esperaba que la rebelión terminara con el triunfo del Hombre.

---

[106] Juan Blas Hernández (1879-1933). Conocido como luchador contra la dictadura de Machado, encabezó numerosos ataques esporádicos contra sus tropas. Invitado por el nuevo Gobierno de Grau a entrar en La Habana sin armas, participó en la insurrección del 8 de noviembre de 1933. Los caudillos provocadores hacían ola en La Habana y se granjeaban numerosos simpatizantes.

[107] Sobrenombre en referencia a Augusto Calderón Sandino (1895-1934), líder de la guerrilla nicaragüense.

»Blas cayó muerto en una lucha cuerpo a cuerpo.

»La batalla del 8 y el 9 de noviembre de 1933 dejó más de quinientos muertos y centenares de heridos.

»Después de esto a nadie le quedó la menor duda de que Batista había ganado. Había defendido con su vida el gobierno de Grau, con él había que contar desde ese momento en adelante.

»A mí el acontecimiento me pareció terrible. Batista fue duro, inflexible —la misma pérdida de Blas así lo demuestra—, pero si no lo hubiera sido jamás habría triunfado frente a los oficiales rebeldes y al grupo universitario que se les unió y que también lanzó bombas, inclusive contra su vivienda. Batista defendió con la entereza de un militar los intereses del pueblo.

»El joven que bombardeó la casa de Batista fue apresado. Se pensaba que iría a ser fusilado, sin embargo no ocurrió así. Pudo enfrentar al coronel, que lo interrogó:

»—Así que fue usted quien intentó bombardear mi casa, es lo que dicen… ¿Por qué quería matarme? ¿Qué le hice yo a usted para que se propusiera acabar con mi vida y con la de los míos? ¿Cómo llegó a todo esto?

»El joven no movía un músculo de su rostro, imperturbable. Aunque miraba como azorado a Batista.

»—Le ha causado a sus padres un inmenso dolor. Están muy preocupados por usted. Muy abochornados por su conducta.

»Ni una respuesta.

»Al final, Fulgencio liberó al joven, y terminaron la conversación estrechándose las manos.

»Esa anécdota podrá usted leerla completa en el libro *Un sargento llamado Batista* de Edmund A. Chester. Pocos la creerán si la cuento yo, pero hay que empezar a creer lo que se escribió en los libros prohibidos por el régimen de los hermanos Castro. Hay que leer esos libros, sólo leyéndolos se conocerá la otra cara de la historia.

»Mientras Batista respiraba extenuado, a Grau le dio por festejar la victoria. ¿Cómo? Pues iluminó el Palacio Presidencial a todo lo que daban las luces y las lámparas.

»Grau tenía un poco de bayusero. Este país había sido un gran bayú. Y Batista se disponía a meterlo en cintura».

XIV

ACABABA DE LLAMARLO POR TELÉFONO UNA MUJER. Sí, una voz de mujer que no quiso dar su nombre. Lo puso en aviso. Le dijo que no se podía celebrar de tal modo el triunfo, habiendo como habían habido tantos muertos y heridos. No sólo era incongruente, era indecente.

Batista colgó el auricular y marcó el teléfono desde su oficina de Columbia. Intentó comunicar con varias personas en el Palacio Presidencial y por fin, tras varios intentos, lo consiguió. Era cierto, pudo comprobarlo con algunos testimonios, las luces giratorias de las celebraciones resplandecían por encima de los edificios, y en Palacio había reventado un tremendo guateque.

—Por favor, póngame enseguida con el presidente Grau, hay que parar esa pachanga ahora mismo. Mucha gente del pueblo está de luto. No podemos festejar ninguna victoria.

Alisó su pelo con la mano, luego cortó con los dedos una capa muy fina de sudor en su rostro.

—La fiesta será cancelada de inmediato —respondió la última voz con la que había comunicado—. El presidente le hablará en cuanto despida a los invitados.

Al rato recibió la llamada personal de Grau:

—Ha sido un error, ya está subsanado.

—Tenemos todavía a la policía en contra. El ejército se nos ha aliado, pero mucho que ha costado. En las calles todavía planea el descontento. Debemos andar muy cuidadosos y atentos, preparados para lo que se pueda avecinar —advirtió el coronel.

Grau aceptó la crítica de mala gana.

—Vivimos momentos de extremas y numerosas confusiones. Sospecho que estas serán el preámbulo de algo grande. Hay que enfrentarlas con energía, pero también con suma cautela —insistió Batista.

Pero Grau siguió haciendo de las suyas. La revuelta de noviembre no sirvió para nada. Todo lo contrario. El pueblo no apreciaba a Grau, porque hizo todo, junto con los grauístas, para no ser apreciado. Creó la «efebocracia», colocó a jóvenes sin talento ninguno en puestos importantes, dejando fuera del juego a los funcionarios verdaderamente expertos, a esos los cesanteó sin consideración alguna. A la Policía llegaron y hasta ascendieron personajillos de poca monta de fichados antecedentes. Un rebumbio era aquel Gobierno.

—Insisto en que vivimos momentos de mucho peligro, presidente Grau —se atrevió a indicarle nuevamente Batista—; necesitamos que la gente lo respete, a usted y a su presidencia. No podemos continuar nutriendo el desorden y la violencia. Debemos de normalizar la situación. Que la gente del pueblo sienta que se está cumpliendo con ellos, que les dimos y les cumpliremos nuestra palabra…

Grau se cruzó de brazos. La cosa se puso tan mala que Batista persistió y pidió nueva cita al presidente.

Antes de entrar en la reunión se cruzó con Antonio Guiteras Holmes, el secretario de Gobernación. Se hallaba en uno de los salones, paseándose de un lado a otro. Recibió a Batista bastante alterado:

—Usted verá a Grau en su despacho, a mí no me recibe y cuando me ve es por breve tiempo y aquí afuera. Hay que anunciarle, y eso sólo puede hacerlo usted, de que debe renunciar. Usted debe convencerlo de que renuncie. Esto hay que terminarlo. Este relajo hay que acabarlo. Si no se acaba pronto, nadie sabe lo que podría pasar.

—Mucha calma, Guiteras, mucha calma. Hablaré con el presidente, entonces veremos.

Estrechó la mano de Guiteras y se encaminó hacia el despacho de Grau. Las puertas se cerraron a cal y canto detrás de él. A solas, discutieron bastante enervados.

—¡Usted no puede tratarme así, de ninguna manera, no puede imponerme nada de eso! —gritaba Grau.

—Óigame bien, Presidente, si las cosas continúan como están, a usted y a mí nos van a tirar por cualquiera de esas ventanas. El pueblo no aguanta más, la gente no puede resistir esta situación por más tiempo. Se les acabó la poca paciencia…

—¿Y qué quiere usted que yo haga? Los americanos no pretenden reconocer a este Gobierno… —Sofocado desabrochó el primer botón del cuello de la camisa.

—Precisamente, hay que lograr que Estados Unidos reconozca su Gobierno… De cualquier manera… —Reflexionó, pero se había quedado sin respuesta.

—¿Cómo? ¿Cómo conseguirlo? Ese embajador Welles es un amargado, y me tiene mucha inquina. Sabrá Dios lo que ha contado allá… Lo llamé antes de que se marchara en diciembre, y lo volví a llamar, se lo dije, le dije lo que pienso, que contra mí se ha armado una conspiración internacional, y lo más seguro es que él tiene que ver con semejante complot.

—¿Usted le dijo todo eso? —inquirió un asombrado Batista.

—Claro que sí —fue toda la respuesta.

—Ha sido un grave error.

—Por eso odio a Estados Unidos, y me siento antinorteamericano hasta el tuétano.

—No será buena idea demostrarlo, presidente.

—Sé lo que hago, Batista, yo sé lo que hago —acentuó testarudo—. Si otros países no han querido reconocer mi Gobierno ha sido por culpa de ellos, de Estados Unidos.

Pese a las advertencias de Batista, Grau siguió empecinado en hacer lo que le salía de los *berocos,* siempre en contra de Estados Unidos.

—Hay en este país fuerzas radicales que se sienten profundamente antiimperialistas, Batista, entiéndalo —recalcó.

—Está sentando usted un pésimo precedente en las relaciones con los americanos —se marchó muy disgustado.

El coronel sabía de antemano que por ahí no iría nada bien la cosa entre Cuba y Estados Unidos. Tenía razón. Desde entonces intentó servir de intermediario para subsanar los errores que cometía Grau sin cesar frente a los norteamericanos y los demás políticos, además trataba de negociar también con los cubanos para que no estallara una mayor violencia. Tal fue el caso de la Compañía Cubana de Electricidad, que pertenecía a los norteamericanos, y Grau admitió que los empleados se hicieran con la empresa. Batista tuvo que mediar para impedir una huelga que habría complicado mucho más la situación.

Entretanto, un nuevo embajador llegó a la isla: Jefferson Caffery, quien al contrario de Welles, se posicionó desde el primer momento muy cerca de los cubanos. Batista y Caffery se entendieron al instante.

Entre ambos existía un respeto sin condiciones, aunque no estuviesen en concordancia de opiniones, pero podían y sabían enfrentarse sin animosidades.

Caffery supo ser un excelente embajador en uno de los períodos más difíciles de la historia de Cuba.

—Señor embajador, me informan de que se ha encontrado una buena cantidad de armas en el antiguo edificio de la embajada norteamericana.

El diplomático carraspeó nervioso ante la afirmación de Batista.

—Suponemos que pertenecían a una organización revolucionaria que pretendía tumbarlos a usted y a Grau.

—Los del ABC. Llevan tiempo promoviendo una revolución en mi contra. Tengo en mi poder la lista completa de los artefactos y pertrechos, hemos confiscado todo.

—No se preocupe, Coronel, no creo que a estas alturas la noticia de lo ocurrido tenga ya alguna importancia.

—Pero Estados Unidos ha reiterado que no iría a intervenir en los asuntos internos cubanos, y este suceso demuestra lo contrario.

—Mire, Batista, le aseguro que esto ocurrió mucho antes de ocupar yo el cargo. Fue alguien que...

—Fue Welles. ¿No? —prefirió ir al directo.

Hubo un pautado silencio del otro lado del auricular, interrumpido por otro carraspeo, y la siguiente frase:

—Es todo agua pasada. No es un plan que tenga vigencia. No vamos a echar a perder nuestros acuerdos económicos por una anécdota pasajera e insignificante.

—No creo que Norteamérica cancele los convenios, mucho menos el azucarero... Pero le diré algo, estimado señor Caffery, suelo leer con extrema meticulosidad la prensa, toda la prensa. Sé que usted ha hecho mucho para defender las ventajas de las que goza Cuba en el mercado azucarero, frente a Estados Unidos. Siempre como país hemos despertado mucha envidia. Y usted lo sabe.

—Habrá entonces leído también que el presidente Roosevelt ha declarado públicamente que su compromiso con Cuba y su azúcar es indestructible. El sistema de cuotas seguirá en vigor.

—Me tranquilizan mucho sus palabras. Y sí, he leído esas declaraciones del presidente de Estados Unidos.

XV

La excelente precisión de Matías entusiasmó a Arsenio y a Elbio y volvieron a visitarlo en diversas ocasiones. Además de que recordaba cada instante con asombrosa exactitud, sabía narrar como si se pusiera y los pusiera a ellos también en la piel de los personajes.

—¡Ataja, ataja, ataja! Era todo lo que se oía. Y también ¡abajo Grau! ¡Dimisión de Grau! Pero Grau no dimitía, estaba renuente, y mucho menos si se lo pedían los mismos que lo habían apoyado, ese grupito estudiantil que siempre le había hecho la pelota.

»Además, la gente no paraba de repetir el nombre de Carlos Mendieta como posible sucesor. Mendieta tenía timbales, había sabido enfrentarse a Machado. Contaba con un historial, nada de juego. Mendieta era el que era. Se decía que si lo ponían de presidente provisional, el pueblo iría a estar más contento. Porque ya saben ustedes que todo lo que el pueblo cubano quiso toda su vida era estar contento.

»Y Mendieta que no, que a él no le interesaba el poder, que él no estaba puesto para nada de eso, y mucho menos para la silla presidencial, ni para nada que tuviera que ver con el asunto. Que lo dejaran tranquilo, que se olvidaran de que existía.

»—Le admiro a usted, Mendieta —le expresó Batista mirándolo a los ojos.

»—Y yo a usted, Batista —respondió sosteniéndole la mirada—, pero no me obligue a decirle una vez más que no. No y no.

»—Usted sabe que es el único que puede asumir la primera posición en el Gobierno. Usted es la persona indicada, a la que al pueblo le gustaría elegir. Se lo reitero hoy, 13 de enero de 1934.

»Allí estaban aquellos dos hombres, enfrentados amablemente, como era costumbre en aquella Cuba de antaño, en la finca de un amigo común.

»—Sólo usted puede salvar el país —hizo hincapié Batista—. Coronel Mendieta, estoy hablándole en nombre de Cuba, y con plena responsabilidad. Como usted sabe soy hijo de un mambí, de un soldado que peleó al igual que usted, por la independencia de Cuba. No tengo que insistirle sobre la gravedad del momento actual porque usted mismo la comprende y la vive. Estoy solo, o casi solo, en esta vorágine de confusión y de anormalidad. Me falta experiencia y no cuento con el respaldo histórico que brinde soporte para asumir el tremendo trabajo de resolver estos problemas nacionales. Es deber de todos nosotros, el suyo, el mío, servir a Cuba. Y el de usted, en estos instantes, es mayor aún que el de cualquier otro hombre. No estoy ciego, veo y entiendo que hacerse cargo de la presidencia provisional de la República, hoy por hoy, representa un enorme sacrificio. Sin embargo, usted ha confrontado y vencido obstáculos de mayor envergadura durante la guerra frente a España. El pueblo lo aprecia a usted, lo respeta, tiene fe en usted, y el país necesita de su liderazgo, de su prestigio y de su carácter. No me hago ilusiones, y sé que usted tampoco se las está haciendo. La situación está preñada de peligros, pero la voz pública lo respalda y se le mira a usted como a un símbolo, como al hombre que puede resolver ahora mismo los problemas de este país, los problemas que el doctor Grau no podrá ya nunca solucionar…

»Batista perseveró. Lean, lean ustedes a Edmund A. Chester, en su libro él describió buena parte de ese encuentro:

»—… La estructura social del país ha sufrido un colapso; la ley no existe, y la fe de los ciudadanos anda por los suelos, destruida. Queda usted; solamente usted. Como patriota y como cubano no puede negarle ayuda a Cuba y a su pueblo.

»Batista sabía pedir con altura y elegancia. Su poder de convencimiento alcanzó niveles colosales. Como mismo hacía en sus discursos, entregó su corazón y sus ideas con un verbo transparente y sincero. Jamás escribía de antemano sus discursos, pero en su cabeza todo lo llevaba muy claro, sabía lo que iría a exponer. Conocía la importancia de los énfasis, dominaba la teatralidad de los gestos. Batista era un gran orador. Luego, como taquígrafo, tomaba notas y las archivaba, de tal modo todo quedaba perfectamente registrado.

»No lo digo yo solo, ni porque me llamo Matías Emeterio Martínez Zambrana, lo afirmaron y todavía lo piensan muchos. Aquella súplica fue un gran momento en la historia de las buenas relaciones entre los dos hombres. Con ese ruego se forjó una gran amistad.

»—Ya que me habla usted en nombre de Cuba, —respondió Mendieta aunque todavía vacilante—... y en esos términos. Puede contar conmigo para lo que sea.

»Estrecharon sus manos, se fundieron en un abrazo. La sonrisa luminosa del coronel Mendieta propició un toque de cálida ternura en la conversación.

»—Ojalá pueda yo eliminar los problemas de Cuba, al menos en un nivel de patriotismo. Hay que estar dispuesto a trascender por encima de todas esas habladurías y disputas políticas de los últimos tiempos.

»—Iré a ver a Grau, de inmediato —sonrió a su vez Batista, y ambos se despidieron afables.

»Vivía convencido de que el profesor-presidente lo esperaba ansioso, y así fue, aunque protegido con su coraza de frialdad.

»—Doctor Grau, no voy a ir con rodeos. Creo que lo mejor para salir de esta racha mala, sería colocar a Mendieta como presidente, su prestigio lo avala con suficiencia.

»Grau tembló levemente.

»—¿Cree usted que la situación sea tan grave? ¿De verdad así lo cree usted? —replicó con sequedad.

»—Así lo veo. Una única persona puede salvarnos de lo que estamos viviendo. Y esa persona es Carlos Mendieta.

»—Batista, no seré una piedra en el camino para una salida patriótica. Bien lo sabe usted. Si Mendieta o cualquier otro cubano está dispuesto a sustituirme, tendrá por supuesto que tener el apoyo popular, no seré yo quien se imponga de manera negativa. Renunciaría *ipso facto.* Pero se lo advierto, mi dimisión será hecha frente a la Junta Revolucionaria original…

»—Son diecinueve personas, la Junta Revolucionaria del 33 se ha desbandado tras sus primeras actividades —Batista sabía que esto constituía una barrera, una tranca que interponía Grau en la rueda.

»—Pues así deberá ser, a mi manera…

»—Lo conseguiré, doctor Grau, se hará como usted estime conveniente.

»Lo consiguió. ¿Qué no conseguía Batista? Aquella renuncia se hizo, desde luego, en los predios de Batista, y el grupo que apoyaba a Grau se envalentonó y armó tremendo titingó. Porque ellos iban de titingó en titingó. Se habla de debate, pero allí hubo más que un debate. Allí hubo de todo, incluidas las amenazas de muerte; por parte de un cercano a Grau, un tal Rubén de León:

»—No olvides, Batista, que siempre puede haber una bala perdida para un dictador.

»No se amilanó, al contrario:

»—Consideraré lo que has dicho como uno de tus chistes pesados y te perdonaré porque estás en mi casa. Aquí estoy rodeado de fuerzas leales. Y aquí nos encontramos para rendir una labor patriótica a favor del pueblo de Cuba, que no pertenece ni a ti ni a Grau, ni a Mendieta ni a mí. Vamos a ver si nos frenamos —hizo un gesto firme a los oficiales—; haremos un receso. Es muy tarde, son las cuatro de la madrugada, y todavía no hemos llegado a un mínimo acuerdo. Mejor nos reunimos en la mañana. Y lo de dictador te lo tragas.

»Todos convinieron en que así debería ser, en la mañana reiniciaron la discusión.

»Batista llegó puntual, nadie lo vio nunca llegar tarde a nada. Siempre puntual. Algunos del bando de Grau lo hicieron de manera anticipada, y antes de reunirse ya tenían preparada la controversia:

»—Creemos que se debiera someter a votación estas tres propuestas que traemos —profirió uno de ellos—. La primera propuesta es que el doctor Grau debe permanecer en la presidencia, entonces elegiremos a un nuevo gabinete. La segunda, pues pondríamos a un candidato de transición, hemos decidido que sería Carlos Hevia. Como la tercera tenemos a Carlos Mendieta.

»—Mendieta además ha dicho que apoyaría a Hevia —apuntó otro.

»—Pues si Mendieta se retira entonces nos quedaría la segunda propuesta, que designaría a Hevia. Pero deben saber que varios sectores de la ciudadanía no lo apoyan para nada… —dejó caer Batista.

»Menos de dos días transcurrieron, Hevia no aguantó en el poder. Su pasado lo marcaba demasiado tras la caída de Machado, en 1931 era un revolucionario de Gibara, que participó en la larga lucha contra Machado después, y fue secretario de Agricultura en el Gobierno de Grau, además también actuó como mediador junto a Céspedes. No obtuvo el apoyo de los grupos políticos más importantes. Su frase lapidaria fue: «Volveré a los campos de caña».

»—Es que no se dan cuenta, pero para la gente Hevia ha sido impuesto a la cañona —comentó un cercano al coronel Batista.

»Hevia preparó su renuncia y la presentó en el despacho de Batista.

»—Debemos enviar la renuncia de Hevia a Mendieta —señaló el coronel, lo que fue ejecutado como una orden—. Pero me dirigiré a él personalmente, le solicitaré que sin más demora acepte la presidencia de la República.

»Así ocurrió. Carlos Mendieta llegó a la presidencia, lo que constituyó un enorme bien para la República. Al menos garantizó un prudente tiempo de calma.

XVI

MATÍAS INVITÓ A OTRO AMIGO A SU CASA, RESPONdía al apodo de Pucho. Lo presentó a Elbio y a Arsenio en una de aquellas visitas. El encuentro se produjo, en una noche muy calurosa en La Habana. Arsenio había comprado comida en un restaurante particular autorizado por el Estado llamado Paladar, y Matías la sirvió en unos platos gastados y descoloridos. Empezaron a cenar tarde, en silencio, sentados a una pequeña mesita calzada con un taco de papel de periódico.

—¡El tiempo que hacía que yo no comía picadillo del bueno! —por fin suspiró Pucho mientras paladeaba un suculento bocado.

—El tiempo que hace que no comemos carne —corrigió Matías.

Al finalizar la cena, Pucho se dispuso a colar café. Bebieron el aromático líquido mientras comentaban acerca del empobrecimiento del beisbol cubano, cuando los jugadores no se marchaban a Estados Unidos entonces, no se notaban motivados ni para entrenar, no tenían la calidad de antes. Los equipos perdían frente a los países más improbables. Ya ni el beisbol cubano era lo que había sido en sus fabulosos años de gloria, hasta los años ochenta más o menos.

—¿Usted conoció a Batista? —preguntó Elbio con la intención de entrar sin más dilación en el tema.

—Claro, allí con él, siempre. Nunca lo traicioné. Pero aquí estoy, resistiendo hace más de medio siglo. Sí, soy muy viejo. Viejo no, viejísimo. No me veo mal, pero casi tengo cien años, dentro de poco —Pucho sonrió y su dentadura mal hecha se le descolgó de la encía y cayó encima del labio de abajo.

—¿Qué usted cree de lo que se ha contado durante todo este tiempo en este país y en el mundo sobre Batista? Que si era esto y lo otro... —Arsenio le entró prudente.

—Mire, mi hermano. La historia no es como la cuentan. Nanananananananananá de na, nenenenenené de no. El Hombre era mucho hombre. Les voy a contar una anécdota, una sola. El sargento Batista, cuando aquello sargento todavía, vivía en su casa, contento, con su mujer e hijos. ¿Dónde? En el barrio de Santos Suárez. Ya había hecho su academia, que era una especie de colegio donde impartía clases de taquigrafía y mecanografía, de eso vivía y vivía bien. Modestamente, pero bien. Él no se prestó para nada como se ha dicho, ni se propuso para nada, a él lo fueron a buscar sus mismos compañeros. Ahí mismitico le presentaron un tongón de demandas. Nada del otro jueves, exigían mejor comida, uniformes correctos y aumento de sueldo.

»Batista sabía que el ejército carecía de un líder, porque tonto nunca fue. Allí nadie sabía mandar. Por otro lado, Céspedes era un flojo, nadie lo ignoraba. Los revolucionarios se le iban por encima a Céspedes, no acataban su mandato. ¿Los oficiales del ejército? Bien, gracias. Desorientados, y hasta perseguidos. La República al garete. Ninguno de los movimientos revolucionarios se mantenía sin hacer nada, qué va, eran muchachos de mucha valentía y dinamismo. Allí estaban Carlos Prío Socarrás, Segundo Curti, Manuel Antonio de Varona, Eduardo René Chibás Ribas (ya medio trastornado, turulato, o quimba'o como se dice ahora, desde aquel entonces), Rubén de León, Lincoln Rondón, Julio César Fernández, Ramón Hermida, y Antonio Guiteras Holmes, el más efectivo, los de siempre... Estos se pusieron en contubernio con los sargentos, exigían por su parte un golpe a Céspedes. La historia no la cuentan como de verdad fue, eso se lo digo yo a ustedes, este que está aquí, Pucho Gómez. La verdadera historia tiene varias aristas. Aprovecharon el jalón de la fuerza militar que se alistaba levantada en contra de las autoridades superiores.

»Miren, de ahí surgió Batista, y su jefatura como coronel. Las insignias se las puso, si mal no recuerdo, el periodista Sergio Carbó, que era uno de los de la Pentarquía, ya eso lo saben ustedes, nombrada el 4 de septiembre de 1933.

»Al ejército lo llamaron «constitucional», y ahí no hubo constitución alguna. Derribaron a Céspedes, lo único que hicieron para derrumbarlo fue cerrarle las puertas de Palacio, como tanto se ha dicho y es verdad, mientras él desandaba Sagua La Grande, en medio de una jodienda, la debacle de un ciclón que dejó destruida la región central de la isla. Entonces aprovecharon e instauraron un Gobierno al que se le llamó la Pentarquía, en el que estaban los profesores universitarios Ramón Grau San Martín y Guillermo Portela, el periodista Sergio Carbó y los señores Porfirio Franca y José Manuel Irizarri. Aquello no duraría, no estaba llamado a durar, a la semana Grau le metió un golpe de Estado a la Pentarquía y se cogió el poder nombrándose presidente provisional, eso fue el 10 de septiembre de 1933.

»El embajador Welles estaba hasta la cocorotina de todo eso que empezaba a manchar al país y sus gestiones. Pero a nadie le importaba Welles, y mucho menos lo que él pensaba u opinaba. Tanto Grau como Batista se hicieron los locos con la Enmienda Platt, así como con la presencia de un enviado especial del presidente Roosevelt. Grau presentó unos estatutos, juró por ellos frente a una multitud, desde los balcones de Palacio, y a eso le llamaron constitución.

»Yo les digo a ustedes que Batista ahí se amarró los pantalones, se puso para las cosas como dicen ahora aquí, e instaló su cuartel general en el campamento de Columbia. Desde allí se dio a la tarea de ascender a los sargentos, cabos y alistados, de los cuerpos armados: el Ejército, la Marina, y la Policía. Ascendió a los grados más altos, condecoró al mérito a aquellos que intervinieron y se pusieron al servicio de Cuba para restablecer el orden público y resolver los graves problemas que confrontaba el país. Ese fue el éxito mayor de Batista, comprender al

Ejército, valorarlo, en esas horas espantosas para el pueblo y la nación.

»Ahora, eso sí, tengo que reconocerlo, tampoco Grau pudo aguantar la presión, le cayeron hasta raíles de punta: el Gobierno de Grau fue derrocado en los primeros días de enero de 1934. Carlos Mendieta y Montefur, el próximo, que dentro del liberalismo, fue el rival de mayor nivel que tuvo Gerardo Machado. Pero al año de su gestión los partidos revolucionarios, que se fueron organizando por aquí y por allá en partidos políticos, le exigieron su dimisión.

»Mendieta entonces debió renunciar. Otra renuncia, eso sí, muy distinta a la de Grau, pero otra renuncia al fin. El doctor José A. Barnet, ah, bueno, qué voy a contarles que ya no sepan, era una figura bastante folclórica, pintoresca, de una vivacidad y alegría sin igual. Sí, catalán de origen. Le encantaba organizar banquetes en Palacio a sus amigotes, no le interesaba demasiado la política, lo suyo eran la cumbancha y el papití. Tampoco se molestaba mucho por los graves problemas del Estado. Bajo este Gobierno se celebraron las elecciones de 1936.

»No. En estos comicios no participaron Grau San Martín y su cohorte del Partido Revolucionario Cubano (auténtico), pero cogieron cargos del Gobierno todos los demás. En mayo de 1936, tomó el poder, como presidente electo, el doctor Miguel Mariano Gómez. Sí, el exalcalde de La Habana, e hijo del mayor general José Miguel Gómez, aquel caudillo liberal que había presidido la República entre 1908 y 1912. La historia es siempre una letanía, y como letanía hay que oírla y aprehenderla.

»A los siete meses las discrepancias del presidente con el jefe del Ejército obligaron a que el Congreso destituyera al primero, y ahí pasó a sustituirlo el vicepresidente, coronel del Ejército Libertador, Federico Laredo Bru.

»Claro que sí, la Constitución de 1940, la más bella constitución que haya tenido país alguno, se hizo bajo este Gobierno. En los finales de 1939 se convocó a la Asamblea Constituyente, que hubo de votar a favor de la Constitución del 40. Esta Asamblea fue presidida en sus inicios por Ramón Grau San Martín, con mayoría de delegados oposicionistas. Más tarde la presidió Carlos Márquez Sterling, el hombre de mayor talento, el que hizo con su experiencia que esta gran obra culminara con un apoteósico triunfo el 10 de octubre de 1940. Todos los partidos políticos dieron su acuerdo, incluyendo el Partido Comunista, que también fue participante en la elección y en las deliberaciones parlamentarias, aunque con pocos delegados.

»Debo de hacer un paréntesis para referirme a dos figuras que terminaron mal. Uno ya saben ustedes cómo terminó, suicidándose durante uno de sus famosos programas radiales, en el aire, se llamaba *La hora dominical* y su lema era «Vergüenza contra dinero»; allí él mismo se tiroteó. Eduardo Chibás, del Partido del Pueblo Cubano (ortodoxo). Para mí otro personaje controversial. Como también lo fue Antonio Guiteras Holmes, que fue eliminado en 1935. El hecho es que Guiteras era una especie de terrorista, para usar los términos de ahora. Un revolucionario que ponía bombas, secuestraba, mataba; después de haber sido, y eso aconteció cuando único estuvo subordinado al orden, ministro de Gobernación, de Guerra y de Marina, bajo Grau. Nada. Patético. La policía lo cercó allí donde él se había atrincherado, en El Morrillo. Guiteras y su grupo habían secuestrado al hijo de una familia de grandes recursos. La familia pagó el rescate que se le pidió, como alrededor de dos millones, y el muchacho fue liberado. Entonces ya Guiteras preparaba su refugio en Estados Unidos, el país que supuestamente él más odiaba. Aunque su madre era norteamericana y él hablaba fluida y perfectamente el inglés. Su padre era cubano.

»Cuando se disponía a escapar por El Morrillo a Matanzas, allí lo acorraló la policía, le pidieron que se rindiera. Su respuesta fueron varias ráfagas de ametralladora. Dicen que el que comenzó a disparar fue Aponte, el Venezolano. De aquel fatal encuentro no salió vivo. Ocurrió en el 35, mucho antes de lo que conté previamente.

»Volviendo al 39, en ese año pasaron muchas cosas interesantes en la vida de Batista. Conoció a la que sería su segunda esposa, madre de su segunda prole. Y poco tiempo después renunció a su cargo de jefe del Ejército.

XVII

LA TARDE CAÍA ROJIZA SOBRE LA CIUDAD. LA JOVEN se ajustó coqueta el vestido a la altura de la cintura, era un vestido de falda amplia. Calzó sus bailerinas y se dirigió a la puerta principal no sin antes despedirse de la madre.

—Mamá, voy a dar una vuelta en bicicleta. Regresaré en nada.

—Cuidado por ahí, Niñita. Ir con ese vestido a montar bicicleta es una locura —suspiró la señora.

Solía pasear en bicicleta por los alrededores de su casa. Acotejó la falda del vestido recién estrenado entre las rodillas, y salió pedaleando con rumbo desconocido, pensó que quizás iría a casa de una amiga.

Extraño, la calle se encontraba desierta. Ella iba atenta a las señalizaciones habituales. De súbito, por el lado derecho, la adelantó un automóvil a toda velocidad, golpeando la parte trasera de la bicicleta. Perdió el equilibrio y cayó al suelo lastimándose y haciéndose algunos rasguños en las piernas.

La máquina frenó de sopetón. Del interior surgió un hombre aindiado de pelo alisado y brilloso, lucía un elegante traje militar. Acudió a ella y la ayudó a levantarse. Niñita aceptó la ayuda y extendió asustada la mano al hombre, nunca antes había sufrido un accidente y mucho menos con alguien que suponía de un gran rango después de estudiarlo al detalle.

—Perdone, señorita. ¿Está usted herida? La conduciremos al hospital, venga con nosotros.

Un breve temblor recorrió el cuerpo de la muchacha. Sus ojos verdes, ahora enrojecidos, empezaron a lagrimear. Pero no podía emitir palabra, había quedado muda.

Un ayudante se acercó a ella.

No tardó en enterarse de quién era el conductor del automóvil. Después de un rato consiguió reconocerlo. Se trataba del coronel Batista.

—Permítame que la acompañemos al hospital de Columbia, señorita; allá será tratada convenientemente.

El hombre la tomó por el antebrazo, su mano recorrió la fina piel y volvió a agarrar la mano de la accidentada. Tuvo un presentimiento: su mano no se despegaría nunca de aquella mano protectora.

—Soy el coronel Batista, para servirla a usted, y a su familia.

—Sí, me he dado cuenta de quién es usted. Tardé un momento en saberlo porque me sentí un poco ofuscada. Me llamo Martha, pero mi familia me dice Niñita —se presentó ella con voz vacilante.

Una vez en el hospital curaron sus arañazos. El coronel no se separó de ella ni un segundo. Y desde entonces, nunca más se separó de ella.

En cuanto pudieron se casaron, en la finca Kuquine, a finales del año 1946. Tomaron el tiempo que tardó una separación y un divorcio por parte del coronel, y el fin de su primera presidencia.

Martha alisa ahora con un cepillo de cerdas naturales el cabello color azabache con algunas canas de su esposo y rememora para sí aquel primer encuentro. Sonríe. Han pasado muchos accidentes juntos, tantas cosas en sus vidas, buenas y malas, pero siempre juntos. Las pocas veces que debieron separarse vivieron pendientes uno del otro. Esposa, amante, madre de cinco hijos: Jorge Luis, Carlos Manuel, Roberto Francisco, Fulgencio José, y Marta María, a la que su padre llamaba cariñosamente MM.

Ella, Martha, la esposa perfecta, había sido la más cercana al presidente, su mejor auxiliar y aliada. Cumplió cabalmente con sus deberes de primera dama de la República. Fue la madrina y directiva de instituciones asistenciales oficiosas. Devino en la persona que con mayor interés y afecto se ocupó de los niños necesitados. Mecenas de las artes, junto a su esposo, a ella se debe la construcción del Museo Nacional de Bellas Artes de La Habana. Católica, muy católica, dedicó gran parte de su tiempo a actividades caritativas, siempre a través de la Iglesia. Supo ganarse el corazón de los pobres de Cuba.

Se ve ahora satisfecha de sí misma. Acompañar a su marido en el exilio ha sido una gran prueba, pero ha habido otras peores.

El hombre se abotona la camisa, la vuelve a desabotonar. Invariablemente sabe cuando una vestimenta no le va bien. Ella le acaricia la nuca. Avanza unos pasos, dudosa.

Acude al saloncito que hace de *antichambre*. Coloca un disco en el tocadiscos:

En el tronco de un árbol una niña,
grabó su nombre henchida de placer…

Es la canción favorita de su marido, en la interpretación de Panchito Riset[108].

Él le sonríe desde la habitación, agradecido por ese gesto cariñoso de Martha. Entonces decide que se quedará con esa camisa.

…henchida de placer…
…henchida de placer…
…henchida de placer…

El disco se ha rayado o la aguja está gastada, piensa ella. Retira la aguja y apaga el tocadiscos. Regresa a la habitación y se aproxima nuevamente al esposo. Él la atrapa por la cintura. Ella lo besa con suavidad en los labios.

---

[108] Francisco Hilario Riset Rincón (1910-1988. Cantante y músico cubano intérprete de boleros y otros géneros tropicales. De voz aguda propia de la tradición sonera. Figura artística representativa de los años 30.

Afuera arrecia la lluvia.

Han ocurrido tantos acontecimientos maravillosos en sus vidas, y otros tantos terribles. Se repite mentalmente. Pero el peor de todos fue, sin duda alguna, la muerte de su hijo Carlos Manuel.

Roberto Batista Fernández
Madrid, 2 de Octubre de 2005

Muy querida amiga Ada:

Adjunto la correspondencia prometida. Apreciarás por algún dato individual, que mi padre entonces trataba de aprender francés y llegó a hablar algo del bello idioma. Trató de superarse hasta el último momento. Un bello ejemplo para nosotros.

La correspondencia escogida, entre los años 1962 y 1964, revela a mi hermano, q. e. p. d., con unos 12 a 13 años aproximadamente. Creo que hace una buena crónica del colegio.

Cariños,
Roberto

Mayor Géneral
Fulgencio Batista
Casatanagra
Rua Camara Pestana n.º 7
Estoril, Portugal

Querido Papi:

Te extraño mucho y tengo muchas ganas de verte.

Ya nosotros tres hemos empezado a estudiar.Fulgen está estudiando bien. Roberto y yo estamos estudiando como siempre.

Fulgen ha empezado a skiar *bien. Mami salió hoy para* ayá, *ayer salimos con ella y nos sacó películas* skiando.

¿Cómo están ustedes?

Muchos besos a todos.

Tu hijo que te quiere,

Carlos

Janvier 25 / 1962

Querido Carloma:

Sigo comprobando que me extrañas mucho y que están estudiando con el mismo interés de siempre. Veo que Fulgencio estudia también. Y que ya se encuentra skiando. *¿Verdad que parece tan inteligente como tú, Roberto y Jorge?*

Te estoy remitiendo tu propia carta para que practiques las palabras que te marco en cada renglón señalado al margen. Te felicito, sin embargo, por lo bien que redactas y escribes el español. La letra es además bonita. Devuélveme tu carta para conservarla.

Te besa y quiere muchísimo,

Papi

Mercredi, 21 de Mars 1962

Queridos mami y papi:

Te extraño mucho y tengo muchas ganas de verte. Estoy estudiando mucho, lo mismo que Roberto, cuanto a Fulgencio no le hace falta comentarios, porque para su edad estudia muy mal, y además de eso es muy grosero al contestarle a alguien, si Roberto y yo le decimos algo, nos contesta «NO ME IMPORTA». Si un profesor o un alumno que habla francés y no habla el español, le dice a él una cosa por su bien, él le responde: «JE M'EN FOUS», que es más feo que «no me importa». El período suyo de buena voluntad duró muy poco, se burla de todo el mundo. Hace dos semanas Fulgencio le prometió al señor embajador que iba a estudiar, sus resultados fueron 5,85 de promedio, lo que es muy malo.

Muchos besos

De

Vuestro hijo

Carlos

Saint-Prex, 5 juin 1963

Querido Papi:

Te hemos extrañado mucho. Ayer volvimos de París. Es una ciudad muy bonita. Visitamos con mami muchos lugares antiguos y modernos, sin dejar de ir al cine todas las noches. Visitamos Fontainebleau donde comimos helados buenos. Versailles, en donde había un mal olor terrible que provocó nuestra salida por una puerta secreta, gracias a un guía que nos indicó el camino a seguir. La Malmaison, en la cual te compré el medallón y donde Fulgencio compró para ti un caballo con Napoleón. Pronto te veremos, porque faltan solamente 35 días o 5 semanas. Estoy tan apurado de verlos que he hecho este cálculo en horas, minutos y segundos, eso hace: 840 horas – 50' 400 minutos y 3' 240 000 segundos. Espero que estas vacaciones vayamos a España. Espero que ya hayas recibido la postal que te mandé de París, fue comprada en el hotel Trianon.

Besos de

Carlos

Besos y recuerdos a todos.

Junio 9 / 1963

Querido Carloma:

Te escribo hoy sábado después de haber hablado con Mami y con Jorge. Hemos pasado algunas horas de preocupación desde el momento en que nos enteramos de tu ingreso en la clínica. Gracias a Dios, hay motivos ahora para estar tranquilos, pues aparte de las molestias de la cama, del suero y las extracciones de sangre para los análisis, el resultado de las observacio-

nes y los exámenes del médico y el laboratorio, son satisfactorios. Nos sentimos muy felices por el tiempo que disfrutaron en París, no obstante las pocas horas de que se disponían.

Es curioso y sintomático el conteo de días, minutos y segundos, desde el momento en que escribiste hasta la fecha en que comenzarán las vacaciones. Yo también hice la operación, aunque comprobatoria, y te equivocaste en unos minutos y segundos, hasta cierto punto justificadamente. Son aquellos que empleaste en terminar la carta, despedirte y firmarla. N'est pas? Je suis sûr.

Mucho me he divertido leyendo las cartas de Roberto, la tuya y la de Fulgencito. No hay dudas de que aprovecharon bien el tiempo: Visitaron lugares históricos, puestos de refrescos y cinematógrafos. Todo en una sola pieza. ¡Y todavía te enfermas!

Te estoy remitiendo una postal que escribió por su cuenta, ella solita, Martha María. No quiso esperar a la profesora y nos sorprendió con su espontaneidad. Como verás tiene algunas falticas, pero está muy bien expresado su pensamiento teniendo en cuenta su edad. Que pensez-vous? *Al final cuando dice «and was very pretty», quiere referirse a la postal que desde Francia le escribiste.*

Bueno, iremos a España. Pero sobre todo, para que puedas ir, es necesario que te pongas bien. Habrás de lograrlo mejor si ayudas al médico y a las enfermeras con tu cooperación y voluntad.

Cuida de Mami y oblígala al descanso, pues nada ha dormido en los primeros días de tu enfermedad. Todos aquí te mandan recuerdos, y te beso.

Papi

Lausanne, 12 / 6 / 63

Querido Papi:

Te extraño mucho y tengo muchas ganas de verte. Te escribo desde el hospital, donde todo el personal es muy gentil. Mami debió salir ya a prepararse porque se va esta tarde para París, así será mejor porque descansará un poco. Hace una hora o dos recibí tu carta con la postal de la niña. No le encuentro las faltas de las cuales hablas, aparte «two» que había escrito sin «w», pero que después puso encima. Roberto y Fulgencio vendrán a verme otra vez esta tarde. Yo estoy mejorando y mis pies y piernas están casi curados de los hongos y de la eriscipella *o como se escriba.*

Seguro que de aquí a dos lunes estaremos allá mami, Marina y yo. Estaba leyendo un nuevo libro de Tintin que salió hace seis días cuando recibí tu carta. Mami quiere ahora que Marina se quede a dormir conmigo los dos días que estará ausente.

Es pena que no pueda hacer mis exámenes, pero estudiaré los 10 capítulos de historia que me faltan para acabar el libro estas vacaciones.

El sábado yo me podré levantar de la cama del hospital para ingresar en el hotel donde nos quedaremos una semana, después volveremos a Portugal. Mami sale esta tarde a las seis en punto, creo, hacia París. Tendrá que salir de Lausanne a las 4 y media de la tarde. Le estoy dando clases de francés a Marina.

Besos a todos y a Abuela y Martica, Tata, Teresa. Recuerdos a Labrada y Rivero como chofer, sirvientes y cocineros...

Sábado, 24 octubre 1964

Querido Papi:

Te extraño mucho y tengo muchas ganas de volverte a ver en diciembre. Mami nos llamó ayer y nos dio la mala noticia de la enfermedad de Marthica. Espero que se mejore tan pronto como sea posible y que no pierda ni peso, ni apetito (porque sino se tendría que alimentar del aire). No te olvides mandarle a Martín (el barman *de Guadalmina) tu foto dedicada, su primer nombre es Manuel. Él te dejó la dirección cuando estábamos allá en Guadalmina. Mándasela tan pronto como puedas porque hace años cuando co-*

noció a Kennedy le pidió una foto suya y este se la dio y es que además él tiene una colección de fotos dedicadas por los grandes hombres de este siglo, entre ellos: el Papa Pío XII, Pérez Jiménez, el general Perón, etc. Y ahora desea tener la tuya ya que tuvo la ocasión de conocerte en persona como lo hizo con la mayoría de estos últimos y con el desdichado presidente Kennedy.

Mis estudios me han ido mejor que nunca esta semana y el trimestre me está saliendo 'excellente' en las materias siguientes:

—Vocabulario y gramática francesa.
—Álgebra.
—Geografía.
—Inglés.
—Ciencias naturales.

Todo el resto camina bien a pesar de mis fallos en redacción francesa (único punto débil, actualmente). Lo que no tengo tan bueno como los trimestres precedentes es la conducta y lo reconozco porque ya no puedo ser el mismo santo que era antes, aunque no sea malo.

—Las lentillas caminan a la perfección. Me las pongo todos los días desde que me levanto hasta que me acuesto o sea (7 h a 22 h) 15 horas sin interrupción.

Lo de las lentillas te lo escribo a las 4,30 h de la tarde porque tuve una interrupción desde las 2 de la tarde hasta hace poco haciendo deportes.

No estoy castigado pero me privo de libertad esta tarde (yo mismo para poder terminar mi trabajo para el lunes).

Esperaré a mami para comprar lo que te dije que me hacía falta para trabajar por la noche con la postal que me mandaste y que recibí esta semana.

Para adelgazar, no sé lo que hacer, porque aunque no coma mucho en el colegio no puedo ponerme flaco así como así, pues me gustaría no sé cuándo ir a una clínica para adelgazar las libras que me hacen falta de una vez y no tener más la fastidieta *de «qué si engordas!», «qué si adelgazas!», yo creo sinceramente que ese sería el método más simple y eficaz, aunque por desgracia el más costoso.*

Actualmente, en mis horas de descanso, cuando no le escribo a ustedes, leo el teatro completo de Corneille, el famoso trágico francés del siglo XVII. *Lo que ese hombre escribe es una cosa maravillosa, y cuando uno se concentra leyendo su teatro le parece que jamás ha existido otro mundo que el suyo y ve lo que sería el hombre de hoy en día si todos poseyéramos el mismo o la misma concepción del honor, sin empujarlo claro hasta el crimen de su hermana como lo hace uno de sus héroes (Horace). Cuando termine de leer esta obra magna, leeré las de Racine, otro trágico francés que pinta al hombre tal como es (desfallacer al honor por el amor) y no como su adversario Corneille que pinta el hombre como debería ser (el honor antes que todo y claro también con el honor, nuestra fe cristiana).*

Espero que todos por allá en Estoril vayan bien.

Recuerdos a Rivero, Labrada, Tere, Dolores, Doña Rosa, María, Manuela, y a Taffie (lavandera, cocinera, sirvienta).

Jòào y Alfonso y muchísimos besos para ti de tu hijo que no te olvida ni olvidará.

Carlos

Domingo, 28 de noviembre de 1964
Rua Cámara Pestana 7, Estoril

Querido Papi:

Te extraño mucho y tengo muchas ganas de volverte a ver. Hoy no te puedo escribir mucho porque de aquí a breves minutos tendré que salir para la iglesia. Ayer Roberto y yo fuimos a comer a casa de unos amigos de la escuela para pasar Thanksgiven *con ellos; esta gente eran los padres del muchacho que me pidió un libro dedicado,* Cuba Betrayed, *por ti, se llaman los señores Pischel.*

Al cabo de 5 años en esta escuela he podido surmontar los problemas míos con la redacción francesa. El miércoles hice el examen de redacción francesa y saqué 7/10, nota que no había nunca obtenido antes en esta materia y apruebo la redacción sin ninguna discusión ya que el promedio de pase es de 5/10.

En dictado tuve una suerte grandísima, me tocó un dictado relativamente fácil en el examen y tuve 10/10 lo más alto que se pueda obtener.

Lo único que en donde estoy mal, según mis profesores y directores, este trimestre es en la explicación de un texto francés que como has podido ver las notas son malas en esta materia.

En latín mis notas son regulares. Todas las otras materias las apruebo a lo largo (álgebra, geometría, recitación y ejercicios franceses comprendidos). Mañana tengo mi segundo exámen de gramática y el tercero de ejercicio.

Trae para Madrid, por favor, en Navidades, las películas que saqué en Suiza y el aparato proyector. Muchísimas gracias por los 100 que me mandaste aunque yo no te los haya pedido.

El lunes pasado, al curso de la reunión de alumnos y profesores, dimití a mi cargo de «Ministro» (en la escuela) que ocupaba en la Pentarquía que continúa a mandar sobre el resto del colegio... Malas lenguas cuentan que dimití por miedo que tenía a los otros alumnos, pero la única razón es que no me gusta perseguirlos y es lo único que hace este Gobierno. Roberto también quiere dar su dimisión.

Besos de

Carlos

P. D.: No te olvides del Cuba Betrayed *para Peter Pischel.*

5 de diciembre de 1964

Querido Carlos M.:

Te estoy remitiendo un «G. and D.» que acaba de publicarse en los E. E. U. U. Está más actualizado que «C. B.», y creo que les gustará a los Pischel. No obstante, si después continúan interesados por «C. B.», escribiré a Nueva York para que le remitan un ejemplar.

Su relación con el cargo de «elección» que dimitiste, cuando has tomado esa determinación la estimo meditada y lógica, pues no creo que sea por temor a la responsabilidad, sino más bien por desear mantenerte dentro de una ética de compañerismo. Tal actitud es correcta si está inspirada en esos sentimientos. No lo estaría si fuera motivada por temor o por el deliberado propósito de relucir exigencias de un deber. Sé que lo haces, además, porque necesitas todo el tiempo para los estudios.

Hasta pronto, que nos veremos, besa en nuestro nombre —mío y de mamá— a Fulgen y a Bobo. Y besos y más abrazos para todos allá.

Papi

Domingo, 13 de diciembre 1964

Querido Papi:

Te extraño mucho y tengo muchas ganas de volverte a ver. No te escribo mucho porque voy a casa de Jorge y porque hoy yo hablaré contigo por teléfono. Vuelvo a las dos de la tarde al colegio para preparar mi último examen. Todos me han salido bien a la excepción de Álgebra, Geometría y Ciencias porque no tuve bastante tiempo para estudiarlas, pero el resto me salió de lo más bien, sobre todo el de Francés en el que por primera vez pude hacer un dictado de excelente y una redacción más que notable.

Besos a todos y a ti de tu hijo que no te olvida ni te olvidará.

Carlos

Cuando el cuerpo del esposo cae entonces inerte encima de su pecho ella advierte que no se trata de otro desmayo como los que padeció antes. Cuando el cuerpo yace como ahora en sus brazos, Martha sabe con certeza, que al Hombre, a su hombre, no se le partió el corazón solamente por haber dejado atrás a Cuba y a los cubanos, como tanto se ha dicho. Su corazón, en verdad, se fue fragilizando, y se hizo trizas hacia el final, sobre todo debido al profundo sufrimiento que le causó la enfermedad y la muerte de su amado hijo Carlos Manuel.

Ella ahora está sola, otra vez enfrentada a la muerte de un ser querido, a la muerte de su amado esposo, del Hombre y de su hombre; pero ya él le había pedido que fuese fuerte cuando esto sucediera, como mismo habían tenido que serlo ambos cuando murió el hijo tan querido.

Batista no perdió a Cuba, como han dicho y repetido tanto por ahí; Cuba perdió a Batista, piensa ella. Y ella en este mismo instante pierde a su esposo, al padre amante de sus hijos. Pierde al amor de su vida.

XVIII

ARSENIO LE COMENTÓ A ELBIO ACERCA DE AQUEllas cartas entre Carlos Manuel Batista y su padre, las que su nieta Ada había recibido de parte de Roberto Batista.

Todo empezó porque su nieta había hallado en un *garage sale,* en una venta de objetos antiguos en un garaje, en Coral Gables una caja con servilletas de hilo, nuevecitas sin estrenar, bordadas con el nombre de Martha Batista. Preguntó en la farmacia de Juanita Castro, la hermana de los Castro exiliada en Miami, y esta le dio el teléfono y la dirección de Rubén Fulgencio (Papo) Batista. Arsenio había perdido la pista de la familia Batista desde hacía tiempo. Ella primero llamó por teléfono y consiguió una cita. Papo, su esposa y sus hijas la recibieron con gran cordialidad. Allí también se hallaba Roberto de visita. Así fue como se conocieron.

—¿Y cómo llegó tu nieta a Santiaguito Rey Pernas[109]? —preguntó Elbio.

---

[109] Santiago Rey Pernas (1908-2003). Político cubano, afiliado primero al Partido Conservador, cercano a Machado y después a Menocal.

—Esa es otra historia, eso fue después. Mis amigos Ileana y Arturo Comas la llevaron hasta su casa tras pedirle la entrevista. Ocurrió en el 2004, Ada todavía era muy joven, pero ya tenía ese bichito dentro de la curiosidad por el personaje histórico. Santiaguito fue muy generoso. Ella lo tiene escrito aquí. Mira, léelo:

«El sol refulgía en las calles de Miami. El automóvil de Arturo e Ileana Comas se dirigía a la modesta casa de Santiaguito Rey Pernas en La Pequeña Habana. Allí esperaba ansioso uno de los hombres que redactó la Constitución de 1940, y quien fuera gobernador de Las Villas y senador, ministro de Gobernación de Fulgencio Batista y Zaldívar en el último Gobierno de este. Uno de los más grandes políticos cubanos. Algunos argumentarán que con sus defectos, pero los tuvo, como cualquier otro político.

Me recibió en el *Flórida.* Vestía un pantalón carmelita y un pulóver de mangas cortas de color amarillo. Enseguida advertí que para sus ochenta y tantos años su memoria era de acero, y no inoxidable, inolvidable.

—Las piernas son las que responden mal —destacó.

Esa fue la razón por la que apenas se irguió al estrechar mi mano.

Su locuacidad y carácter jaranero animaba a empezar con las preguntas. Las fue respondiendo de manera cronológica, sin escaparse ni un hilo de lo que su mente y sus recuerdos habían hilvanado durante años.

Más tarde afiliado a la Alianza Auténtica Republicana tras la victoria de Grau San Martín. Delegado de la Constituyente en 1940, es uno de sus creadores. Ministro del Interior en el segundo Gobierno de Batista. Se exilia en 1959.

—De modo que a usted lo que le interesa es la Constitución del 40 y por supuesto, Batista. Sin Batista no hubiera habido Constitución del 40. Bajo el Gobierno de Federico Laredo Bru, y de Batista como jefe de la Armada, ya a finales, en 1939, se convocó a la Asamblea Constituyente que votaría la Constitución de 1940. Hay que repetirlo y repetirlo porque a los cubanos se les ha olvidado, o les han borrado la memoria.

»La Asamblea fue presidida en sus inicios por el Doctor Ramón Grau San Martín, pero la mayoría de los delegados se oponían. Entonces fue que Carlos Márquez Sterling terminó por asumir la posición y presidirla. A su talento y experiencia insuperables se debió que la Constitución finalizara triunfante el 10 de octubre de ese mismo año. Todos los partidos políticos concurrentes estuvieron de acuerdo, también el Partido Comunista, que participó en la elección, y por supuesto también en las deliberaciones parlamentarias, aunque con pocos delegados.

»La República de Cuba tuvo la suerte de tener su primera Constitución en 1901, bajo el mando provisional del general Leonardo Wood[110]. Esa Constitución y sus artículos fueron modificados en 1927 según aprobación de una reforma constitucional. El régimen de Céspedes restableció la primera y primitiva Carta Constitucional, la

[110] Leonardo Wood (1860-1927). General americano comandante de los Rough Riders, que ganaron una batalla decisiva durante la guerra de Independencia en Cuba contra el Gobierno de España, la batalla de San Juan Hill, el 1 de julio de 1898, en el curso de la cual se perfila e ilustra el futuro presidente Theodor Roosevelt. Wood fue gobernador de Cuba de 1899 a 1902.

que todavía comprendía el oneroso apéndice de la Enmienda Platt.

»Después vino el régimen de Grau San Martín, directamente surgido del Campamento de Columbia. A partir de ahí rigieron, en lugar de esa Constitución, unos Estatutos —con mayúscula— que hacían caso omiso al plattismo intervencionista.

»Mendieta aprobó la Ley Constitucional el 3 de febrero de 1934 y la del 12 de junio de 1935, tampoco ahí figura la Enmienda Platt, ya que se había derogado el 29 de mayo de 1934. Cosa sabida.

»Seis años más tarde se consolidó la progresista Constitución de 1940, puesta en vigor por el primer Gobierno constitucional de Batista, el día 10 de octubre. Hay que tener claro que los doce años siguientes a 1940, de la manera en la que Batista retornó y frente a la imposibilidad de que esa Constitución rigiera sin Congreso, se adaptó la misma a la definitiva, entonces volvió a promulgarla en los Estatutos que fueron amparados por la Constitución del 40. Y fue enteramente restablecida por Batista, cuando constitucionalizó su mandato, el día 24 de febrero de 1955.

»Yo estuve siempre allí.

»Desde los cuatro años de edad quise ser presidente de la República. Mi padre me paraba encima de un taburete y yo daba unos discursos de miedo. Nací con y para la política. Y me siento orgulloso de haber sido uno de los que redactó la Constitución de Cuba, la única, la más grande.

»Desde la jefatura del Ejército y del Estado los coroneles Fulgencio Batista y Federico Laredo Bru fueron quienes propiciaron la aprobación de la Carta Magna del 40. Hasta los sectores adversarios a Batista decidieron olvidar sus propósitos insurreccionales y, representados por Grau San Martín, suscribieron junto al presidente Laredo Bru y al coronel Batista lo que se llamó un Pacto de Inteligencia. Este Pacto garantizaba la libre concurrencia de todos los grupos y partidos a las elecciones que designarían una Asamblea Constituyente. Todo había que bordarlo muy bien, y se bordó con ahínco. Con anterioridad se probó un Código Electoral —así se llamó, también con mayúsculas, en regulación de los comicios, ahí entonces participaron once partidos. De esos partidos, siete estaban con Batista, y eran también afines al régimen de Laredo Bru, los cuatro restantes irían en contra.

»La honradez de las elecciones fue reconocida por todos, gubernamentales y opositores. Esa garantía fue respaldada por la jefatura militar de Batista. Los cuatro partidos opositores con 551 273 sufragios eligieron a 41 delegados para la Asamblea Constituyente. Los siete partidos gubernamentales sólo pudieron sumar 538 090 votos, por lo que ganaron unos meros 35 asientos en dicha Asamblea. Los comicios se celebraron el 15 de noviembre de 1939. Como ves, la oposición obtuvo más delegados.

»La Convención inauguró sus deliberaciones en el hemiciclo capitolino el día 9 de febrero de 1940. Así hubo de quedar conjurado el plan alentado por los tremendistas, encaminado a la disolución del Parlamento y la abrogación de los poderes constituidos. Todo esto fue frustrado por el Acuerdo de las Magistraturas del 9 de marzo del 40, cuya fuerza frente a los desmanes que se querían cometer era evidente. Lo que radicaba en el respeto de los períodos congresionales que no expiraban en 1940.

»Entonces Batista, en un gesto que nadie esperaba —aquello fue espectacular— decidió retirarse del Ejército, sin meterse en nada con el funcionamiento de la Asamblea Magna. Eso sí, durante los debates de la Convención, lo que realmente provocó una crisis, fue la caprichosa rectoría de Grau San Martín, que hasta entonces iba respaldado por el partido menocalista demócrata-republicano, que entonces se alió al coronel Batista.

»Se reunieron en su oficina del reparto Kohly; allí estuvieron, por supuesto, el coronel Batista y los líderes de los partidos afines. Entre todos acordaron llevar a la presidencia de la Asamblea Constituyente al muy preparado y hábil parlamentario, culto por demás, Carlos Márquez Sterling.

»Las conquistas sociales de la Constitución de la República de Cuba aprobada y recontra aprobada, ordenaron una libre sindicalización de la clase trabajadora, el descanso retribuido en los sectores laborales, jornadas de ocho horas y jornales mínimos, seguro social y semana de trabajo de 44 horas con pago de 48, el seguro de Maternidad Obrera y la inamovilidad laboral, el derecho de huelga y de agremiación en sindicatos y federaciones, la prohibición de emplear a menores en centros de producción y trabajo, y en labores nocturnas a las mujeres, el régimen sindical de conciliación entre patrones y obreros, los contratos colectivos de trabajo, la colegiación de profesiones universitarias, la reforma agraria mediante la indemnización a sus propietarios de las tierras distribuidas a los campesinos, la creación de los Tribunales de Trabajo en defensa de los derechos de los trabajadores y numerosas conquistas sociales a favor de los obreros y trabajadores agrícolas.

»En diversos aspectos la Constitución del 40 estableció la igualdad civil y política de la mujer cubana. Instauró la banca nacional, el Tribunal de Cuentas, Tribunal de Menores, Tribunal de Garantías Constitucionales y Sociales y código electoral permanente. La Carta Magna también inauguró la autonomía municipal y universitaria, los campos deportivos y las bibliotecas en los municipios, el pago de la millonésima del presupuesto nacional a los maestros públicos, la no confiscación de la propiedad individual —el respeto a la propiedad privada—, el régimen de libre empresa, libertad de prensa y de cultos religiosos, la enseñanza pública gratuita; reitero, la no confiscación de la propiedad individual, el régimen de libre empresa, libertad de prensa y de cultos religiosos, enseñanza pública gratuita, recurso de Habeas Corpus[111], inamovilidad de los veteranos, telegrafistas, maestros públicos y miembros del poder judicial, prohibición de la discriminación, por motivos de raza, color, sexo y clase; la carrera universitaria de Educación Administrativa, el Tribunal de Oficios Públicos, el Consejo Superior de Defensa Social y Libertad de Ocupación Laboral.

[111] Recurso de apelación ante la Sala respectiva del Tribunal Supremo. El derecho de Habeas Corpus («Tengo el cuerpo») es la presentación ante el juez de los acusados en unos términos que suele ser antes de 72 horas.

»Como usted ve, hicimos mucho, y no he terminado aún de nombrar todo lo que hicimos.

»Política y administrativamente la Constitución del 40 dispuso la continuación del régimen democrático representativo, el que garantiza la independencia de los poderes ejecutivo, legislativo y judicial, la libre creación de partidos y celebración de periódicas elecciones, los Consejos de alcaldes, personalizar la política, en sustitución de los Consejos provinciales, darle rostro y nombre de manera pública a cada político; el régimen semiparlamentario[112], encabezado por un Primer Ministro, el sufragio obligatorio para los cubanos de ambos sexos mayores de veinte años, los tribunales electorales con la elección directa de las magistraturas del Estado, se trata de democracia al duro y sin guante. Y me quedo corto.

»La Constitución se puso en vigor por el primer régimen constitucional de Fulgencio Batista y Zaldívar, que se estrenó el 10 de octubre de 1940.

»Como ve usted, y como es sabido, fue reconocida como la más liberal y progresista de las adoptadas por los países de Sudamérica, y por delante de algunas del mundo.

La entrevista duró mucho más de las seis horas previstas. En un intermedio el anciano pidió que me ofrecieran una

[112] Régimen semiparlamentario. Sistema de gobierno en el que existe un presidente junto con un primer ministro y un gabinete, y los dos últimos son responsables ante la legislatura de un Estado. Difiere de una república parlamentaria en que tiene un jefe de Estado elegido popularmente, que es más que una figura puramente ceremonial. Existe la moción de censura.

limonada bien fría. Mi vaso sudaba hielo *frappé*. Por el contrario él pidió que le trajeran su bebida del tiempo, arguyó que el hielo le afectaba la garganta. No comimos nada, no queríamos interrumpir la conversación.

El sol empezó a esconderse tras una masa nubosa anaranjada. Santiaguito Rey Pernas, sin embargo, prosiguió su charla sin mostrar ningún tipo de fatiga, hasta que empezó a caer el crepúsculo, también la noche y hasta la madrugada invadieron la saleta del Flórida. Entonces fui yo la que, ya al amanecer, por educación y muy apenada decidí partir.

Hubiera podido quedarme oyéndole sus anécdotas el resto de mi vida. Nos despedimos, y claro, nos abrazamos.

—Una última pregunta, ¿qué le reprocharía usted a Batista?

—Si acaso, lo siguiente. Yo le advertí después del cuartelazo de 1952: "Diga que no, que el país no está en condiciones de tener elecciones. Deje usted que sea la oposición la que proteste por ello, y que sea la oposición la que pida elecciones. Y usted siga diciendo que no. Por fin, después de cada vez más intensas peticiones y campañas y presiones de la oposición, entonces diga usted que cederá, y que se harán elecciones. De esa forma la oposición participará en las elecciones".

Santiago Rey era un maestro de la política y conocía profundamente a los cubanos.

Batista no le hizo caso, lo que constituyó un grave error. Casi desde el momento en que dio el cuartelazo del 10 de marzo de 1952 declaró que convocaría elecciones.

Y, como es sabido, con consecuencias trágicas para Cuba, la oposición se fue a la abstención en las elecciones, tanto las regulares en 1954, como en 1958, se dice que trucadas.

Muchas veces escuché a Rafael Díaz Balart comentar con admiración el sabio consejo que le dio Santiaguito Rey Pernas a Batista. Solía afirmar que ir a la abstención electoral fue un mal que dañó a la República desde la primera elección, en 1902. "La peor elección es mejor que la mejor violencia", repetía.

—Perdone el tiempo que le he tomado.

—Mi tiempo ya sólo existe para esto, para reavivar la memoria, y no permitir que duerma. O muera».

XIX

Sentados en el muro del Malecón, mientras se desangraba el atardecer, los dos amigos se dedicaron a comentar el resumen de Ada, la nieta de Arsenio, acerca de su visita a la casa de Santiaguito Rey Pernas en Miami.

—Arsenio, tú sabes que en este dúo que hemos formado tú y yo, yo soy el abogado del diablo. Tú me conoces, y sabes que yo sé; y que mucho se dijo, que pese a la calidad de este hombre, también estuvo muy implicado en la corrupción posterior del Gobierno de Batista, que si recibía dinero de la mafia, que si esto, que si lo otro...

—Elbio, ya eso lo hemos más que hablado. Toda esa intriga del Gobierno de Batista y sus relaciones con la mafia en una época en la que todos tuvieron que ver con la mafia y con algo más que la mafia, resulta una insignificancia. Además, la naturaleza de esos acuerdos eran puramente económicos, la mafia temía que Cuba se le fuera por encima al sueño dorado de Las Vegas que tenían en su cabeza; la reunión de los jefes mafiosos en Cuba fue en 1946, Batista está fuera del juego. Y eso de Cuba, lupanar de los americanos, bah, cuando los Castro la convirtieron en el lupanar de los soviéticos y del mundo. Habría que recordar también las relaciones de la familia Kennedy con la mafia, y nadie habla de eso o prefieren hacerlo *sotto voce*. Por otro lado, ¿qué me dices de esta familia mafiosa, la de los Castro[113], que ha amordazado a esta isla y al mundo convirtiéndolos en su finca personal? Por favor, ¿y cuántos en el mundo no veneran a este clan de ladrones y mafiosos que han sometido bajo el terror a todo un pueblo por mucho más de medio siglo? Mira para la corrupción que hay en el mundo ahora mismo —tú debes estar enterado por los periódicos españoles y las revistas extranjeras que te consigue tu hijo en los hoteles de La Habana—; en España, sin ir más lejos. Compara con esa familia catalana de los Pujols, con los del Partido Popular español, y con los del PSOE, los socialistas españoles (de los que se habla menos, por cierto). Observa la relación de este, el de la coleta de Podemos, el tal Pablo Iglesias, con su apreciación del terrorismo de ETA, y con la situación en Venezuela y en Nicaragua, sus amiguitos iraníes,

---

[113] Evoquemos la filial de la *holding* cubana CIMEX en Panamá y la inculpación por un tribunal de Miami de cuatro altos responsables cubanos, lo que tuvo por consecuencia la ejecución en 1989 del General Arnaldo Ochoa (dicen que interesado por las reformas de Gorbatchev) por Castro, por tráfico de droga. La familia Castro es multi-propietaria de bienes ocultos en la isla y en distintas partes del mundo. Propietario del yate de Batista, el Aquarama II, de la isla privada de Cayo Piedra y de innumerables bienes inmobiliarios. En el 2006, la revista Forbes estimó la fortuna de Castro en 900 millones de dólares.

y fíjate en el narcoterrorismo, en Colombia, que tarde o temprano caerá en manos del castrismo, tras la caída de México... La implicación de los Castro en Odebrecht, de lo que apenas se escribe... Comparado con todo eso, y con más, Batista fue un niño de teta. ¡Un niño de teta!

—Sin lugar a dudas, Arsenio, no puedo menos que reconocerlo y darte la razón. Ya eso lo había dicho yo antes... —Los ojos del anciano se poblaron del azul plateado del oleaje, que con sus bramidos atenuaba sus palabras.

—Batista era el hombre. El Hombre. Te lo digo yo, y te lo repito una y mil veces. No supimos verlo, no quisimos, creímos que vivíamos en el peor país del mundo, cuando era todo lo contrario, vivíamos en uno de los mejores países del planeta. De lo que sucedió después él no fue el único culpable. Todos fuimos culpables. Habría que enumerar todo con lo que tuvo que cargar Batista, y de todo lo que nos libró. Empezaría por que ninguno de los hombres en los que Batista confió para la presidencia de la República dieron la talla. Ni siquiera en esos dos años en que Mendieta estuvo en el poder el país consiguió la tranquilidad necesaria, esperada y anhelada. Recuerda que cuando Mendieta abandonó el poder, la situación se tornó más violenta.

»Aquella fracasada huelga del 7 de marzo de 1935, organizada y dirigida por el Partido Comunista, tuvo lugar bajo el mandato de Mendieta. En esa huelga, baste decir que no sólo participaron los comunistas, también adhirieron a ella organizaciones estudiantiles y revolucionarias. Por ejemplo el ABC, que siendo de centro-derecha nacionalista le siguió el juego macabro a los comunistas. Porque fueron los comunistas quienes manipularon y manejaron todo, nacional e internacionalmente.

»—Guiteras se niega a participar en la huelga —formuló Batista—, lo que será una verdadera derrota para los otros, para esos revolucionarios que forman parte del Gobierno. Ya los comunistas han intentando varias huelgas desde el 33, ninguna ha triunfado. Pero Grau y los suyos sí se han sumado. Ellos afirman que tienen que vencer o morir, entonces nosotros tendremos que apretarnos los cinturones.

»Hubo, como era de esperar, heridos y muertos de todas las partes. Batista al fin se metió la huelga en el bolsillo y salió vencedor. No fue fácil.

»—Mendieta renunciará —expresó con pesar Batista.

»Así fue, Mendieta renunció en diciembre del 35. Lo reemplazó José Barnet, secretario de Estado, que ocuparía la presidencia hasta las elecciones del 36.

»Batista era el único líder emanado de la Revolución del 33, día a día se hacía más evidente. Pero, siendo un militar, prefería darle la prioridad a los líderes que se fueron sucediendo, y continuó apoyando a los diversos presidentes nombrados por los líderes civiles y elegidos por el pueblo.» A la presidencia de Barnet, como recordarás, Elbio, que duró unos meses, la sustituyó mediante comicios libres el doctor Miguel Mariano Gómez, quien había sido alcalde de La Habana, muy popular, por cierto, entre los grupos revolucionarios. Le ganó a Mario G. Menocal, expresidente de la República. Antes de cumplir un año en la presidencia y pese a la contentura del pueblo que lo apoyaba, Miguel Mariano Gómez tuvo problemas con el poder legislativo por, según el Congreso, haber violado uno de los postulados básicos de la Constitución al intentar ejercer influencia sobre ese mismo poder legislativo, oponiéndose como lo hizo a una medida en la que se hacía referencia a un impuesto por cada saco de azúcar. El pequeño impuesto o cuota iba dedicado a sostener las escuelas rurales que Batista había creado a lo largo y ancho de la isla.

»El caso es que Gómez fue destituido, y pasó a ocupar la presidencia de la República el vicepresidente Federico Laredo Bru.

»Todos y cada uno de nosotros, Elbio, fuimos testigos del bien que hizo Batista, pero hemos preferido negarlo u olvidarlo. Echarle tierra y apisonarlo. Nadie sabe, nunca sabremos, porque hemos elegido esa opción, la de hacernos de la vista gorda. El hecho es que la verdad está ahí, y habrá que redescubrirla y evidenciarla.

»Tras los comicios de 1937, la paz empezó a reinar en Cuba. El país por fin progresaba. Batista había conseguido reorganizar las Fuerzas Armadas y la Policía Nacional.

»—Dedicaré tiempo a otros proyectos en los campos de la educación y la salubridad, es necesario —pronunció muy seguro.

»Debía, se dijo, ocuparse más de los campesinos y sus hijos. De esos niños que, al igual que él, habían tenido que trabajar e ir a la escuela al mismo tiempo, y a escuelas lejanas. Esos niños que se quedaban sin educación por no poder acceder en la mayoría de las ocasiones a esas escuelas de las poblaciones urbanas, ellos debían ser atendidos de manera directa; había que llevarles la escuela a ellos.

»En aquellos caseríos alejados, ubicados allá donde el diablo dio las tres voces y nadie lo oyó, el Ejército mantenía siempre un puesto de la Guardia Rural. Había que conseguir que estos puestos fueran convertidos a la mitad en escuelas. De tal modo, en breve tiempo, más de setecientas escuelas estarían, y estuvieron, funcionando, cada una allí donde existían los puestos de la Guardia Rural.

»No está de más recordar que los sargentos sirvieron de maestros; con lo que se creó un nuevo rango militar, el de sargento-maestro, o sargento cívico-militar.

»—Debemos construir escuelas allí donde haga falta, en el mismo medio del campo cubano —ordenó Batista. Y las escuelas fueron tomando forma adecuada con los fondos del Ejército.

»La mayor Campaña de Alfabetización que se ha hecho en Cuba la hizo Batista desde 1934 hasta 1944, es notable y tampoco debemos olvidarlo. ¿Por qué se ha borrado entonces de nuestra historia? La mayor contribución de Batista fue ese proyecto de escuelas rurales, lo que nunca antes se había hecho en Cuba. En muy breve tiempo el número de esas escuelas se fue elevando hasta llegar a mil trescientas. Dividido el país en cuarenta zonas, en cada una de ellas se instaló una misión rural que comprendía siete maestros. No sé si recuerdas que esos siete maestros impartían cursos de pedagogía, agronomía, artes domésticas, higiene, medicina, veterinaria, cirugía dental y labores de oficina.

»También fueron abiertas las escuelas vocacionales dirigidas a internos, y que llevaron el nombre de Hogares Campesinos. Era el ejército quien se ocupaba de estas escuelas...

—Arsenio, lo recuerdo todo muy bien. Además, cuando en el año 1940 Batista fue nombrado presidente, las escuelas formaron parte del Ministerio de Educación. Para esa fecha ya existían unas dos mil escuelas, si mis cálculos no fallan. Al final, en 1954, llegaron a ser un total de 3022. Entre los años 1944 y 1952, los Gobiernos que reemplazaron al de Batista se desocuparon de estas escuelas. Pero en 1952, una vez que Batista retomó el poder, se rehabilitaron nuevamente bajo sus órdenes.

—Estás claro, Elbio. Pero volvamos a 1936, cuando se crearon las unidades médicas móviles, que debían prestar servicios en las zonas donde funcionaban las escuelas rurales, o sea, en aquellas zonas más intrincadas del monte cubano. Aquello era como una especie de clínicas rodantes, en ellas se recibía atención médica y dental. Todos tenían derecho a ello, sobre todo los niños, no sé si lo recuerdas —Elbio asintió—. A las niñas se les impartía cursos de primeros auxilios, hasta cursos para que aprendieran a atender partos, los que con mucha frecuencia tenían lugar en sitios aislados, sin la presencia de profesionales y sin la higiene conveniente.

—Sí, todos hemos sigo testigos y traidores a la vez, culpables de callarnos toda la verdad —Elbio mesuró la frase, pero tuvo que soltarla—. Culpables de querer tapar el sol con un dedo, cuando todo esto se hubiera podido saber por aquellos que lo vivieron, y se ha sabido allá afuera por los que lo han escrito, incluido el mismo Batista, que tanto escribió en su exilio. Yo no he tenido la suerte de leer todos sus libros, aquí nunca se vendieron porque nunca llegaron, espero hacerlo alguna vez. La verdad la han repetido hasta caerse muertos de fatiga y muertos y muy muertos, esos ancianos que representaron a nuestro país, y a los que también quisieron silenciar, y hasta llegaron a silenciar. Y lo hemos permitido.

—Así mismo, mi amigo, mi hermano... Sabes, después de la Revolución de los Sargentos, en los seis años que la sucedieron, Batista hizo reformas sociales contundentes. Los Gobiernos apoyados por él dictaron leyes sobre salarios mínimos, jornada de ocho horas, nacionalización del empleo, regulación laboral de mujeres y niños, descanso retribuido, normas para la contratación colectiva de trabajo, legalización del derecho de huelga, entre otras leyes que tú y yo nos conocemos al dedillo, como la ley del seguro de maternidad para obreras y esposas de los obreros.

—¡Acuérdate que se establecieron las cajas de pensiones y jubilaciones para los empleados de periódicos y bancos! Sin contar que la Ley del Seguro Obrero fue reestructurada, del modo en que quedó brindaba efectivas mejoras y beneficios a los trabajadores. Las ideas de estas leyes fueron apoyadas y engendradas por el mismísimo Batista.

—Vivíamos en el mejor país del mundo, Elbio... ¡Cuba era el mejor país del mundo!

—Y no lo supimos apreciar, mi amigo. Es que ni siquiera lo tomábamos en cuenta.

La noche empezó a derramarse añeja y plateada sobre el cinturón habanero que separa la derribada y andrajosa ciudad del empañado mar.

XX

—LA MENTE MÍA ES MUY JODÍ'A, ARSENIO, VIEjo. Anda a veces *trafucá,* trabucada o como se diga, y en otras funciona a la perfección; trabaja que te trabaja sola, el día entero. Hay cosas que te quisiera decir, y no te las digo por temor, porque sé que te pondrás bravo conmigo, que te empingarás, y tal vez tengas razón.

»Tú sabes que yo no estuve allí, pero tú sí, ya tú estabas junto a él, siempre lo estuviste, desde niño. Yo todavía no había hecho irrupción, pero faltaría poco para que la hiciera. El ritmo constitucional fue perfecto, iba a to meter, puntual, que daba el minuto exacto. Tú lo sabes, tú estuviste ahí.

»Y llegó su hora. La hora del Hombre. Renunció previamente, y vinieron las elecciones del 40, y se presentó frente a Grau San Martín. Todos ansiábamos que él tomara el poder, que ganara la presidencia. Todos, y cuando digo todos éramos todos. Aquello no tuvo nombre, una mayoritaria coalición de Partidos presentó candidatura. Liberales, Demócrata-Republicanos, Conjunto Nacional Democrático, de izquierda y centro-izquierda más bien, lo que ahora se llamaría centro-derecha; Partido Socialista Popular (comunistas). El oponente se defendía respaldado por el Partido Revolucionario Cubano (auténtico) y por el Partido ABC (radical a veces, de centro-izquierda otras).

»Tú lo sabes, mi hermano, todos lo sabemos. Pero nadie quiere reconocerlo, ni lo han reconocido a lo largo de la historia. Aquel triunfo de Batista fue apoteósico, y Grau San Martín se hincó de rodillas ante semejante acontecimiento.

»Cuatro años pasaron, mi hermanito, en 1944 la misma coalición de Partidos condujo al doctor Carlos Saladrigas Zayas[114], que había sido un excelente Primer Ministro con Batista, sumada a la misma el Partido ABC. Y Grau va y se metió de nuevo. Porque Grau siempre fue un metí'o, un cabeciduro de mucho cuidado, y se presentó como quien no quiera la cosa con su Partido Revolucionario Cubano (auténtico), y con el Partido Republicano, que no era más que un desgajamiento del Partido Demócrata. Y esta vez, va, y gana las elecciones. Batista, como el hombre de palabra que era, le entregó la presidencia, y acató el resultado de las urnas sin ningún tipo de impedimento, ni chistar siquiera. Lo normal, mi hermano.

---

[114] Carlos Saladrigas Zayas (1900-1967). Político conservador y diplomático, abogado y notario de formación. Ministro de Relaciones Exteriores (1933); Ministro de Justicia (1934), senador (1936-40). Primer ministro de Batista (1940-42), después embajador de Cuba en Gran Bretaña. Después volvió a ser ministro de Batista, en el 1952 hasta 1959.

»Pero entonces Batista decide irse al exilio. Un exilio voluntario, que quede claro. Le dio por querer alejarse de la política, el ambiente estaba muy enrarecido, según él.

»Durante esos cuatro años en los que gobierna Grau San Martín, Batista se marchó al extranjero. Y por allá por Estados Unidos vivió al parecer bastante al tanto e intranquilo por su país. Lo lógico.

»Arsenio, yo quisiera discutir esto contigo, pero no sé, el temita como que no me sale por la boca para afuera, se me retarda engancha'o siempre en uno de esos percheros de mi revuelto pensamiento.

»Él, El Hombre, debió de haberse quedado por allá, Arsenio. Batista no debió de volver. Ya la cosa empezaba a cambiar en el mundo. Tú sabes. Otros valores, otros intereses, otras mentalidades. Otras fuerzas ocultas.

»Pero Batista volvió. Que para eso era El Hombre Fuerte de Cuba. Además, la gente lo reclamaba.

»Se hizo elegir senador por la provincia de Las Villas en las elecciones de 1948. Allá lo apoyaba todo el mundo, y regresó victorioso al país. Un país, todo hay que puntualizarlo, que lo añoraba, que lo extrañaba y aclamaba como a ningún otro.

»El doctor Carlos Prío Socarrás sustituyó entonces a Grau en la presidencia, en 1948. Se llevó en la golilla las seis provincias frente a dos rivales sumamente populares: Ricardo Núñez Portuondo, del Partido Liberal y del Partido Demócrata, juntos, y Eduardo R. Chibás, que se había postulado por el Partido Ortodoxo, un segmento proveniente del autenticismo.

»Mira, Arsenio, Batista pasó a la oposición y se entregó en cuerpo y alma a la configuración del nuevo Partido Acción Unitaria. Y eso sucedió enseguida que retornó al país.

»Fue ahí que creció todavía más el mito Batista.

»En las elecciones parciales de 1950, con la intención de elegir a alcaldes, concejales y la mitad de la Cámara de Representantes, apoyó la reelección del alcalde de La Habana, Nicolás Castellanos. Castellanos ya controlaba el Partido Republicano, de demócratas republicanos reformados, que como sabemos era un antiguo aliado del Partido Revolucionario Cubano (auténtico). Y empezó el gran juego político. Advino el gran pacto, tras el cual Castellanos se obedecía a sí mismo a que su Partido nominara a Batista. "Se obedecía a sí mismo", ¡qué clase de expresión acabo de inventar para dar la idea de lo que se tejió entonces a nominar al Hombre en las elecciones generales de 1952!

»Al término de 1951, Arsenio, tú lo viviste al igual que yo, éramos jóvenes, en el momento de las nominaciones, Castellanos se rajó y no cumplió na de na de lo que había pactado, bajo documento firmando inclusive. Pues, ¿qué hizo Batista? ¡Lo que cualquiera habría hecho, hasta yo! Publicó el documento aquí, allá, y acullá, en todos los medios de información. Que todavía no se habían convertido en los «miedos» de desinformación que son en la actualidad —como apuntarías tú, Arsenio—. Castellanos se vio presionado por los senadores que lo seguían y que buscaban una segunda reelección. Entonces va y se incorporó a la coalición del presidente

Prío Socarrás. Castellanos era un oportunista, como la mayoría de ellos.

»El Gobierno había escogido a un buen candidato, al ingeniero Carlos Hevia, tú sabes que Hevia era honesto. No me lo negarás. Un ciudadano capaz, sí, cuando aquello podíamos contar con algunos ciudadanos capaces y efectivos. Eso era Hevia. Quisieron enfrentarlo al Partido Ortodoxo fundado por Chibás, que se hizo muy fuerte tras la muerte trágica y estúpida de Chibás, y que llevó al candidato Roberto Agramonte[115]; y al Partido Acción Unitaria de Batista (PAU, de centro derecha con Rafael Díaz-Balart y Rivero Agüero), cuyo candidato no podía ser otro, naturalmente, que el propio Batista.

»Además, el Gobierno no erró al armar esa coalición de partidos, todo lo contrario, fue una decisión muy acertada. La coalición fue formada por el Partido Revolucionario de Cuba (Auténtico), Partido Liberal, Partido Demócrata, Partido Republicano, de orientaciones diversas, pero más bien tirando hacia la izquierda o centro izquierda. Cuba no era un país derechista. Los comunistas se aventuraron a ir solos con un candidato de sus filas, el doctor Juan Marinello[116], un gran hombre, al césar lo que

[115] Roberto Agramonte (1904-1995). Filósofo y político cubano. Embajador de Cuba en México en 1947-48, vicepresidente de Chibás en 1948. Ministro de Relaciones Exteriores con la Revolución castrista. Se exilia en Puerto Rico en 1960 debido a la orientación comunista que toma el régimen.

[116] Juan Marinello (1898-1977). Político cubano y escritor, ensayista. Presidente del primer Partido Comunista Cubano, ministro de Batista, delegado a la Asamblea Constituyente que redacta la Constitución de 1940. Diputado, senador, rector de la Universidad de La Habana en 1962.

es del césar. Por otro lado la campaña de los ortodoxos contra el Gobierno de Prío se puso al rojo encendido, violentísima. Prío se dijo que debía cambiar al jefe del Ejército que Grau le había dejado, al general Genovevo Pérez Dámera[117], y lo reemplazó por el general Ruperto Cabrera[118], un militar más bien flojito.

El ejército seguía admirando a Batista y simpatizaba con él, lo que era más que evidente. Aquellos viejos oficiales habían sido sus compañeros del 4 de septiembre del 33, a los que elevó de alistados y clases bajas a los más insignes cargos en la milicia. Los nuevos reclutas veían en Batista al hombre que llevó los grandes cambios al Ejército, al que había logrado montarse al pedestal de jefe sin pasar por las engorrosas academias militares tradicionales, y desde la misma posición de soldado raso con la que ellos se identificaban. Lo admiraban, lo querían, y ansiaban emularlo.

»Yo sé, lo sé, Arsenio. Yo también estaré de acuerdo contigo. El cuartelazo del 10 de marzo fue necesario. Hay que detenerse y pensar un poquito. Civiles y militares vieron en Batista al hombre que Cuba necesitaba para restaurar el orden. Aunque Batista no iba a dar jamás aquel cuartelazo, él fue abocado a darlo.

»Recuerda que cuando Fidel Castro lo visitó en la finca Kuquine en 1951, acompañado de su cuñado Rafael

---

[117] Genovevo Pérez Dámera (1910-1970). Militar y político cubano cercano a Grau San Martín. Ayuda de campo durante el Gobierno de los Cien Días, general en jefe de la Armada bajo la presidencia de Grau en 1945. Exilio en 1959.

[118] Ruperto Cabrera (1902 -?) Oficial de la Armada Cubana, Círculo Militar Naval. Jefe del Cuartel Militar principal de La Habana.

Díaz Balart, le preguntó a Batista si estaría dispuesto a dar un golpe militar, mientras de manera algo atrevida revisaba los libros en aquella fabulosa biblioteca de Kuquine. Batista le respondió que jamás, que él nunca rompería la Constitución, otro extraño encauzamiento de la historia y otro misterio... Al salir de allí el joven y oportunista Fidel Castro, ni corto ni perezoso, le comentó a su cuñado: «Este hombre no me interesa, no nos conviene. ¡Nunca dará un golpe!». Y ya tú ves. Hay una historia de esa visita: Castro le dijo con mala leche a Batista que le faltaba un libro importante en su biblioteca. «¿Cuál? —respondió Batista— para encargarlo». «*La técnica del golpe de Estado,* de Curzio Malaparte».

»Siete años del autenticismo del Partido Revolucionario Cubano, supuestamente restaurador de libertades y practicante de una doctrina amable, hasta amorosa y cordial diría yo, dieron como fruto la formación de grupos armados. Estos grupos operaban por su cuenta, se volvieron como locos, cometían desafueros y fechorías. La cosa andaba tan mal que se empezó a buscar el orden a toda costa. Es el mismo ejército el que llamó a Batista. El general Luis Robaina Piedra[119] condujo el carro en el que Batista entró en Columbia aquella madrugada del 10 de marzo de 1952. En una cuña Ford, ¿te acuerdas, Arsenio? En ese automóvil sólo cabían dos personas. Robainas era un capitán pagador del ejército, muy querido por la tropa. Un tipo campechano, servicial, y respetuoso. Ahí estaban los oficia-

[119] Luis Robaina Piedra (¿?). Antiguo capitán de la Armada cubana nombrado general de brigada por Batista durante el cuartelazo de 1952.

les y soldados para recibirlos con todas las de la ley, no para rechazarlos, sino todo lo contrario, para darles la bienvenida, entre vítores y exclamaciones entusiastas.

»La gente no se esperaba esto. En las calles todo llegó de manera muy sorpresiva. Aquel lunes La Habana amaneció con la noticia de que el general Batista estaba en Columbia y que el presidente Prío Socarrás había caído. Derrocado por un cuartelazo, y no por un golpe militar. La gente de la calle le llamó entonces «cuartelazo». Lo que no está exento de matices. Entonces, Arsenio, no vamos a tapar el sol con un dedo, y eso lo vivimos tú y yo, la gente se descocó a celebrar, y cantaban aquello de «Pájaro lindo de la madrugá», y dale con el «Sun sun sun... Damba E...». La gente estaba feliz, porque el pueblo anhelaba un cambio. El que fuera, a como tocara. El pueblo cubano celebró aquello. Pero tú y yo sabemos que el pueblo cubano a veces no las piensa como debiera pensarlas.

»¿Tú le encontrabas justificación al cuartelazo? No, nadie la buscaba. Ni tú ni yo la buscamos. ¿Existía justificación real para ese cuartelazo que tumbó a un presidente constitucional al que le faltaba pocos meses para entregar el poder? Porque las elecciones generales habían sido convocadas para el 1 de junio de ese mismo año. ¿Por qué Batista se adelantó a estos hechos, metió presión y ocupó el poder por la fuerza? Sin derramamiento de sangre, es cierto, sin violencia de ningún tipo, también es verdad. Y esa es la diferencia entre un golpe de Estado y un cuartelazo.

»Los opinadores políticos se dividieron, yo diría que neutralizados por la sorpresa de semejante acontecimiento. Pero tú lo sabes, e insisto, mi querido Arsenio, que buena parte del pueblo de este país justificaba el mal llamado golpe. Aducían que había evitado la llegada del comunismo a través del Partido de Chibás, que como tú mismo conoces estaba más que infiltrado de «kamarutchis», o sea, de camaradas, y eso que Chibás jamás fue comunista, o al menos no se comportaba públicamente como tal. Pero así ocurrió. Porque más anticomunista que el pueblo cubano no había en aquel entonces. Definitivamente Chibás no era comunista, pero casi lo mismo de malo: estaba loco como una chiva. Su «suicidio» fue un acto irracional de histerismo, pues como no pudo encontrar pruebas para acusar de robo a Aureliano Sánchez Arango hizo el paripé de darse un tiro nada más y nada menos que en la barriga, pero con la mala suerte que la pistola se le trabó en el cinturón y se perforó el hígado. Tuvo una agonía de varios días. Muy teatral aquello. No había sido la primera vez: antes ya había intentado «suicidarse» un par de veces, de mentiritas.

»Lo que es una verdad de Perogrullo, y que se comprobaría más tarde, es que a final de cuentas el cuartelazo del 10 de marzo no impidió que el comunismo llegase al poder. A los siete años justo lo tomó, y no por elecciones libres, sino por la fuerza, en lo que sí fue un golpe militar que nadie ha reconocido hasta ahora. Porque lo de Fidel Castro y sus secuaces fue un golpe terrorista a un estado democrático, puesto que la Constitución había sido restablecida en 1955, después de 1956 es que el régimen se endurece, y digan lo que digan, hubo elecciones. Con mayor participación popular —a pesar de las amenazas y el terrorismo— que las elecciones actuales en Estados Unidos y en muchos otros países. Grau se comprometió a participar, y Batista hasta le dio dinero para que organizara su partido. En el último momento Grau se rajó, restándole legitimidad a las elecciones. Esa fue la peor traición de Grau.

»Hubo muchos errores, soy consciente de ello, nos creíamos el peor pueblo del mundo, el peor país, y no supimos apreciar lo bueno. La historia política de Cuba no estuvo exenta de errores entre los años 1930 y 1958, pero vivíamos en democracia, existía pluralidad de partidos políticos, teníamos libertad de ideas y de expresarlas y de defenderlas y de morir por ellas. Nada era perfecto, pero tampoco vivíamos en el infierno.

»Más errores cometieron a sabiendas y a porfía las agencias internacionales de prensa, que vendieron a la opinión pública internacional un retrato nefasto del presidente Batista y de nuestro país, al que describieron como un país de maracas, ron y prostitutas. Nada más lejos de la verdad.

»Que quede claro, Arsenio, Batista no derrocó a Machado, tampoco destrozó la Constitución, como se ha venido reiterando hasta hoy. Batista no fue un dictador en el sentido que le damos a esta palabra en América Latina, ni un caudillo ridículo jefecito de una comunidad. Fidel Castro, sin embargo, empezó siendo un caudillo para convertirse en un tirano. Un tirano que nombró de a dedo, como sucesor, al criminal de Raúl Castro, el que ordenó tantos asesinatos políticos al estilo soviético, el medio hermanito tan despreciado por él.

»Lo que no le perdonaré yo a Batista, por su propio bien, por el de su familia, por salvar su prestigio, es que hubiese regresado de aquel primer exilio para dedicarse de nuevo a la política. Debió de dejarlo ahí. Punto. Pero no lo hizo, asumió, a mi juicio, un rumbo erróneo.

»Es más, pensándolo bien, Arsenio, amigo mío, ahora mismo me pondré a escribirte esto, en forma de carta.

»Aquí está la carta. La leerás más tarde, o cuando te dé la real gana. Pero no es justo que me entierren con estos pensamientos, sin haberlos compartido contigo.

»Una última cosita. Batista no mató a nadie. De hecho, muchas muertes ni fueron ordenadas, sino por decisión individual como venganza frente a las matanzas de Castro. El país se volvió un caos donde cada quien hacía lo que quería al final. Mataron por él. Batista no dio órdenes de asesinar a nadie. Las órdenes las dieron otros, algunos de sus oficiales. Los que nunca han salido a declararlo. No tenían valor, nunca lo tuvieron, ni lo tienen. La historia la cuentan siempre los vencedores, nunca los vencidos. Hasta un día, mi hermano, hasta un día en que el día suceda a la noche. Y la claridad se imponga a lo que parecía una eterna oscuridad.

XXI

La Bodeguita del Medio estaba a todo meter, a reventar de turistas. Arsenio quiso tener un detalle con Elbio y lo invitó a la barra del conocido restaurante a beber unos mojitos y a cenar después. Pero aquello pintaba imposible. Entraron en la barahúnda, para huir de allí de inmediato.

—Déjalo, Arsenio, te lo agradezco, pero así no vale la pena probar bocado. Odio el gentío y además, apenas nos dejarán conversar en paz.

—No sé qué hacer —fue toda la respuesta de un turbado Arsenio.

—Mejor busquemos un sitio tranquilo. Vamos a ver si ese lugar donde antes hacían el mejor picadillo habanero existe aún. ¿Recuerdas el Lafayette?

—¡Cómo olvidarlo! Tienes razón, aquellos picadillos valían un Potosí. Además, nos queda muy cerca.

Lafayette existía todavía, y ¡oh, magia habanera, tenía mesas libres! Pudieron pasar tras beber unos daiquirís en la barra, porque para almorzar o comer en cualquier restaurante de Cuba, es obligado antes consumir bebidas alcohólicas en las barras.

Al rato, el responsable los llamó, vestido de impecable aunque caluroso traje negro, y los condujo a la mesa ya lista para ser servidos.

—¡Nos han puesto manteles y servilletas blancas! —exclamó asombrado Elbio.

—No son de hilo, al contrario, son de muy mala calidad —rezongó su amigo.

Elbio estalló en una carcajada.

—No te quejes, Arsenio, no, de eso nada. Mira que aquí no vemos servilletas de tela, ni de papel, ni de ningún tipo desde el batistato. No te quejes, por favor.

El camarero se acercó para tomarles la orden. Pidieron la especialidad de la casa: picadillo a la habanera con arroz blanco y platanitos maduros fritos, ensalada de aguacate, tomate y lechuga, cervezas. Lo nunca visto, lo que hacía más de cinco décadas que el pueblo cubano no podía ni siquiera soñar con probar, sobre todo en un restaurante, en un sencillo restaurante al que cualquiera hubiera tenido acceso antes del año fatídico en que la bestialidad se amparó con el poder absoluto y totalitario.

—He leído lo que escribiste, Elbio. Eso que titulaste *Pensamientos prohibidos*.

—*Pensamientos secretos*. Son más secretos que prohibidos, aunque prohibidos estuvieron y están. Pero la palabra justa para mí es «secretos». Le he cambiado el título —precisó el anciano.

—Reforzaré esos pensamientos tuyos con los míos, con mi tesis y la tesis de Ada. No tengo nada en contra de lo que cuentas en ese texto. Pero debiera añadir mis propios pensamientos, o recuerdos, que es lo que son en realidad. Como sabes, tuve una relación directa con Batista en aquella época. Lo traté muy de cerca. Y al igual que tú colaboré con él en el segundo período de su Gobierno. No pienso más que en lo que me honró hacerlo, pues por encima de todo estaba, como tú, sirviendo a mi patria, y no a un hombre en particular.

»Te contradeciré sólo en esto, Elbio, sí, salvo en una sola cosa no estaré de acuerdo con tus precisiones. Batista tenía que volver. Batista debió de dar ese cuartelazo, como le llamamos entonces. Mira, ya ves, finalmente llegué a esa conclusión, y no fue hoy. Batista nació destinado para la política, vivió para la política, y pese a su cruel exilio, o tal vez por ese mismo exilio, también murió dignificado por sus posiciones políticas y por los libros que escribió en su —en ese sentido— enriquecedor destierro. Algún día esos libros se leerán, masivamente, algún día ese pueblo cubano despertará y leerá la verdad sobre este eslabón cercenado de la historia de este país.

»Mira cómo hablo todavía Elbio, mira cómo estamos obligados a musitar, a hablar bajito en nuestro propio país cuando mencionamos a una figura histórica de la talla de Fulgencio Batista y Zaldívar. En un futuro, eso espero y no sabes cómo, con qué ansias, y para eso trabajo, las voces que se han mantenido amordazadas y que han tenido que murmurar por más de medio siglo como nosotros ahora, para evitar ser apresados y silenciados a veces, la mayoría de las veces con la muerte, en un futuro, esas voces se harán eco de nuestras voces, y la verdad correrá, rodará por toda la ciudad y por todas las ciudades de esta isla tan dañada. Tal vez tú y yo no lo veamos, pero estoy seguro de que eso sucederá tal como te lo estoy vaticinando hoy. Por mi madre bendita te lo juro. —Besó sus dedos en forma de cruz.

»Aquellos primeros meses de 1949 fueron convulsos. ¿Te acuerdas que el periodista Ramón Vasconcelos[120] recién había comprado el diario *Alerta?* Bueno, poseía la mitad de las acciones, y hasta se dijo —cosa incierta— que Batista se había hecho con la otra mitad. En fin, yo, como sabes, venía desempeñándome, digamos que como segundo, en la redacción política de ese diario. Su director era el doctor Antonio Iraízoz[121], figura relevante, donde las hubiera, de las letras cubanas. Vasconcelos era entonces ministro sin cartera del Gobierno de Prío. Yo ocupaba también el cargo de segundo jefe, de los abogados del Gobierno, en el Ministerio de Gobernación. Era muy joven, conoces esta parte de mi vida, pero aprovecharé para refrescárnosla a ambos, a ti y a mí mismo. Una noche llegué yo al periódico, puntual, como siempre, y el

---

[120] Ramón Vasconcelos (1890-1965). Periodista, político y diplomático. Consejero de Batista en 1952, más tarde ministro de Comunicaciones de 1954 a 1958. Exilio en 1959, regresó a Cuba en 1964.

[121] Antonio Iraízoz (1890-1976). Escritor y periodista cubano de renombre. Director de varios periódicos en el transcurso de su carrera. Presidente de la Academia Cubana de la Lengua a partir de 1969. Bajo la presidencia de Zayas fue secretario de Estado (Instrucción Pública y Bellas Artes). Embajador de Cuba en España (1952-57) y en Venezuela (1957-59) con Batista. Fue también el gran oriente y gran maestro de la masonería cubana.

jefe me comunicó que el director me esperaba en su despacho. Quería hablarme con toda urgencia.

»—Habrás leído lo del teletipo, supongo. Cuentan que Batista anda conspirando con intención de tumbar a Prío. Te pido que me acompañes a entrevistar a Batista en su finca. —Suponía mal, no sólo no había tenido tiempo de leer nada, además recién llegaba.

»Me puse al día, busqué un fotógrafo, y junto con Manuel Sánchez Maspons, el administrador del periódico, que le animaba saludar a Batista, nos dirigimos de inmediato a Kuquine.

»El general nos recibió sonriente:

»—¿Y esto? —sonrió con aquella expresión franca—. ¿Cómo se atreve un ministro del Gobierno a venir a la casa del conspirador?

»Vasconcelos no se quedó callado:

»—Bueno, no vengo solo, además le he traído al segundo jefe de los abogados del Gobierno. Que además es de Veguita, como usted.

»Ahí fue que me presentó al Hombre.

»Ese fue el primer contacto con el general Batista. Hicimos la entrevista con todas las facilidades del mundo, ninguna pregunta se quedó en el tintero, hablamos de su vida, de su Gobierno, del posible cuartelazo, de todo. La accesibilidad e inteligencia de Batista me desarmaron.

»Prío Socarrás leyó la entrevista en Alerta a primera hora de la mañana siguiente. Una entrevista con sus respectivas fotos del entrevistado y de sus entrevistadores. Estos últimos funcionarios de su Gobierno. Aquello no gustó, especialmente al presidente, pero no le quedó más remedio que aceptarlo; pues para eso habían libertades.

»A mediados del 49, con veinte años, me hicieron cargo de la sección política del diario *Información*. Ya tú sabes, hacían furor los preparativos de las campañas para las elecciones primarias, todo aquello en pleno apogeo. Los partidos reorganizaban sus estrategias, dedicaban tiempo a sus cuadros dirigentes; formalizaban alianzas con otros partidos, nominaban a los candidatos. Era apasionante. Y todo con proyección a los comicios que se avecinaban, el 1 de junio de 1952.

»Ya en los primeros meses del 51 se perfilaban los candidatos definitivos. De igual manera y por esas razones, el doctor Santiago Claret, periodista muy entero, director de Información, fue y me pidió que entrevistara a los tres candidatos a la presidencia: al ingeniero Carlos Hevia, al general Fulgencio Batista, y al doctor Roberto Agramonte.

»Batista siempre me sorprendía. No quiso ser el primero, decidió que sería el segundo, y me lo hizo saber enseguida. A los tres candidatos los conocía personalmente y trataba con ellos a diario, a través del teléfono o de visitas asiduas. Debo señalar que al ingeniero Hevia y a mí nos unía una gran amistad, de la que he sido siempre muy discreto. Era un gran cubano, inspirado e inspirador. Si recuerdas bien, Elbio, había sido presidente por unas cuarenta y ocho horas, del 15 al 18 de enero, en 1933, cuando aquellos Gobiernos provisionales se sucedían de una hora en otra, de la noche a la mañana, como quien dice.

»La entrevista con Batista la recuerdo de manera muy nítida y especial. Fui recibido en Kuquine, alrededor de las diez de la mañana. Iniciamos sin ningún tipo de protocolo nuestra conversación mientras recorríamos la finca. No hubo cuestionarios preparados de antemano, ni cuadernos, ni bolígrafos. Hablamos sin parar como dos buenos amigos, eso sí. Saltábamos de un tema a otro. Me asombraba su cultura, no lo niego. Pero también polemizamos acerca de diversos asuntos, ¡faltaría más! A eso de las doce del día Batista me aseguró que no contaría con el tiempo debido para explicarme lo que yo necesitaba —él más que yo, desde luego—. Me pidió que volviera al día siguiente para que continuásemos la charla, pues en ese preciso momento esperaba al embajador de Argentina y además debía de almorzar afuera con su hija Mirta. Batista respetaba a pie juntillas sus compromisos sociales y familiares.

»—No necesito volver mañana, General —expresé con toda sinceridad—. Si me permite usar su máquina de escribir mientras usted atiende al embajador, antes de irse al almuerzo con su hija podrá leer la entrevista terminada. No tomará más de media hora.

»Estuvo de acuerdo, al menos aceptó mi propuesta, aunque intuí que no demasiado conforme.

»—Debo admitir que es usted rápido, pero me gustaría revisarla y reservarme el derecho de autorizar o no mis respuestas. Puede que su apreciación de lo que he dicho no sea de mi agrado, o no haya usted completamente acertado.

»No debí de esperar más de una hora. Batista estuvo de vuelta más rápido de lo que pensé, le tendí los folios. Leyó atentamente. Estampó su firma con una sonrisa de satisfacción.

»Batista se encontraba de nuevo en el umbral del poder, y eso lo hacía feliz, con toda evidencia. No era un hombre hipócrita, sabía que el poder servía para conseguir lo mejor para su país y hacer el bien.

»Tras el 10 de marzo de 1952 se disolvió el Senado y la Cámara de Representantes. Con toda la inteligencia y habilidad que lo caracterizaba, Batista sustituyó estos cuerpos colegisladores por un Consejo Consultivo alternativo. Ochenta miembros lo componían. Carlos Saladrigas Zayas, al que apodaban «el estadista nacional», fue nombrado presidente de ese Consejo.

»Elbio, no te niego que me sorprendí cuando Batista me pidió que me convirtiera en consejero y presidente de las nueve comisiones de trabajo, componentes importantes del Consejo, y a las que más importancia él le daba era a las de Educación y Cultura.

»La selección se hizo con sumo cuidado. Cuba contaba con valores extraordinarios. Hombres y mujeres de gran intelecto, muy preparados, y que representaban lo mejor de la sociedad cubana.

»Dicho esto, no olvidemos que cada sector estaba presente, aquellos que constituían lo más valorado de cada gremio. Había de todo, desde hacendados, industriales, comerciantes, profesionales, agricultores, dirigentes obreros y campesinos, periodistas, escritores como José Manuel Carbonell[122], Gastón Baquero[123], Ramón Vasconcelos, Mi-

---

[122] José Manuel Carbonell: (1880-1968). Revolucionario cubano y discípulo de José Martí. Fundó y editó la revista *El Expedicionario*. Doctor en Leyes Civiles.

[123] Gastón Baquero (1914-1997). Escritor y gran poeta de la literatura cubana en los años 40. Participa en el Gobierno de Batista después de 1952, como periodista del *Diario de la Marina* y consejero cultural. Exilia-

guel de Marcos[124], Rafael Esténger[125], Luis Ortega[126], Armando Maribona[127], Gustavo Urrutia[128], Raúl Lorenzo[129], Josefina Mosquera[130], Alicia Alonso[131] (con la ayuda de Batista pudo crear su célebre ballet, aunque después dijera lo contrario). Una enormidad de valores sin distinción de razas ni color, como se decía vulgarmente, porque eso era Cuba: mestizaje en su pleno apogeo. De la medicina, de las finanzas nacionales, ahí estuvieron, que yo recuerde,

---

do en España en 1959 tras la caída de Batista, donde continúa con su carrera literaria y periodística. Sale de Cuba pues el Che Guevara había ordenado su captura.

[124] Miguel de Marcos (1894-1954). Escritor, poeta, periodista, autor de *Papaíto Mayarí.*

[125] Rafael Esténger (1899-2003). Escritor y poeta. Miembro de la Academia Nacional de Bellas Artes. Ocupó diferentes puestos en el seno del Gobierno.

[126] Luis Ortega (1872-1948). Hombre de ciencias. Médico, fundador de la Sociedad de Tisiología.

[127] Armando Maribona (1874-1964). Pintor, retratista, caricaturista y periodista en la prensa cubana e internacional. Profesor de la Academia Nacional de Bellas Artes de San Alejandro. En 1952 tuvo un rol en el Gobierno de Batista en el registro del turismo. Es el autor de la novela *El Arte y el Amor en Montparnasse. 1923-1930.*

[128] Gustavo Urrutia (1881-1958). Ensayista, periodista, arquitecto y escritor cubano. Ministro consejero a partir de 1952. Uno de los primeros en ocuparse sobre la cuestión del puesto de la cultura africana en la cultura cubana y a denunciar el racismo del que se cebó el *Diario de la Marina* en la sección Ideales de raza.

[129] Raúl Lorenzo Ruiz. Periodista.

[130] Josefina Mosquera. Periodista.

[131] Alicia Alonso (1921). Bailarina *étoile* del New York City Ballet en los años 40, antes de fundar en La Habana, en 1948, el Ballet Alicia Alonso, rebautizado Ballet Nacional de Cuba después de triunfo de Castro. Colaboró con Batista y colabora con Castro.

Octavio Montoro[132], Emilio Maza[133], Claudio Benedí[134], Justo García Rayneri[135], Raúl López Ibáñez[136], Arturo Fernández[137]. Aquello fue la mejor asamblea corporativa que Cuba haya tenido jamás, formada por personalidades e individuos de talento y acción.

»Teníamos un país, Elbio, y qué clase de país.

»Y fíjate si Batista lo sabía, si estaba consciente de la clase de país que teníamos, que se notaba impaciente por convocar a elecciones. Los políticos de los que se rodeaba lo presionaban y aprobaron su extraordinaria decisión.

»Entonces fue cuando me requirieron de Palacio para un almuerzo con el presidente. En una mesa muy variada nos sentamos Martín Díaz Tamayo —inspector general del Ejército, hombre al que siempre admiré por su entereza y arrojo—, la doctora Blanca Rosa Urquiaga —una de las más grandes educadoras que ha dado América, no sólo Cuba, tenía a su cargo la dirección de la educación rural, que como sabemos fue una de las obras más hermosas de Batista— y yo.

---

[132] Octavio Montoro y Saldriga (1891-1962). Médico formado en la Universidad de La Habana y en Estados Unidos. Moderniza la medicina cubana (sobre el plan de diagnóstico y de aparatos técnicos utilizados) en los años 1910. Miembro muy activo de la Academia de Ciencias Físicas y Naturales de La Habana.

[133] Emilio Mazza (¿?). Médico, eminente pulmonólogo.

[134] Claudio Benedí (¿?). Experto en política internacional.

[135] Justo García Rayneri (¿?). Ministro de Finanzas de Batista en 1955.

[136] Raúl López Ibáñez (¿?). Abogado en Derecho Internacional y Penal, y economista financiero.

[137] Arturo Fernández (¿?). Científico.

»Por cierto, y aquí aprovecho para hacer un paréntesis, en 1937 Raúl Castro contaba seis años, y fue matriculado en una escuela de disciplina cívico-militar en la misma región de Banes. Aquella escuela era una de las fundadas por Batista, con la intención de crear vocaciones para futuros cuadros militares. Los maestros eran sargentos de su mayor confianza. Ahí empezó Raúl Castro su carrera militar. En 1938 Batista visitó una de aquellas escuelas, a las que él vigilaba como las niñas de sus ojos; el sargento Armando Núñez Castillo, maestro de Raúl Castro, lo presentó a Batista. El niño Raúl había ensayado unas palabras de bienvenida, pero se fue del guion y soltó aquello de su propia iniciativa: «Señor coronel Fulgencio Batista y Zaldívar, ¡a nombre de los estudiantes de la escuela cívico-militar de Birán Uno, solicito de usted ascender a nuestro sargento al grado de teniente!».

»Como ves, Elbio, Raúl ya desde entonces apuntaba modales, no muy distintos a los de su hermano Fidel.

»Batista se quedó en una pieza, pero enseguida reaccionó, cargó al pequeño en sus brazos, lo besó sonriente y le espetó: «Bien, lo cumpliré». Existe la foto de tal acontecimiento, y además lo cuenta el oficial ruso retirado de la KGB y biógrafo de Raúl Castro en su libro *Raúl Castro, un hombre en revolución,* que supongo habrás leído, Elbio, porque milagrosamente ha sido editado aquí, en La Habana. Todo está contado en la página cincuenta y siete. Aunque se dice que nada se supo después del teniente Armando Núñez Castillo; una de mis fuentes en el exilio me comentó que Raúl Castro personalmente lo mandó a fusilar en aquellas primeras ejecuciones masivas tras la llegada de estos bestias al poder[138].

»Sigamos con aquel almuerzo donde también se hallaba el coronel José Antonio Barrera, un hombre de carácter dinámico, supervisor de la Cooperativa de Ómnibus Aliados. Entre otros. Durante el almuerzo el presidente se dirigó a mi:

»—Necesito su opinión sobre la convocatoria a elecciones presidenciales. Como podrá suponer no se habla más que de eso.

»—Sí, estoy al tanto de la comidilla del día —respondí.

»—Lo sé, por eso le pregunto. He leído sus artículos en las páginas de *Información,* me los hicieron llegar durante mi ausencia del país. Veo que maneja muy bien el tema —observó el presidente.

»—No me será difícil desarrollar mis ideas sobre el asunto. Estoy en desacuerdo con las proyectadas elecciones a tan breve plazo del cuartelazo —indiqué descolgándome la servilleta blanca de la pechera, porque en aquel momento yo dudaba en apoyar su proyecto.

---

[138] Desde la llegada de Castro al poder comenzaron las depuraciones y juicios populares (simulacros de procesos). Castro fue el responsable directo de todos y cada uno de los fusilamientos, así como su hermano Raúl Castro y el Che Guevara. La Delegación de Raúl Castro en Santiago de Cuba fusiló 72 personas el 12 de enero de 1959. El Che Guevara, lo mismo, 182 fusilamientos, entre enero y julio de 1959, en La Cabaña. Se habla de hasta 600 fusilamientos en una sola noche. Noche de las Tres P en 1961, ya evocada en una nota precedente. Se calculan 17 000 muertes. 20 000 prisioneros políticos en los años 60 por el mero hecho de falta de entusiasmo. En el 2016 se contabilizaron 8505 detenciones.

»Batista oía atento.

»—Soy más bien partidario de que usted, como presidente, debiera acometer la reforma política de Cuba. Debe usted rodearse de los mejores hombres y mujeres de este país para lograrla. Hay que sanear el ambiente electoral, evitar que la gente dude sustituyendo quizá a los protagonistas secundarios, señor presidente; la solución es que esos nuevos hombres y mujeres, jóvenes con aliento y sabiduría, y con sus nuevos métodos transparentes, se sientan concernidos y de verdad implicados. Tendría usted que sacrificar a no pocos de sus partidarios, eso es muy cierto. Pero valdría la pena. Es mi humilde opinión. No tengo la menor idea de cuánto le llevaría acometer semejante empresa. Sin embargo, el tiempo que tomara no sería lo importante, con tal de que la llevara a cabo y librara a nuestra nación de la corrupción, de la política con sus métodos perniciosos y oscuros que vician a otros sectores de Cuba. Hay que arrancar el mal de raíz. Y desmartirizar a Cuba. Este país ha sido muy martirizado y sacrificado. Para nada, total, para qué.

»—Aplaudo sus palabras —dijo la doctora Urquiaga, y las aplaudió también con sus palmas—. Soy una entusiasta de ese proyecto.

»Batista le dirigió una mirada de desaprobación.

»Al terminar el almuerzo, Batista me apartó. Nos sentamos en un ángulo del salón alejados del resto.

»—Soy contrario a su punto de vista. No me gusta sacrificar a nadie, y estoy muy satisfecho con el trabajo de mis allegados. Por otra parte, el pueblo cubano quiere elecciones enseguida, y ya. No toleraría un Gobierno de facto por mucho tiempo. Sé de lo que hablo, créame. Lo que hemos hecho lo hicimos porque no quedaba otra opción. A partir de ahora la vida debe fluir con normalidad hacia la legalidad constitucional.

»Nunca olvidaré aquella conversación, que no acabó ahí, como podrás suponer, querido amigo.

»En diciembre de 1953, el doctor Raúl Maestri[139], que pertenecía al canal 2 de CMQ-TV, me hizo llegar una solicitud personal. Necesitaba que yo participara en un programa de debate con panelistas sobre la actualidad política en la primera semana de enero del año entrante. No era de ninguna manera una mala idea, al menos eso me pareció, y acepté comparecer como redactor político del diario *Información* que había sido y de Alerta que era ya, en el que trabajaba entonces, y del que Maestri era también redactor económico.

»Comuniqué al presidente que mi anuncio no tenía corte de consulta, sino de información. Insistí en aclararle que mi comparecencia sería en calidad de periodista político, y de ninguna manera de consejero consultivo del Gobierno.

»—Puede usted sostener en mi nombre que las elecciones generales se celebrarán en 1954 llueve, truene o relampaguee. —Sonrió estrechándome ambas manos entre las suyas.

»Elbio, no hubo trampa. Batista cumplió su palabra. Las elecciones se efectuaron el 3 de noviembre de 1954. El que diga lo contrario miente.

---

[139] Raúl Maestri (1908-1973). Periodista y profesor.

»Un grupo de amigos intelectuales con Gastón Baquero a la cabeza había empezado a promover mi candidatura para representante a la Cámara. Eso fue meses antes de las elecciones. Participé por La Habana. La idea de la proposición surgió en el seno del Consejo Consultivo y a ella se unieron varios sectores de mucha valía, sectores ciudadanos que con anterioridad no habían querido intervenir en las luchas electorales. Recibí gran aliento y respaldo moral. Paco Ichaso[140] me apoyó, José López Isa[141] también, Juan J. Remos[142], Octavio Montoro[143]. Obtuve una barbaridad de apoyos de hombres de negocios, en el campo financiero, que se ocuparon de propulsar mi elección. Hombres buenos y prestigiosos. Hombres todos que antes no ha-

[140] Francisco (Paco) Ichaso (1901-1962). Abogado, periodista, ensayista, crítico de cine y de teatro. Uno de los fundadores del Partido ABC para luchar contra Machado. Integrante del Grupo Minorista. Uno de los redactores de la Constitución de 1940. Conducía un programa de televisión junto a Jorge Mañach. Exiliado en Miami en 1960. Más información en el blog de Mari Rodríguez Ichaso, en el que precisa que su tío fue acusado erróneamente de haber colaborado con Batista, lo que le valió ser encarcelado durante un año bajo las órdenes de Castro en el Castillo del Príncipe.

[141] José López Isa. Existe muy poca información, sólo se sabe que estuvo vinculado a las finanzas.

[142] Juan José Remos y Rubio (1896-1969). Escritor y periodista. Entre 1936 y 1940 fue ministro de la Defensa, de Relaciones Exteriores y de Educación. Delegado permanente de Cuba en la UNESCO. Embajador de Cuba en España.

[143] Octavio Montoro (1891-1962). Médico formado en la Universidad de La Habana, que moderniza la práctica de la medicina en Cuba (tratamientos de afecciones relacionados a la nutrición como la obesidad, la diabetes (utilización de manterial y técnica punta como el electrocardiograma). Además fue miembro de la Academia de Ciencias de La Habana. Exilio en 1959.

brían tomado partido político por nadie ni por una candidatura, y trabajaron por el triunfo. Respondían a un compromiso cívico, por el candidato que alentaba sus ideales. Lo hacían también porque creían en Batista.

»—Creemos en Batista —me confesó uno de esos honorables hombres—, y creemos en usted, en su labor como periodista. Hemos asistido a sus conferencias, y queremos que se presente usted en nuestros auditorios, para que los cubanos lo oigan. Cubanos de todas las extracciones sociales, por supuesto. Usted sabe enseñarnos a salvar el patrimonio económico de Cuba y nuestro modo de vida democrático y libre.

»Mi emoción planeaba por lo más alto. Mi compromiso también, pese a que no fui elegido. Vivíamos una época en la que los periodistas hacíamos nuestro trabajo desde el terreno y no desde detrás de una computadora copiando de aquí o de allá. Y la gente pensaba, Elbio, ¡todavía pensábamos!

El camarero se acercó y retiró los platos:

—¿Querrán postre y café, los señores?

—¿Señores? —Elbio lo miró como si se tratara de un marciano.

—Tomaremos dos tocinillos y dos cafés descafeinados —Arsenio cortó apresurado.

—¿Desde cuándo nos han vuelto a llamar «señores»? ¿No éramos hasta el otro día, como quien dice, compañeros o camaradas como los soviéticos? —Elbio se burlaba.

—Eso ya es pasado, amigo, es pasado muy antiguo.

—No, pasado reciente, por cierto, y con cuánta prisa lo han enterrado.

—Con la misma prisa con las que nos enterraron a todos nosotros, con cada una de nuestras historias —Arsenio sacó un pitillo electrónico.

—¿Esa basura que fumas no da cáncer? —inquirió Elbio desconfiado.

—Ya todo da cáncer, sólo le pongo una barrera retardadora en el tiempo.

Ambos sonrieron, Elbio con un deje entre amargado y entristecido.

XXII

—USTEDES DOS SABEN CUÁL CREO YO QUE FUE su error fatal. —La mujer abanicaba su brilloso rostro mientras se balanceaba en un sillón donde su huesudo cuerpo se hundía entre cojines que ella acotejaba para sentirse más cómoda.

—Lo sé, Esmelinda, lo sé —subrayó Elbio como fatigado de oír lo mismo—. El Cuartelazo.

—Cuartelazo para ustedes. Para mí golpe de Estado. Un 10 de marzo de 1952 Batista dio el golpe, y el 26 de julio de 1953 Fidel Castro metió su asalto al cuartel Moncada. Fidel se sacó la lotería con ese golpe, le sirvieron en bandeja de oro el pretexto perfecto con aquel inmenso error que no fue de Batista solamente, sino de la cúpula mayor del Ejército. Era todo lo que necesitaba el galleguito hijo del soldado español que sirvió a la Reconcentración de Weyler[144]

[144] Valeriano Weyler (1838-1930). Militar y político español, gobernador de Cuba entre 1896-97. Enviado para poner fin a la guerra de Inde-

para darse a conocer. Porque hasta ese instante nadie sabía aquí quién era Fidel Castro. Na-di-e.

—Esmelinda —Arsenio se dirigió pausadamente a la anciana—, me gustaría afirmar que tienes razón, pero no es cierto. No lo veas tan así de simple como lo ven algunos cubanos idiotas que se hacen llamar historiadores, y hasta escritores, y de historiadores y de escritores tienen lo que yo de físico-matemático. Una cosa no tiene que ver con la otra. A Fidel le hubiera venido bien cualquier cosa, cualquier pretexto, como tú lo llamas. Lo suyo era tomar el poder a como diera lugar. Porque él sabía que ya los americanos tenían atravesado a Batista, y de ahí se agarró para iniciar su habilísima campaña de *marketing* favoreciendo desde luego a su propia persona.

—No hubo derramamiento de sangre durante el Cuartelazo; nadie murió, ni uno. Y sin embargo, mira la cantidad de muertos y heridos que provocó el Moncadazo —recordó Elbio.

—Además de que la mayoría fueron muertos y heridos del lado de los soldados de Batista. Eso tampoco lo aclaran nunca. ¿75, no? Y 55 dicen estos de aquí del lado de ellos. —Arsenio se sirvió un poco más de la jarra de limonada fría.

Esmelinda los había recibido con los mejores honores a su alcance, en aquel cuarto medio derruido en una

pendencia. Pone en marcha una estrategia consistente en encerrar a las poblaciones campesinas en campos aislados con el fin de que los independentistas no puedan recibir sus ayudas (400 000 cubanos encerrados, enfermos y hambrientos). Triunfo militar, pero catástrofe sanitaria y humana.

de las más desmoronadas y apuntaladas azoteas que daban a la avenida del Malecón.

—El asesinato de Manzanita[145] en el 57 provocó ya el estacazo final —Esmelinda encendió un cabo de tabaco.

—Nada de eso. Manzanita iba armado, saltó del automóvil armado con una pistola. El guardia lo vio y le disparó. No lo mató Batista, ni lo mandó a matar tampoco. Fue un accidente, una tragedia, como ocurrían y ocurren tantos otros dramáticos accidentes en el mundo —protestó Elbio.

—Ese 13 de marzo de 1957 fue nefasto… —suspiró la anciana.

—Hubiera sido peor. Los niños del presidente y su esposa se encontraban en el Palacio Presidencial durante el asalto perpetrado por esos revoltosos. Por suerte la guardia y la policía enfrentaron y frenaron el asalto, y sucedió lo que tenía que suceder, que los muertos los pusieron ellos —indicó Arsenio.

—Se exageraron los muertos. Más de un lado que de otro, privilegiando a los asaltantes —Elbio cortó el sudor de la frente con sus dedos.

—Pero hubo muertos —subrayó Esmelinda.

[145] José Antonio Echeverría, alias *Manzanita* (1932-1957). Pertenecía a la clase media cubana, estudiante de Arquitectura en la Universidad de La Habana. Presidente de la FEU (Federación Estudiantil Universitaria) y miembro fundador del Directorio Estudiantil Universitario. Opositor a Batista, asaltó Radio Reloj (radio nacional) el 13 de marzo de 1957, e hizo una alocución de tres minutos. Al salir de la estación radial, tomó el camino de la Universidad, pero disparó contra un policía que se cruzó en su camino, y fue asesinado.

—Más que con los hermanos Castro seguro que no. No ha habido más muertos que bajo la tiranía de los hermanos Castro en toda América Latina, por favor... No ha habido tiranía más severa y horrenda que la de los Castro. —Arsenio golpeó sus rodillas.

Elbio asintió. A Esmelinda no le quedó más remedio que admitirlo.

—En el Moncadazo murieron más soldados que revolucionarios, nunca está de más repetirlo. Y Fidel Castro salió huyendo primero que nadie, como el buen cobarde que siempre fue —Elbio hizo la acotación—. Sí, nunca ha habido más muertes que con los Castro. Cincuenta y siete años de asesinatos y más asesinatos, y esto no se ha acabado...Y el mundo impávido. Los atacantes asesinaron hasta enfermos en el hospital militar.

—Nadie lo discute, no seré yo la que lo haga. Solamente en mi familia cuento con tres fusilados. Los asesinaron única y exclusivamente por haber participado en unas elecciones.

—Cierto. Tú estuviste muy activa en las elecciones de 1958. Por eso estamos aquí. Necesito tu testimonio, Esmelinda —Arsenio abrió su cuaderno, dispuesto a anotar.

—Sí, así fue, mi familia estuvo muy activa. Y ya saben ustedes lo que nos costó. La vida. La vida de mis hermanos y de mi novio. Estoy viva de milagro. Puro milagro.

»Discutíamos aquel proyecto de Código con denuedo. Tú no puedes haberlo olvidado, Arsenio, tú formaste parte de aquello. Cada día se redactaban de tres a cuatro artículos, bien pensados y discutidos, y hasta consultados.

Pero el Código no llegó al Pleno de la Cámara. Aprobaron otro Código Electoral más cerrado y secreto para las elecciones del 58. Na, cosas del Congreso. Aquellas elecciones serían las últimas que hubo en Cuba. Y los que fueron elegidos jamás pudieron tomar posesión de sus cargos.

»No te habrás olvidado, Arsenio. Elbio, tú estuviste también. Las pasiones de todo tipo, políticas y militares, hicieron estragos muy grandes. Las guerrillas armadas operaban y combatían en la Sierra Maestra. Estados Unidos dejó de enviar armamento, con lo que los soldados fueron completamente desmoralizados. Traiciones y más traiciones. A mi juicio, fue un error entablar un Diálogo Cívico, cuyo promotor fue Cosme de la Torriente Peraza, con aquella viciada oposición; de aquel diálogo derivó la Comisión Electoral, integrada, como ustedes saben, por políticos ajenos al Congreso, en su gran mayoría oposicionistas de salón, que sólo buscaban el retorno fácil y el poder todavía más cómodo, aunque se escudaran en el pretexto de la democracia sin guerra.

»Batista se encontró acorralado, entre dos fuegos. Por un lado debía atender a las fuerzas militares que no sólo no acabaron con la insurreción en la Sierra Maestra, además lo traicionaron, y por el otro lado, los políticos que lo hostigaban. Encerronas por ambos lados. La política fue enlodada por todos estos menesteres, y ya algunos podíamos suponer que no quedaba demasiado por hacer que fuera útil. Y sin embargo Batista seguía apoyado masivamente por el pueblo —pese al golpe o Cuartelazo. Como también lo apoyó el pueblo el 10 de marzo de 1952, y en aquella otra memorable manifestación frente a Palacio, el 27 de marzo de 1957, en la que el pueblo se concentró allí, abarrotaron aquello sólo para apoyarlo, para oír a su presidente. Batista y el pueblo cubano eran uno. Eso no se le puede negar, pero tampoco lo perdonaban los políticos cubanos ni los americanos. Por otro lado, Fidel Castro se moría de envidia frente a la popularidad de Batista. Fidel Castro siempre fue un envidioso, y un loco que ansiaba el poder. Nadie quiso verlo, aunque todos lo sabían. Todos y cada uno de nosotros estábamos conscientes de ello. Batista sin embargo sentía lástima por la madre de Fidel, ese fue su punto frágil a la hora de darle la liberación tras el año en que estuvo encarcelado por lo del Moncada, y aceptó la intervención de Monseñor Pérez Serantes[146]. Debió haberlos fusilado a todos. Pero Batista no lo hizo, no lo hizo porque era un demócrata... Y porque sentía pena por Lina Ruz, la madre del demonio, a la que conocía de allá, de Birán.

»El desastre se avecinaba, se veía venir. Yo lo vi venir, lo advertí y no me pusieron atención. Durante el mes de julio de 1958 los partidos políticos nominaron a sus candidatos. Frente al candidato de los partidos del Gobierno, el doctor Andrés Rivero Agüero, que era un hombre inteligente, pero que carecía absolutamente de la más mínima simpatía, también tuvimos que encarar una vez más la candidatura de Grau San Martín, por el Partido

[146] Monseñor Enrique Pérez Serantes (1888-1968). Arzobispo de Santiago de Cuba en 1953, mostrará su simpatía a favor de Fidel Castro en 1959.

Revolucionario Cubano (Auténtico); para colmo surgió otra más pujante, la de Carlos Márquez Sterling, por el Partido del Pueblo Libre (Ortodoxo). Su candidatura conmovía, entusiasmaba, incluso a los partidarios de Batista y al pueblo. Los partidarios de Batista se decían que con Márquez Sterling tendría Batista la mejor de las salidas, una salida elegante y hasta triunfante. Esa puerta de salida nos convenía, la preferíamos aquellos que respetábamos y queríamos a Batista. El reconocer o aceptar la victoria del adversario le hubiera garantizado a Batista un mejor papel en la historia que no hubiese permitido que cayeran en el olvido sus años de gloria, y aquella otra victoria de su partida en 1944 y que sirvió para alcanzar una maduración plena.

»No lo niego ni lo escondo, yo fui partidaria de esa salida. La candidatura de Márquez Sterling, antiguo presidente de la Asamblea Constituyente del 40, quien además llevaba una cátedra relevante en la Universidad de La Habana, a mi juicio hubiera sido la mejor solución política para el país. Y así lo manifesté a quien mejor sabía oír:

»—Presidente, no voy a andar con rodeos. Perdóneme mi franqueza, pero sabe que soy tan franca como tan fea. —Batista sonrió algo impaciente—. Pienso que Márquez Sterling es la mejor solución para su partida.

Su silencio no me extrañó, por esa época ya Batista se rodeaba de un grupito de ambiciosos de aquella cierta élite que nos miraba con ojeriza. La antipatía era mutua, debo afirmarlo. Por él respondió de manera aspaventosa otra persona que lo acompañaba:

»—¿Márquez Sterling te ha encomendado que nos trasmitas el mensaje, Esmelinda? Te puedo asegurar que en la próxima elección, pasados estos cuatro años, Márquez Sterling tendrá su oportunidad. No es el momento ahora, no es su instante en esta ocasión. La hora que estamos viviendo en la actualidad se vislumbra a favor enteramente del candidato del Gobierno.

»No añadí nada más, dado el bajo nivel del vocabulario del adlátere. Viré la espalda y me alejé.

»Hablé nuevamente con el presidente el 10 de octubre de 1958. Fue la última vez que conversamos. A tu cargo estuvo el discurso de aquella noche, Arsenio, en el Salón de los Pasos Perdidos del Capitolio…

»—No lo di yo finalmente. Lo dio Regino Díaz Robainas[147], gran amigo, por cierto…

—Es verdad, ahora recuerdo que quien habló al público fue Díaz Robainas, con quien intercambiaste nombramientos y tareas. Ya yo no pude decir nada más. Entonces las elecciones de 1958 se celebraron, pésele a quien le pese. Lo que era de suponer sucedió, el candidato del gobierno ganó las seis provincias. También ganamos la alcaldía de La Habana, la segunda posición política de la isla y de la República, un triunfo muy válido y legítimo de Rafael Guás Inclán, que dejaba el cargo de vicepresidente. Teníamos todo y no teníamos nada.

---

[147] Regino Díaz Robainas. Autor del libro *Cuba, Batista y la historia*. Editorial Cultural Centroamericana, 1973. Ubicado entre un centro-izquierda y una derecha liberal.

—Teníamos todo, Esmelinda. Nos quejábamos por gusto —Arsenio frunció el ceño.

—Todo ya estaba perdido, todo —la esmirriada mujer subió las piernas de medio lado y se las agarró por los tobillos, típico de las personas aquejadas de cáncer del riñón que se arrebujan para recoger su dolor en un solo lado; además, pese a la edad y a los achaques todavía conservaba una magnífica y asombrosa elasticidad.

—Visité el Palacio presidencial esa misma noche. Iba acompañado del candidato triunfador. La alegría no era real, sino más bien ficticia.

—Se avecinaba el hundimiento de la República, todos lo sabíamos —apuntó Esmelinda con desgano.

—El hundimiento del país —subrayó Elbio.

—No fue culpa de Batista solamente —la mujer secó su frente con un pañuelito de hilo bordado por las puntas.

—Batista no tuvo la culpa, Esmelinda. —Arsenio intentó repantigarse, algo incómodo, en su asiento—. Aunque sabía de que Eulogio Cantillo se había entrevistado con Fidel en La Sierra, y con autorización de Pancho y Cilito Tabernilla. Te lo puedo asegurar... Créeme que fue así... Es más, Batista pensaba que estaba siendo traicionado por sus más allegados. A mi juicio esto influenció en su decisión de irse, porque se sintió desprotegido por el Ejército. O sea, que tuvo y no tuvo la culpa.

—La culpa fue de todos. Todos nos equivocamos. Pero él mucho, menospreció la situación —acalló Elbio.

XXIII

SENTADO EN EL BORDE DE LA CAMA, EN EL HOTEL, Arsenio revisó sus notas en el pequeño cuaderno Moleskine, que era el tipo de libreta que usaba desde que un periodista francés amigo suyo se los había descubierto en París, en 1997. Después de leer cuidadosamente las anotaciones se dio a la tarea de copiarlas en su *laptop*. Era lo que hacía a diario, las transcribía y enseguida las enviaba a través de su *e-mail* a su nieta en Estados Unidos.

«Escribo, apunto, lo que ellos me cuentan. Confío más que nada en la memoria de Elbio, más que en la mía.

Escribo estas anotaciones, que son las memorias de mi época. Sólo los recuerdos sostienen mi pensamiento, en ellos me apoyo, como el anciano que soy, en un bastón fuerte como el jiquí.

Al salir esta noche de la casa de Esmelinda, Elbio me reconoció que a Batista lo compararon en muchas oportunidades con Napoleón. "Napoleón de bolsillo", lo llamaban en tono burlón.

—Admiro al corso, Elbio —recordó mi amigo que una tarde Batista le confesó—. Es la razón por la que decidí colocar ese gran busto del emperador de los franceses como presencia fija en mi biblioteca. No es un adorno, no, es una presencia. Como lo son, también en mi biblioteca, los libros, biografías, crónicas y memorias del aislado y cautivo de Santa Elena.

—Presidente, algunos críticos de la política napoleónica se dieron a la tarea de dejar por escrito para la historia que el nefasto error en el que incurrió Napoleón, que fue un personaje netamente surgido de la Revolución francesa, fue precisamente de asestar un duro golpe al ideal republicano, combatiéndolo y aferrándose en restaurar el sistema decadente de una monarquía —comentó Elbio—. La suerte de Europa y la suya propia habría sido otra. Pero se empecinó en fundar esa nueva dinastía, basándose en el nepotismo y llevándolo a los extremos más inauditos.

—Elbio, sé por dónde vienes. Conozco bien la historia. Napoleón debió de robustecer el régimen republicano propiciando y respaldando la libertad de los pueblos conquistados mediante garantías democráticas. Es lo que yo hice y trataré de que se haga siempre. —Con aquellas palabras Batista pretendía sellar la conversación.

Pues bien, Elbio piensa que de Batista se pudo decir algo muy semejante. En sus manos tuvo en dos ocasiones la posibilidad de establecer reformas protectoras y redentoras. Porque a Elbio no le cabe la menor duda de que Batista fue un predestinado, un salvador con una misión histórica, a pesar de sus errores, que fueron creer demasiado en esa predestinación propia, y en ese pueblo, y salvar a Fidel Castro, pero sobre todo, creerse a salvo de polvo y paja, como si fuera inmortal. Batista era un sentimental, además.

No obstante, invariablemente se dejaba y se dejó enredar y enrollar en arcaicos patrones del pasado. Batista fue ciertamente un caudillo, al estilo de aquellos viejos conflictos independentistas, aunque no queramos aceptarlo. Su modelo era su padre, un mambí. Pero lo peor fue que a Batista, como al resto, como al general Machado, como al general Menocal, como a Tomás Estrada Palma, el primer presidente cubano, le rodeaba invariablemente una cohorte o camarilla política que lo adulaba y esa lo único que codiciaba era perpetuarse en el poder.

No le falta razón a Elbio, tampoco a Esmelinda, absolutamente todos anhelaban lo mismo, y qué mayores pruebas que las alianzas y coaliciones que con los Gobiernos sucesivos hicieron más o menos los inamovibles partidos. ¿Y a cambio de qué? Pues a cambio de lo que ya conocemos, a cambio de que les consideraran y les salvaguardaran sus prebendas.

—Batista no fue como los demás, Arsenio, eso te lo tengo que reconocer —recordó que su amigo le había dicho ese mismo mediodía, antes de ir a visitar a Esmelinda—. El Hombre se amparó del poder para hacer por Cuba lo que más pudo hacer, lo máximo a su alcance. Nos consta a todos que llevaba en su corazón nobles y sinceros ideales. Estuvo realmente preocupado por la educación de los campesinos, la prueba son las escuelas cívico-militares creadas por él. Construyó también hospitales. Pero era un poco terco, ¿no crees, Arsenio? A veces le dábamos un consejo, y nos hacía caso, pero en otras se iba por la vereda de obedecer sus propios instintos. Porque era un hombre de instintos, ¿quien lo duda? Aunque eso sí, de mucho olfato. Tuvo una vida fecunda y fundacional. Trabajó y se esforzó mediante acciones que puso al servicio de Cuba. Y desde su exilio escribió, libros esenciales, fundamentales. En esos libros, tú los has leído, dicen que está toda la verdad.

Toda la verdad. No, no toda la verdad aparece en esos libros, aunque gran parte de la realidad económica y social sí fue descrita como última confesión de su puño y letra. En esos libros está una gran parte de la verdad, desde luego. Habría que despojarlos del alto sentido de humildad que poseyó a Batista tras su monumental derrota y desprestigio mundial. Habría que recolocar esa obra en el pedestal que le corresponde. He pensado que debíera difundirse más el legado de Batista. Creo que eso le corresponde a la familia, para limpiar su nombre. Editar las Obras Completas de Batista, aunque sea en formato digital...

A Elvira Machado de Obregón, la hija del expresidente Machado, no le faltaba razón. Nos volvíamos a ver durante una noche, en una cena campestre en la finca del almirante José Rodríguez Calderón. Ni qué contar que Batista se hallaba en la cumbre de su gloria. La alta sociedad cubana ya no le hacía asquitos al mulato pobretón, al mono, al negro, al contrario, lo veían como a una deidad, y como a su tótem divino lo adoraban.

Aconteció un 19 de marzo de 1956. Batista y su esposa, junto a los anfitriones, brillaban en la mesa principal.

Cada uno de los invitados se levantaban y se dirigían a ellos para saludarlos y reverenciarlos. Yo estaba sentado al lado de la hija de Machado, en otra mesa muy cercana a la del presidente. Elvira Machado de Obregón observaba la gran guataquería e idolatría de las que era objeto Batista, las genuflexiones, los elogios, los halagos en demasía.

—Esto acabará pronto, y de la peor de las maneras. Esos mismos que lo ensalzan lo querrán arrastrar por el fango. Estas escenas me hacen recordar a mi padre. Son las mismas personas, o sus hijos, y la escena se repite ante mis ojos. Temo, amigo querido, que el final de Batista sea igual o peor al de mi padre. ¿No lo cree usted así?

Preferí hacer un gesto de descuido, y quedé en silencio. Los acontecimientos no tardaron en darle la razón. Su terrible profecía se cumplió a pie juntillas. Como le pasó a Machado (aunque Machado fue un tirano), Batista murió ignorado lejos de su patria. Y lo que es peor que ignorado, difamado, calumniado, proscrito. Juzgado y acusado por la opinión mundial con odio, ensañamiento, superficialidad y torpeza.

El pueblo cubano recibió al recién llegado con aspaviento y rumba, una conga que todavía hoy dura plagada de consignas cada vez más lamentables y letales. Sin embargo, aquella vivacidad del pueblo cubano se ha ido transformando hasta devenir una especie de extraña ingravidez, como de una utópica torpeza.

El exilio de Batista en República Dominicana no fue nada fácil. En Portugal y en la España franquista, pues sin más, sin penas ni gloria. Franco profesaba una enorme simpatía por su galleguito predilecto, Fidel Castro. Pero Batista fue bien tratado por aquellos que siempre lo rodearon y lo protegieron, él también siguió siendo un benefactor de los suyos.

Aunque debiera releer esa carta de su hijo Roberto (Bobby) Batista, la que me envió hace algunos años desde Nueva York, aquel fragmento…

Como eres tan amante de la verdad, y no te andas con rodeos, pensé que lo mejor era comentar los años de mi padre en España.

Cierto que en Madrid falleció mi hermano, pero su gravedad se venía acentuando desde años antes. Todo empezó con unas fiebres reumáticas durante un verano en Estoril, cuando estábamos de vacaciones del internado suizo. Y de ahí, agravándose continuamente, hasta el desenlace fatal. Sin embargo, en general, la vida de mi genitor fue muy productiva y agradable en la 'piel de toro'.

Finalmente, en cuanto a la relación del generalísimo Franco con mi padre en su exilio fue inexistente, aunque la Dirección General de Seguridad le brindó apoyo y guardia de manera impecable y continua durante su estancia en España, fuese a donde fuese.

En Portugal se puede decir lo mismo, es decir, mi padre no tenía relación directa con Salazar, pero su equipo de seguridad le brindó no solamente tranquilidad, pero igualmente una amistad duradera con algunos de esos cuadros.

En ambos lugares mi padre trabajaba de noche, desayunaba hacia las diez de la mañana, se ponía a trabajar, almorzaba muy tarde, cerca de las 3.30 o 4.00 de la tarde, a continuación volvía a trabajar, recibía amigos y visitas o salía al teatro o al cine. La cena en casa era más ligera y no solíamos cenar juntos por nuestros horarios estudiantiles y juveniles, pero en muchísimas ocasiones sí que almorzábamos juntos.

Me atrevo a comentarlo porque me has dado carte blanche para vocear mi criterio. Ese Batista, lejos del poder y aclamo popular, ahora apurando sus últimos años, entre Portugal y España, con algún que otro viaje por ciudades europeas, volcado en su trabajo, escribiendo, haciendo deportes, estudiando francés, jugando ajedrez con mi hermano Carlos Manuel, que en paz descanse, ese Batista, preocupado en todo momento por su familia que protegía con desvelo día y noche, y me refiero a la familia en ambos lados del Atlántico, repito, ese Batista es desconocido por el público...

Lo visité en varias oportunidades en Funchal, como en Guadalmina, donde falleció. A diferencia de cuanto lo traté cuando se hallaba en la oposición no me pareció tan dueño de sí, ni tan confiado, ni tan atento a las rectificaciones que en relación a Cuba siempre se había impuesto. Había perdido a un hijo, lo que lógicamente le dolía más que haber perdido a su patria.

—¿Recuerda usted, Presidente, nuestros encuentros entre 1949 y 1951? Entablamos usted y yo largas charlas. Así fue cómo pude descubrir el hombre que usted era...

Batista callado solamente levantaba las cejas. Sin duda alguna seguía siendo aquel hombre superior, cuyo talento estaba llamado a librar grandes batallas, pero lo apesadumbraba una fatiga que venía de muy lejos, tal vez de su infancia, de aquellas caminatas extenuantes por los campos cubanos. Se había vuelto más estudioso, sus maneras exquisitas ya de por sí se habían refinado todavía más. Su trato era más distinguido y excesivamente amable. No era un hombre meloso ni ridículo como han querido pintarlo en una literatura y en una filmografía que no poseen el más mínimo valor ni rigurosidad.

Advertía sus fallos, observaba a su país desde lejos con una cercanía de mando y sagacidad muy poco usual en los líderes del exilio. Pregonaron que era un cobarde, que había huido como un ruin. Nada más lejos de la verdad. Nunca temió al peligro, como lo demostró en el pasado, con valentía y serenidad. Su generosidad con el enemigo no tuvo comparación. Sus adversarios más inclementes murieron en sus camas, de enfermedad natural, o continúan vivos. O suicidados, como Prío, por sus remordimientos.

Nada más lejos de haber sido un tirano. Tampoco oprimió al pueblo. Es probable que algunos puedan tildarlo de dictador por breves períodos de tiempo, y siempre con el objetivo, el fin de salvar a Cuba. Y tampoco.

—Usted sabe, presidente, que por ahí andan llamándole dictador —le anuncié en una ocasión.

Asintió.

—¿Lo fui, estuve obligado a serlo? Jamás lo he negado de manera contundente, salvo en momentos de debilidad extrema. De Bolívar, tras su muerte, también se gritó por aquellas calles: "¡Ha muerto el dictador!" Y ya ve usted, lo que hoy en día significa Simón Bolívar para la historia.

—Sus nobles acciones hablarán por usted, presidente. Nadie es perfecto. Ningún ser humano lo es...

Interrumpió con un gesto apacible de la mano:

—Nunca he pretendido serlo, jamás me he vendido como un ser perfecto, querido amigo. Soy una persona llena de imperfecciones. La historia misma resolverá ese dilema, se lo aseguro.

—¿La historia o la literatura, presidente? La literatura es misterio, la historia es lo contrario. Prefiero siempre el tono literario de la historia.

Sonrió en silencio.

La historia no ha resuelto todavía absolutamente nada en relación con Fulgencio Batista y Zaldívar. Porque la historia fue distorsionada y borrada con la intención de denigrar su persona y de destrozar su obra y hasta de acabar con su familia y con su legado. Los cubanos se prestaron a ello, todo hay que reconocerlo, aunque duela.

Comenzó su carrera por lo más alto: la presidencia de la República. Al término de su mandato entregó el poder a su oponente, mediante elecciones que fueron paradigmáticas y ejemplares. Volvió a la presidencia ocho años más tarde, empezó con absoluta limpieza, no se dedicó a perseguir a los que lo habían perseguido a él, por el contrario, les dio nuevamente la posibilidad de que le volvieran a disputar el poder.

Poco después de mi última visita a Guadalmina, Batista murió, el 6 de agosto de 1973. Tuve el privilegio de cargar su féretro en aquel enrarecido y sencillo entierro junto a sus hijos, todavía muy jóvenes, y de intentar consolar a su digna viuda. Una de las primeras damas que más obras sociales hizo en Cuba, y fuera de ella.

Se comentaría un tiempo más tarde que los hermanos La Guardia[148], aquellos jimaguas condenados por el propio Fidel Castro por tráfico de drogas —uno de ellos sería fusilado—, intentaban precisamente, alrededor de la fecha en la que se produjo el deceso del presidente, asesinarlo en su residencia. Uno de ellos lo ahogaría en la piscina. La operación se llamaría Operación Pinocho. Nada de esto se ha conseguido comprobar. De dimes y diretes también está llena la historia más reciente de Cuba.

No ha habido historia más distorsionada que la historia de Cuba. No caben más mentiras en ella. El primer mentiroso se llama Fidel Castro, le sigue su hermano Raúl Castro. El Gobierno y la prensa norteamericanos hicieron la peor de las tareas, fueron la fuente y propagadores principales de estas mentiras y escarnios, los que después repitió el resto del mundo. Mala fe e ignorancia, se juntaron la maldad y el desconocimiento. Omisión, olvido, odio, pavor. No ha habido nada más injusto con la memoria de todo un pueblo.

Es necesario, hoy más que nunca, que las nuevas generaciones de cubanos conozcan y se apropien de la verdad histórica, a la que tienen todo el derecho. Es vital

---

148 El General Antonio de la Guardia, veterano de la revolución, agente activo en América Latina, alto responsable del Ministerio del Interior castrista, nombrado jefe del CIMEX de Panamá en 1986, se relacionó con narcotraficantes panameños y colombianos. Fue juzgado y fusilado en Cuba en 1989 por tráfico de droga junto al General Ochoa y otros generales y subalternos; mientras que su hermano mellizo, Patricio, fue condenado a 30 años de cárcel y mantenido en prisión domiciliaria desde 1997. Recientemente fue liberado pero con prohibición de salir del país ni hacer declaraciones.

para el renacimiento del país, de su dignidad y desempeño futuro».

Mientras tecleaba en su *laptop* las notas entró un *e-mail* en el buzón de *Gmail*. Su nieta le escribía:

«Abuelo, gracias una vez más por toda la información que has ido recopilando y que me has enviado desde Cuba. Desgraciadamente debo informarte que no podré continuar con mis investigaciones sobre el presidente Fulgencio Batista y Zaldívar. No es el momento de entrar en detalles. Como ya conocías las cosas han cambiado en muy breve tiempo en Miami. Tal pareciera que el brazo largo del castrismo intenta apoderarse de todo aquello que tenga que ver con los verdaderos y auténticos estudios cubanos y con la historia de Cuba, para hacer aquí lo mismo que hicieron allá: censurarla, prohibirla, borrarla. Las universidades y centros de estudios de este país han sido copados por sus agentes, así como editoriales, galerías y centros culturales. Nos han invadido a la inversa. ¿Cómo? Buena pregunta para la que tengo respuesta, pero no demasiado tiempo ahora, ni deseos de contestarla, me siento impotente y muy triste. Ya hablaremos de eso con calma, a tu regreso. Te extraño, abuelo, ven pronto. Tu niña. Ada.».

La mirada de Arsenio quedó fija en el blanco resplandor de la pequeña pantalla. Al rato cerró la tapa, colocó el aparato a su lado, y se arrebujó en la cama. No pudo conciliar el sueño, ni siquiera cerrar los ojos. El amanecer habanero lo sorprendió con las pupilas clavadas en la más absurda de las nadas. Volvió a tomar la *laptop* entre sus manos, lo abrió, escribió la respuesta al *e-mail* de su nieta:

«Ada querida:

Sigue escribiendo ese libro, es muy necesario, no sabes cuánto. El fin del horror está muy cercano. Tú serás parte del esclarecimiento futuro. Tu abuelo que te quiere y volverá muy pronto. Arsenio».

XXIV

TRAS HABER TERMINADO UNA SERIE DE ENTREVISTAS más que no aportaron demasiado a lo que ya contenían sus cuadernos, Arsenio y Elbio decidieron regresar a Banes. Arsenio debía llevar a su amigo hasta su casa y regresar a La Habana para emprender su viaje de retorno a Miami. Hicieron las maletas, se despidieron de los encargados del hotel, y en el primero de los garages Arsenio pidió una revisión completa del automóvil. Todo estaba en orden. Era el 25 de noviembre del 2016.

—Oye eso, oye eso… —susurró el garajista a otro empleado—. En el NadieTeVé están diciendo que el Uno se partió.

—¿Qué Fidel se murió? —musitó el otro oteando hacia ambos lados como asustado.

Arsenio se hallaba cerca y pudo advertir el intercambio.

—¿Qué ha pasado? —preguntó curioso, aunque había conseguido oír la conversación.

—Nada, mi viejo, no se enrede con esto, siga su camino —respondió el hombre que rozaba la cuarentena.

Arsenio volvió al interior del automóvil donde aguardaba Elbio, encendió la radio al tiempo que anunciaba a su amigo:

—Elbio, creo que Fidel ha muerto.

—¿Fidel muerto? —replicó incrédulo el otro.

En la radio ya estaban dando la información. El locutor se deshacía en contoneos con la voz sobreactuada para evitar el lloriqueo. Fidel Castro había fallecido.

Por fin.

Elbio y Arsenio se miraron, en silencio, muy serios. Estudiaron el exterior. Salvo los garajistas no había un alma en las calles. No se dijeron ni una palabra.

Arsenio salió del carro. Preguntó a los garajistas si habían terminado la revisión.

—Todo está al quilo, Puro. Puede dar su viaje hasta Marte si le da la gana, que todo andará niquel, de maravilla —al hombre le temblaba la voz.

Arsenio pagó por el servicio, volvió al auto, ocupó el puesto del conductor, y echó a andar el motor. La avenida estaba desierta. Ni una sombra humana. Parecía que el país se había detenido y despoblado. Su móvil empezó a vibrar, respondió la llamada:

—¡Abuelo, abuelo, están dando la noticia, Fidel se murió, abuelo! —Era su nieta dando gritos de alegría desde el otro lado, desde aquel otro lado proscrito—. ¡Abuelo, todos estamos yendo para el Versalles a celebrar!

—Aquí todo está muy tranquilo, mi niña. Pronto nos veremos. Celebra, sí, celebren. Por mí y por Elbio, y por todos los cubanos de esta bendita isla —las lágrimas empezaron a correr por su rostro.

Elbio observaba un punto al frente, sin voltear la cara hacia su amigo. Allá, un punto en el pavimento tragado por las flamantes ruedas del nuevo vehículo. Arsenio se despidió de Ada.

Ambos quedaron silenciosos un buen rato.

—En Miami lo están celebrando ya —murmuró Arsenio.

—Lo he entendido. Aquí como ves. Nada de nada —puntualizó Elbio.

Otro breve silencio. Interrumpido por la carcajada de ambos. Unas carcajadas que vibraron en la noche como dos cascadas de agua fresca.

—¡Se murió, por fin, cojones, se murió! —exclamó Elbio en pleno paroxismo.

—¡Y le hemos sobrevivido, Elbio, estamos vivos, y él, él está muerto! ¡Ha llegado el final de la pesadilla!

—Cuidado, queda el hermano, que es tan asesino como él, o peor —Elbio enfrió la situación con ese comentario lapidario.

Otra vez un largo y espeso silencio. El auto devoraba la noche. De súbito, se dieron cuenta de que una patrulla de policías les perseguía a toda velocidad. La patrulla se les adelantó y les bloqueó el trayecto. Arsenio frenó lentamente y esperó dentro del auto a que el policía acudiera a brindarle una explicación.

—¿Alguna incorrección por mi parte? —preguntó el anciano antes de que el policía abriera la boca.

—Ninguna, *pol er* momento. Queremos *sabel* hacia dónde se dirigen —espetó el joven con la mandíbula rígida y un evidente problema de pronunciación.

—Viajamos a Banes, debo llevar a mi amigo...

—El auto es *arquilado*...

—Soy visitante, cubano, aunque con ciudadanía norteamericana. Sí, el auto es alquilado.

—No vale esa *suidadanía*, aquí eres cubano *iguá* que *loj demáj*. —No usó el «usted», el tuteo imponía terror más que respeto.

—No podrán *biajal ejta* noche. *Todaj laj* carreteras están *crausuladas*. Al menos *pol* hoy.

—¿Qué ha pasado? —Arsenio se hizo el ingenuo.

—No ha *pasao na,* ¿qué iba a *pasal?* —el tono era desafiante—. Sólo que deberán *dal* media *buejta* y *buscalse* un hotel. Nadie puede *andal* por *laj* carreteras *ejta* noche, así libremente.

—Tengo que hacer este viaje hoy, de lo contrario perderé mi vuelo de regreso. Saldré el 4 de diciembre para...

—El 4 es el sepelio, no *podráj biajal* a ninguna parte... —El soldado carraspeó, advirtió de que había hablado de más.

—¿El sepelio? ¿De quién? —inquirió Elbio también fingiendo inocencia.

—De nadie. Media *buejta* y *pa* un hotel, el más *celcano*. Es una *olden*. *Loj seguiremoj* hacia el hotel *máj* próximo, allí *loj dejaremoj*.

—¿Por qué media vuelta? ¿No hay ningún hotel en el camino hacia allá, en dirección a Banes?

El soldado trastabilló al hablar:

—*Ejto, ejto,* bueno, ej... *Ej veldá, bujcaremos* un hotel *máj p'allá...*

Tuvieron que avanzar varios kilómetros para finalmente hallar un hotel de medio pelo en un pueblo casi fantasma.

El carpetero surgió de detrás de un cuarto situado justo al lado de la carpeta. Miró primero a los guardias, después a los ancianos. En silencio extrajo unas llaves en las que aparecía una chapa con el número 2 de la habitación. Garabateó una suma en un papel, cincuenta dólares por noche.

—¿Cincuenta dólares por noche, por dormir en este bajareque? —protestó Arsenio.

—Este es un hotel histórico, aquí pernoctó nuestro inolvidable e invencible héroe Camilo Cienfuegos[149], una noche —sentenció el carpetero, sin más.

Los guardias se marcharon una vez que los vieron subir las maletas, nadie los ayudó a hacerlo. Compartirían una habitación maloliente a cucaracha y con la ropa de cama bastante empercudida.

Cambiaron sus vestimentas por los pijamas. Sentados en cada borde de la cama, de espaldas, iniciaron una conversación:

—¿Cómo fue que te vino la idea de este descabellado viaje? —preguntó Elbio.

---

[149] Camilo Cienfuegos (1932-1959). Figura carismática de la Revolución cubana de 1959. Comandante en el momento del triunfo de Fidel Castro. Muerto en condiciones sospechosas, que dejan pensar que Castro mandó a matar a ese potencial rival a sus ojos. Compañero de armas de Castro desde su desembarco en el Granma, en 1956.

—¿Te acuerdas de nuestra conversación allá por el año 1958 sobre Napoleón y Batista? Tú te negabas a compararlo. No entendías mi punto de vista... Eh, bien, en eso pensaba, en aquella conversación nuestra, frente al retrato de Napoleón en el Museo Carnavalet en París. Me dije, tengo que volver a Cuba, tengo que hablar con mi amigo Elbio antes de morirme yo, o que se muera él.

—Pues se ha muerto el otro... —rió por lo bajo Elbio.

Ambos rieron a hurtadillas.

—El retrato pintado por Robert Lefèvre en 1809 que se encuentra en el Museo Carnavalet no es un retrato tan perfecto como el de David conservado en la National Gallery de Washington, pero tiene el mérito de su juventud, de su postura, en el momento en que fue encargado. El Emperador aparece representado delante de su mesa de trabajo. Lleva botas altas y parece listo para emprender una batalla, como el gran jefe de guerra que era; también su mano que posa sobre un mapa pareciera querer decir lo mismo, que está presto para la batalla. Además, va uniformado. En 1809, el vencedor de Wagram había cumplido los cuarenta años. Es un hombre seguro de sí mismo, de su destino. Así veía yo a Batista, en aquel momento de nuestra conversación.

—Puedo entender tu romanticismo, Arsenio. Yo también lo fui, un romántico como tú. Batista fue sólo el aprendiz de caudillo de una isla del Caribe. Que lo hizo bien, mejor que los otros. Y a quien otro más bicho que él le torció el destino. Fidel Castro también es, era, un admirador de Napoleón, pero lo consideraba un enano como para compararlo con su imponente estatura física. Fidel Castro consiguió lo que no consiguieron Napoleón, ni Bolívar, ni Batista (que tampoco se lo propuso): dominar el mundo con una ideología chabacana mezcla de fascismo, caudillismo y comunismo, un mero producto de *marketing* a su imagen y semejanza. Nadie ha asesinado a más cubanos, a más africanos, y a más latinoamericanos, que Fidel Castro, y mira cómo lo veneran en el mundo entero. El número de víctimas de Fidel y Raúl Castro supera con creces cualquier número que resumiese las víctimas de Machado y las supuestas víctimas del Gobierno de Batista juntos. No jodan, y mira tú cómo lo respetan a nivel mundial. Este es un mundo de locos.

—¿Crees que se le hará algún día justicia a Batista?

—Batista no necesita ninguna justicia. Batista está ahí con su historia, para todo el que quiera saber de ella, y enterarse de quién fue. Batista está aquí y allá con sus aciertos y sus defectos. No hay más nada que eso. El mundo en el que vivimos, Arsenio, tú lo debes de saber mejor que yo, porque has viajado más que yo, que nunca me he movido de mis montañas orientales, es un mundo cruel, injusto, ideologizado e ignorante.

Ambos se voltearon, mirándose las caras. Arsenio aprobó con gesto afirmativo de la cabeza. Estrecharon sus manos y se dieron las buenas noches.

XXV

UN POLICÍA VOLVIÓ A «VISITARLOS» AL DESTARTALADO hotel. Esta vez otro oficial de mejor habla y correcta pronunciación preguntó por ellos. El carpetero hizo un gesto con la mirada y con los dedos para que subiera hasta la habitación número dos.

El hombre de unos treinta años se plantó en el cuarto, sin mucha ceremonia les informó que sólo podían retomar el camino hacia Banes el mismo 4 de diciembre, día del entierro de Fidel Castro, pero debían de evitar el trayecto por donde avanzaría el cortejo fúnebre.

—¿Por qué no antes? —Arsenio bastante molesto exigió una respuesta clara.

—Mire, sabemos a lo que ha venido usted a este país. No queremos problemas de ningún tipo en este momento tan crucial para Cuba y para los cubanos. Además, las informaciones que usted se lleva no son ya importantes ni clasificadas para nosotros. Forman parte de una historia muerta y enterrada. Aquí tiene su nuevo billete de regreso a Miami, para el 7 de diciembre. Tendrá tiempo de despedirse de su amigo, y de regresar a La Habana, tomar su vuelo, y adiós. Hasta nunca. ¿Quiere algo más claro?

—Un 7 de diciembre cayó Antonio Maceo… —suspiró Elbio.

El oficial fingió no haber escuchado la reflexión del anciano.

—Por el momento la orden es de no moverse del hotel hasta el día 4, en que podrán viajar hacia Banes.

—¿Y eso por qué?

—Tenemos que controlar el país —fue toda la respuesta. El hombre dio la espalda y se largó por donde mismo vino.

—No tendré tiempo de hacer ese viaje tan rápido. En horas. A no ser que regrese por avión —reflexionó Arsenio preocupado.

La mañana del 4 de diciembre amaneció soleada, espléndida. Los dos amigos salieron del hotel y subieron presurosos al automóvil. Tomaron el trayecto obedeciendo el mapa que le había entregado el carpetero, con toda evidencia un delator de la policía política.

—Así que este será el rumbo —detalló Arsenio el mapa.

—Paralelo al de la caravana del muerto —subrayó Elbio.

Mientras más avanzaban empezaron a ver gente del pueblo agitando banderitas cubanas como de manera automática. Acudían a despedir a su líder, marchaban como arrastrando los pies, visiblemente agotados, pero en cuanto los veían a ellos se animaban, con una asombrosa falsedad en las pupilas, lloraban, las lágrimas corrían a borbotones por sus mejillas, se halaban los cabellos, se daban golpes de pecho, clamaban por la gloria eterna de su héroe inmortal.

—No hay pueblo más doble que este, si no lo hubieran sido no habrían sobrevivido, también es cierto... —murmuró Elbio.

—En Miami, por el contrario, la gente no ha cesado de festejar.

—Ves a ese pueblo de aquí, de Cuba, cómo finje lastimeramente, de manera hipócrita, un dolor que no siente. Por dentro estoy seguro que salta de alegría. Mientras que aquellos de Miami, que hoy brincan y bailan de alegría, llevan por dentro un dolor muy oscuro, un dolor todavía no reconocido, el dolor del exilio, el dolor de sus familiares fusilados, o desaparecidos, o devorados por los tiburones en el mar durante las sucesivas oleadas o crisis de balseros, el dolor de los perseguidos, el dolor de los abatidos en las guerras injerencistas, en Nicaragua desde 1979 hasta 1990, en África desde 1975 hasta 1991, el dolor de los solitarios... —Elbio no pudo seguir, su voz tembló quebrada.

—Así mismo es, amigo mío, cuánta razón llevas. ¡Si lo sabré yo!

—Dile a tu nieta que no deje de terminar ese libro, Arsenio. Batista lo merece, pero más lo merece ese exilio, más que los cubanos de esta Cuba oprimida, lo merecen esos cubanos a los que nadie nunca ha querido escuchar.

El automóvil recorrió vías desvencijadas a toda velocidad, pequeñas carreteras abandonadas, para por fin llegar a una más amplia. Por azar del destino, se toparon primero con un agujero en medio de una multitud, y por ahí pudieron colarse, sin percatarse de inmediato que se hallaban en medio del cortejo fúnebre, justo en el instante en que el vehículo que transportaba los restos del tirano, escoltado por numerosos militares, se paró en seco negado a continuar tal vez por razones mecánicas, o porque Dios es muy grande y al final será siempre el más divertido.

El pueblo vitoreaba anegado en llanto, glorificaba aquellas dudosas cenizas apiñadas en una pequeña urna negra.

Estaban tan entretenidos en su teatral clamor lúgubre que nadie percibió el raudo y chillón automóvil con chapa de turista que se adelantó a la caravana y le pasó por delante como un bólido hacia las montañas del Oriente de Cuba.

Los ancianos reían a carcajadas, Arsenio al volante pudo por fin decir algo en medio del ahogo de su frenesí.

—¡¿Quien habrá sido el de la idea, Elbio, de meter el minúsculo yate Granma frente al gran símbolo del Palacio Presidencial?!

—¡El muerto, quién si no, el muerto, Arsenio! ¡Fue él quien ideó todo lo espantoso que le ha sucedido a esta remaldecida isla! —soltó Elbio en un ataque de hilaridad.

Sus carcajadas se fueron apagando en la medida en que se alejaban raudos de toda aquella gente tan lejana de la verdadera vida, de toda aquella masa de varias generaciones tan abrumada, atrapadas en una ceremonia mortuoria infernal que había durado más de medio siglo.

Elbio interrumpió esta vez el silencio con una tosecita algo cómica:

—Pero retomando el tema, y como ya te he dicho antes y te repito ahora. Si Batista hubiese terminado su vida pública en 1944 hubiera sido para Cuba un Abraham Lincoln; lo que hizo de entregar el poder a la oposición no lo hizo ni lo ha hecho jamás ningún otro partido político en América Latina. Los Gobiernos de Grau y Prío fueron un auténtico desastre, y a mi juicio el golpe más fuerte para el futuro del país fue el paripé de suicido del loco Eduardo Chibás, quien siempre desconfió de Castro porque era más loco que él. Dejó un vacío que el doctor Agramonte no pudo llenar porque no era un líder carismático.

»Y me repito, la situación en La Habana con el pandillerismo era tan caótica que el pueblo aceptó el 10 de marzo. Los estudiantes fueron los únicos que hicieron algo de «bulla»; al día siguiente, todo siguió normal en el país y se disfrutó de una relativa paz y de tranquilidad por un breve tiempo. Las pandillas se acabaron y la gente continuó su vida, se adaptó al nuevo gobierno hasta el 26 de Julio de 1953. A partir de ahí y en lo adelante Fidel y sus secuaces crearon las condiciones para lo que vino después.

—Elbio, vuelves con lo mismo… —Arsenio se quitó las gafas de sol—.… El gran error de Batista fue no haber eliminado a Fidel Castro, quien nunca debió de haber sobrevivido al ataque del Cuartel Moncada, o a la prisión de Isla de Pinos. Aun cuando desembarcó y su guerrilla fue diezmada, nunca se le debió permitir que subiera a la Sierra Maestra.

—Todo eso es demasiado largo y complejo, Arsenio; solo reiteraré que Batista fue un santo en comparación con el monstruo de Birán[150]. ¡Y mira que a mí no me gustan los santos!

—Batista no fue un santo. Fue El Hombre, con mayúsculas. Eso sí, algo hay que subrayar: Fulgencio Batista y Zaldívar fue hijo del campesino cubano y soldado mambí Belisario Batista Palerma. Fidel Castro, hijo del soldado español Ángel Castro y Argiz bajo las órdenes del criminal militar-general español Valeriano Weyler. Todo dicho. ¿Pa qué má? Y para rematar: A ver, acabemos con la incógnita. La versión más coherente que escuché sobre el perdón de Fulgencio Batista a los hermanos Castro tras el asalto al Cuartel Moncada por estos dos pandilleros de pacotilla y su grupito —en 1953—, es la que daba Gastón Baquero y que me ha contado Miriam Gómez, viuda de Guillermo Cabrera Infante. Miriam Gómez dice que Gastón Baquero afirmaba que la razón de aquel insólito perdón había sido la siguiente: Batista, de joven, fue contratado por el capataz Felipe *El Chino* Mirabal, devenido más tarde guardia rural. Batista siempre estuvo muy agradecido de este hombre que le había dado trabajo siendo él casi un niño. Nadie ignora que *El Chino* Mirabal no sólo fue amante de Lina Ruz, la madre de los Castro, además hay quienes aseguran que es también el verdadero padre de Raúl Castro. Tras el asalto al Moncada y con los dos hijos juzgados y hechos prisioneros, Lina Ruz tocó a la puerta de Batista, e invocó el hecho de que Raúl (y no Fidel, a ella Fidel le importaba un carajo), siendo hijo de

150 Birán. Lugar de nacimiento de Fidel Castro. Raúl Castro también nació en Birán.

El Chino Mirabal debía ser liberado, o al menos tenérsele una consideración, más de la que ya se le había tenido. Entonces Batista, nunca está de más subrayarlo y bien subrayado, el «malo» Batista, admirado frente a una mujer de temple y al mismo tiempo compadecido delante de una madre, accedió a rebajarles la condena a todos a menos de un año. Y de ahí el indulto. O sea, que ese fue su mayor error. De más está decirte que en las cartas que Fidel Castro envió desde la cárcel a Celia Sánchez Manduley se puede apreciar el bienestar con el que vivían estos supuestos encarcelados. Leían a toda hora (no se les confiscaron los libros de marxismo ni de ningún tipo), comían bárbaramente, hasta enchilado de langosta, y fumaban los mejores puros habanos. Así fue el perdón de Batista. A mi juicio el peor daño que le hizo a Cuba. Además, Batista personalmente mandó que hubiera una escolta permanentemente en Birán para que nadie —los familiares de los soldados asesinados en el Moncada, por ejemplo— fuera a hacerle daño a Lina y a sus otros hijos. Ya el padre de Fidel y Raúl habían fallecido. Y a pesar de ese cariño maternal, al morir la madre, y Fidel vio a Raúl llorando, le soltó: «¿Por qué lloras por la puta esa?». Ni fue al velorio... Se sabe que Lina murió del disgusto, porque Fidel fusiló a un pariente a quien ella le había pedido que lo perdonara.

Arsenio volvió a colocarse las gafas de sol en la cara. El paisaje ahora reverberaba menos, coloreado de un falso y refulgente tornasolado que lo divertía. El verde ya no era verde sino morado, el sol no era más que una mancha desdibujada sin esos rayos caribeños tan perfectos, y las palmas, oh, qué horrorosamente «novias» aburridas en su eterna «espera» —que diría Martí, ¿qué no dijo Martí?—, devenidas aquellas fantasmales y escuálida formas, emborronadas en el horizonte, las montañas, ah, las lomas, absurdos mazacotes de tierra que emborronaban la transparencia de aquel consternado cielo, ahora tan opaco.

—De todos modos, querido amigo, la historia de Cuba es muy bonita, ¿no? Más hermosa, si cabe la comparación, que nuestros desastrosos paisajes tan exageradamente alabados... ¡Salud, salud, salud!

No obtuvo respuesta. A su lado Elbio dormitaba con la cabeza ladeada hacia la ventanilla. Ni un soplo de brisa refrescante corría a través de las ventanillas abiertas. El enervante calor abrasaba el ambiente. Parecía que la isla oscilara en un perpetuo y sofocante jadeo. Como si un país entero hubiera comenzado de manera unánime y lenta por fin a aprender a respirar.

Cronología

1868: Grito de Yara realizado por Carlos Manuel de Céspedes y del Castillo, en el curso del cual libera a sus esclavos y les insta a la lucha armada contra el Gobierno español. Es el punto de partida de la guerra de los Diez Años (1868-1878), primero de tres conflictos, con la guerra Chiquita y la guerra de Emancipación, que estarán en el origen de la independencia de Cuba. El fracaso de los insurrectos se cierra con el insatisfactorio Pacto del Zanjón. El mismo año, Calixto García, jefe militar durante la guerra de los Diez Años, publica un manifiesto contra la dominación española en Cuba. El rechazo del Pacto del Zanjón fue minoritario y casi simbólico con Antonio Maceo. La mayoría de los insurrectos y de sus jefes fueron favorables porque hace suya la casi abolición parcial de la esclavitud.

1879-1880: Guerra Chiquita, nacida de las frustraciones del Pacto del Zanjón, cuya interrupción se debió a la falta de preparación y equipamiento de los insurrectos.

1895: El poeta y escritor, independentista y revolucionario, José Martí, publica el Manifiesto de Montecristi, llamando a la insurrección en favor del restablecimiento de una república libre y democrática.

1895-1898: Guerra de Independencia, que se cierra con la retirada española y la intervención militar norteamericana. Cuba no existía como tal, sino como provincia española. Además, las diversas fracciones mambisas no se pusieron de acuerdo para nombrar un representante único. Para variar, se fajaron entre ellos, como en el 68, como en el 95, como en el 58 y como hasta hoy... La historia de Cuba ha sido el relato de un desencuentro permanente.

1899-1902: El general Leonardo Wood, gobernador temporal de Cuba. La situación problemática de la isla al finalizar la guerra, desde el punto de vista de la higiene y la salud, explica sin duda en gran parte que el Gobierno norteamericano eligiera a Wood, que era un jefe médico militar.

16 enero 1901: Nacimiento de Rubén Fulgencio Batista y Zaldívar.

1901: Constitución de Cuba reafirmando la independencia de la isla. La Enmienda Platt marca un límite de hecho a esta independencia.

20 de mayo de 1902: Independencia de Cuba y primeras elecciones presidenciales en la isla. Tomás Estrada Palma es el primer presidente electo.

1906-1909: Segunda intervención militar norteamericana en Cuba para enfrentar a los militares de la guerra de Independencia hostiles a la reelección del presidente Estrada Palma, único candidato a su sucesión. De nuevo se instala una administración temporal norteamericana, por dos gobernadores sucesivos: William Howard Taft, y después Charles Edward Magoon.

1909-1913: Presidencia, marcada por la violencia y la corrupción, de José Miguel Gómez, antiguo general de la armada insurrecta.

1913-1921: Presidencia de Mario García Menocal, antiguo general en jefe de la armada independentista, y antiguo dirigente de la Cuban American Sugar Corporation.

1915: Muerte de Carmela Zaldívar, madre de Batista.

1921: Batista entra en el Ejército como simple soldado.

1921-1925: Presidencia de Alfredo Zayas, quien negocia un préstamo con Estados Unidos para afrontar el desmoronamiento de los precios del azúcar. La influencia de Washington se ve reforzada y resulta muy positiva para la economía cubana.

1925: Debuta en la presidencia Gerardo Machado, hasta 1933.

Julio de 1926: Batista pasa un concurso militar de sargento y es promovido a estenógrafo-estilógrafo del Estado Mayor.

10 de julio de 1926: Matrimonio de Batista con Elisa Godínez, madre de Mirta Caridad, Fulgencio Rubén y Elisa Aleida.

1929: Derrumbe de la Bolsa de Nueva York. Reacción en cadena. Efectos en Cuba. Eso fue lo que tumbó a Machado. Y el auge de los comunistas manipulados desde Moscú.

Mayo de 1933: Benjamín Sumner Welles es nombrado embajador de Estados Unidos en Cuba.

12 de agosto de 1933: Huelga general revolucionaria y caída de Machado.

12 de agosto 1933-5 de septiembre de 1933: Presidencia de Carlos Manuel de Céspedes y Quesada.

26 de agosto de 1933: Junta de los Ocho o Unión Militar Revolucionaria. Conspiración de ocho militares comandados por Fulgencio Batista y Zaldívar, que llevará el nombre de La Revolución de los Sargentos.

4 de septiembre de 1933: Revolución de los Sargentos.

5 de septiembre de 1933: Instauración de la Junta Revolucionaria o Pentarquía, constituida por cinco personalidades representativas del conjunto de fuerzas políticas cubanas. Batista es nombrado coronel por Sergio Carbó y asume el puesto de jefe del Ejército Constitucional nacido de la revuelta.

5 de septiembre de 1933: Reagrupamiento de oficiales fieles al régimen de Machado en el Hotel Nacional del Vedado. Motín y ametrallamiento desde el hotel. Respuesta de Batista.

10 de septiembre de 1933: Golpe de Estado de Grau San Martín, con el apoyo de Batista y otros miembros de la Pentarquía y del Directorio Estudiantil Universitario. Se quedará como presidente hasta enero de 1934, a lo largo del Gobierno de los Cien Días.

2 de octubre de 1933: Batalla callejera donde todavía continuaban refugiados los oficiales del exgobierno de Machado. Desde el hotel los oficiales disparaban contra la multitud.

8 y 9 de noviembre de 1933: Nueva insurrección de oficiales rebeldes aliados a grupos universitarios contra el Gobierno Grau-Batista. Batalla callejera y bombardeo en la casa de Batista que se saldó con una cifra aproximada de quinientos muertos y centenares de heridos.

13 de enero de 1934: Batista pide personalmente a Carlos Mendieta aceptar y tomar la presidencia de Cuba.

16-18 de enero de 1934: Presidencia de Carlos Hevia.

18 de enero de 1934: Presidencia por solo algunas horas de Manuel Márquez Sterling.

18 de enero de 1934-julio de 1935: Presidencia de Carlos Mendieta.

3 de febrero de 1934: Aprobación por Mendieta de la Ley Constitucional que modificó la Constitución de 1901 que suplantó los estatutos de Grau.

29 de marzo de 1934: Reconocimiento del Gobierno de Cuba por Estados Unidos.

29 de mayo de 1934: Reforma constitucional y derogación de la Enmienda Platt. Antes, firma de los Tratados de Reciprocidad Comercial, que beneficiaban a Cuba.

17 de julio de 1934: Marcha nacional bajo la égida del grupo revolucionario ABC.

18 de diciembre de 1934: Jefferson Caffery remplaza a Welles como embajador de Estados Unidos. La correspondencia de Caffery con el presidente estadounidense Franklin Delano Roosevelt deviene muy interesante porque Caffery evoca los sucesos casi diarios acontecidos en Cuba y cuenta acerca de la personalidad de Batista. Esa correspondencia se puede consultar en una universidad en Lousiana.

1935: Muerte de Antonio Guiteras Holmes, en medio de un tiroteo en el Morrillo. El terrorista venezolano Aponte fue quien inició el tiroteo con una ametralladora. Iban a detenerlos, no a matarlos, pero se reviraron.

7 de marzo de 1935: Movimiento huelguista bajo la égida del ABC y del Partido Revolucionario Cubano (auténtico) contra Batista.

12 de julio de 1935: Aprobación por Mendieta de la Ley de reactivación de la Constitución de 1901, lo que implicó que Mendieta confió por decreto toda autoridad sobre el Ejército a los militares que fomentaron la Revolución de los Sargentos. Confirmó la disolución del Ejército nacional y la creación de un Ejército constitucional, repartiendo la autoridad entre el seno de la armada, los poderes legislativos, ejecutivos y judiciales, como se había previsto en la Ley Orgánica del 20 de julio de 1926.

11 de diciembre de 1935-diciembre de 1936: Presidencia de José Agripino Barnet.

1936: Creación de las Unidades Médicas Móviles.

Mayo de 1936: Elección a la presidencia de Miguel Mariano Gómez Arias (hijo de América Arias y José Miguel).

Diciembre de 1936: Destitución de Gómez por el Congreso a continuación de su rechazo al impuesto sobre el azúcar destinado a financiar el gran proyecto educativo de las escuelas rurales de Batista. Debuta en la presidencia Federico Laredo Bru.

1937: Elecciones legislativas, período de paz social.

1938: Raúl Castro, alumno en una escuela creada por Batista en la región de Banes desde 1937, encuentra a Batista durante la visita de este último.

1939: Encuentro de Batista con su segunda esposa, Martha Fernández Miranda, madre de cinco de sus hijos: Jorge Luis, Carlos Manuel, Roberto Francisco, Fulgencio José y Marta María. Matrimonio en 1946.

15 de noviembre de 1939: Elecciones para la Asamblea Constituyente.

9 de febrero de 1940: Debutan las deliberaciones de la Constituyente.

9 de marzo de 1940: Acuerdo de las Magistraturas, acuerdo entre los magistrados y partidos políticos sujeto a las leyes establecidas.

10 de octubre de 1940: Proclamación de la Constitución con el inicio del Gobierno de Batista, elegido presidente el 14 de julio precedente.

1940: Batista es ascendido a mayor general. En el mismo año, la creación de 2000 Hogares Campesinos. 3024 escuelas rurales más serán creadas en 1952 tras el abandono entre 1944 y 1952 de esa política educacional para intentar otras fórmulas.

1944: Exilio voluntario de Batista en Estados Unidos.

1944-1948: Presidencia de Ramón Grau San Martín. El Bonche. Las pandillas. Los gansters. Emilio Tro y el Colorado, Policarpo Soler y otros.

1948-1952: Presidencia de Carlos Prío Socarrás. Corrupción. Falsa quema de los billetes fuera de circulación. Complicidad de Grau.

1948: Batista, de regreso, es elegido senador de la provincia de Las Villas.

1950: Batista apoya la reelección de Nicolás Castellanos como Alcalde de La Habana, pero este último traiciona su alianza electoral con Batista para las presidenciales de 1952.

10 de marzo de 1952: Golpe de Estado sin derramamiento de sangre o cuartelazo de Batista que anula las elecciones previstas para el 1 de julio de 1952.

26 de julio de 1953: Asalto de Fidel Castro y un grupo contra el Cuartel Moncada.

3 de noviembre de 1954: Elecciones legislativas.

24 de febrero de 1955: Batista reactiva la Constitución de 1940. El Estado de Excepción sólo fue desde el 10 de marzo de 1952 a 23 de febrero de 1955, poco menos de tres años.

1955: Fidel Castro es liberado por Batista de un encarcelamiento bastante cómodo antes de cumplir la condena y se exilia en México.

1956: Retorno de Fidel Castro, golpe de Estado abortado y huida hacia la Sierra Maestra. Los cubanos creyeron que Castro había muerto.

24-26 de febrero de 1957: Artículos favorables a la guerrilla de Fidel Castro y a él mismo en el *New York Times* y otros periódicos de USA.

13 de marzo de 1957: Muerte de José Antonio Echeverría (Manzanita), estudiante católico de Arquitectura, presidente de la FEU (Federación Estudiantil Universitaria), opositor al régimen, durante el intento de asalto al Palacio Presidencial por su movimiento, el Directorio Revolucionario Estudiantil. Se dice que fue abatido después de haber abierto fuego contra las fuerzas del orden, antes de llegar al Palacio Presidencial, y a la salida de Radio Reloj donde había hecho una alocución dirigida a la nación. Su familia partió al exilio con el comunismo castrista.

27 de marzo de 1957: Manifestación frente al Palacio Presidencial en demostración de la popularidad de Batista.

1958: Elecciones legislativas, que se dicen truncadas. Pero nunca se probaron. Grau traiciona su palabra y se retira en el último momento y resta credibilidad a las mismas, porque ya él sabía que no contaba con los votos necesarios. Fingió y mintió.

Noviembre de 1958: El abogado Andrés Rivero Agüero fue elegido presidente. Nunca ejercería su cargo. Murió en el exilio, en condiciones muy modestas.

1 de enero de 1959: Fidel Castro toma el poder y anuncia su victoria al día siguiente desde el balcón de la Alcaldía de Santiago de Cuba. Comienzan las depuraciones en todo el país: centenares de oficiales, soldados y cercanos a Batista y numerosos civiles sin haber cometido delito alguno son fusilados tras procesos expeditos y sumarísimos. La víspera, Batista y unos cuantos de sus colaboradores se exilian en Santo Domingo.

21 de octubre de 1959: Encarcelación del comandante Huber Matos, compañero de armas de Fidel Castro, condenado a veinte años de prisión por haber criticado en dos oportunidades la orientación comunista que tomaba el régimen y, según contaba el propio Matos, por haber salido personalmente Camilo Cienfuegos en su defensa, quien se había disputado fuertemente con Fidel y Raúl a causa del descontento de la gente en las calles. Huber Matos fue un héroe, pero también fusiló a unos cuantos en los primeros meses del 59.

28 de octubre de 1959: Muerte de Camilo Cienfuegos, aparentemente comandada por Fidel y Raúl Castro tras una discusión entre los tres. Cienfuegos era el comandante más popular de la revolución castrista. Nunca aparecieron restos ni rastros del avión y sus tripulantes.

1960: Los periódicos comienzan a cerrar bajo las órdenes de Fidel Castro, hasta que no quedan más que dos periódicos comunistas: *Revolución* y *Hoy,* que después forman Granma. En el mismo año ocurrió la ruptura de relaciones diplomáticas con Estados Unidos, como consecuencia de la política de nacionalización general de Castro y de las numerosas falsas acusaciones que lanzaba a diestra y siniestra que conllevan a la prohibición de exportaciones americanas hacia Cuba y a la apertura de relaciones diplomáticas con la URSS. Batista en los 40 reconoció a la URSS y luego rompió con ellos. Castro reanudó estas relaciones, pero ya se había puesto de acuerdo con Mikoyán.

28 de septiembre de 1960: Creación de los Comités de Defensa de la Revolución (CDR), un sistema de vigilancia colectiva a nivel de cada cuadra, de barrio, de ciudad y de región. Seis millones de miembros por 7 141 135 ciudadanos. Esos comités acometen también campañas obligatorias de alfabetización y propaganda, de higiene y vacunación.

1959-1965: Contrarrevolución o resistencia armada en el Escambray: 4000 resistentes, entre los que se encontraban en su gran mayoría antiguos aliados de Fidel Castro, que se sintieron traicionados por la promesa de Castro de instaurar la libertad y la democracia, además de miembros del Directorio Revolucionario Estudiantil, guerrilleros anticomunistas, antiguos soldados de Batista, y campesinos expropiados.

16 de abril de 1961: Fracaso del desembarco en Bahía de Cochinos de expedicionarios cubanos, tras lo cual Castro proclama el carácter socialista-comunista de la Revolución. Fin de la ayuda americana organizada por Eisenhower, fue traicionada por Kennedy, que prometió un apoyo que nunca llegó.

1961: Visita de Mirta Caridad a su padre en su exilio de Funchal, en Isla Madeiras, Portugal.

1962: Colectivización de las tierras por la vía de cooperativas y granjas estatales. Política de nacionalización aparente a una lógica de *gulag* a la que se había llamado y firmado el 17 de mayo de 1959 «Reforma Agraria».

16-28 de octubre de 1962: Crisis de los misiles. Fidel Castro pone al mundo al borde de una Tercera Guerra Mundial. Cuando cae la URSS se abren los archivos y aparece la carta de Fidel Castro a Nikita Kruschev, que ya él mencionó en sus memorias, pidiendo «el golpe total inicial».

1964: Creación de las Unidades Militares de Ayuda a la Producción (UMAP), campos de concentración para contrarrevolucionarios, homosexuales y religiosos. Igualmente son enviados jóvenes apáticos que no manifestaban visiblemente vigor ni entusiasmo revolucionarios. Entre ellos, el cantante Pablo Milanés y el cardenal Jaime Ortega y Alamino.

1965: Fundación de un nuevo Partido Comunista Cubano, el único partido autorizado en Cuba hasta la actualidad.

1967: Muerte del Che Guevara en Bolivia, abandonado por Castro. «No hay noticias de Manila», «Manila está callada». «¿Qué pasa con Manila?». Manila = Cuba.

1972: La planificación «dirigista» arrastra consigo una catástrofe económica. Cuba integra el COMECON, mercado común de países del este, bajo la égida de la URSS (Unión Soviética). Cuba pierde soberanía económica además de la política, después del desastre de la zafra de los 10 millones.

6 de agosto de 1973: Muerte de Batista en Guadalmina, en la provincia de Málaga, España.

1976: A Cuba se le impone una constitución socialista, redactada por el comunista Blas Roca, consecuencia del carácter socialista de sus líderes y proyectos desde 1959.

3-5 abril de 1980: Éxodo por el Puerto de Mariel. El Gobierno castrista se ve forzado a dejar que 125 000 cubanos emigren a Florida a través del Puerto de Mariel, tras los acontecimientos de la Embajada del Perú en La Habana. Donde se asilaron diez mil cubanos en unos dos mil metros cuadrados.

6 de julio de 1980: Masacre del Río Canímar. El 6 de julio de 1980 por orden directa del Partido Comunista, fue hundida a tiros en la bahía de Matanzas, Cuba, frente al río Canímar, una embarcación que llevaba a cincuenta personas, entre ellas niños que celebraban el fin de clases y muchos de los cuales murieron. No hubo protestas internacionales por la masacre.

5 de noviembre de 1982: Inculpación por un tribunal de Miami de cuatro altos responsables cubanos por tráfico de droga.

1989: Condena a muerte del general Arnaldo Ochoa por tráfico de droga, al mismo tiempo que Antonio de la Guardia; condena de su hermano jimagua, Patricio de la Guardia, a treinta años de prisión. Fue liberado en prisión domiciliaria en 1997.

1989: Caída del Muro de Berlín.

1991: Implosión de la Unión Soviética tras la caída del Muro de Berlín en 1989, dejando a Cuba sin recursos. Comienza el llamado Período Especial en Tiempo de Paz, y la Rectificación de Errores y de Profundización de la Conciencia Revolucionaria, este empezó antes, porque

Castro vio la que venía para resolver las penurias y controlar más todavía a la población.

1993: Modestas reformas económicas temporales a favor de la iniciativa privada. El año más duro del Período Especial. Venezuela comienza a padecer la influencia política del castrismo y se convierte en un aliado y en el *partenaire* económico predilecto de Cuba.

1994: Segundo año muy duro del Período Especial. Debido al hambre y las privaciones, se multiplican los intentos de huida de balseros hacia la Florida. En balsas mal construidas, con ruedas de camiones, y maderas podridas, 35 000 balseros se jugaron su suerte. El mismo año, el 13 de julio, varios barcos del Estado cubano, bajo las órdenes de Fidel Castro, hunden el remolcador *13 de Marzo,* en el que 72 cubanos trataban de huir del régimen. Más de cuarenta personas fueron masacradas, entre las que se encontraban 12 niños. Ocurre «el Maleconazo», primera protesta popular en 50 años.

Octubre del 2000: Levantamiento parcial del embargo norteamericano (Cuba puede negociar con el resto del mundo. Esto fue siempre así, desde el principio del embargo) en productos alimentarios y farmacéuticos. Con pago en efectivo e inmediato a la entrega; es decir, sin crédito.

11 de septiembre del 2001: Atentados terroristas islámicos en Estados Unidos. Hebe de Bonafini, fundadora de las Madres de la Plaza de Mayo en Argentina, declarará a la prensa que ella brindó gozosa con champán junto a Fidel Castro en La Habana mientras celebraban este acontecimiento.

18-19 de marzo del 2003: Primavera Negra de Cuba, en la que arrestaron a 75 personas, entre ellas 29 periodistas independientes, 17 bibliotecarios independientes, opositores, que serán condenados a largas penas, lo que dio como consecuencia a su rápido encarcelamiento. Fusilamiento de tres jóvenes negros cubanos tras el intento de salida ilegal del país. Creación del Movimiento de las Damas de Blanco. Después, por mediación del PSOE de España y con la complicidad de la Iglesia cubana, cardenal Jaime Ortega y Alamino, muchos serán desterrados.

2006: Fidel Castro, enfermo, traspasa provisionalmente el poder a su hermano Raúl.

2007: Raúl Castro, en el estilo del comunista ruso Félix Dzerzhinsky, crea una disidencia a su imagen y semejanza: una disidencia *light* que aporte recursos económicos.

2008: Fidel Castro renuncia a sus cargos de presidente del Consejo de Estado y de Ministros y de comandante en jefe. Raúl Castro se convierte en el nuevo presidente, nombrado y no elegido, el 24 de febrero. Esa transferencia de poder ha sido definida como una herencia dinástico-comunista.

2010: Orlando Zapata Tamayo, prisionero político, sucumbe en una huelga de hambre y sed. Se le negó la atención médica y fue torturado durante la huelga. Lula da Silva expresó durante una de sus visitas a Cuba que era un delincuente común. Años después, Lula sería también encarcelado por corrupción.

14 de octubre del 2011: Extraña muerte de Laura Pollán, líder de las Damas de Blanco, en un hospital habanero donde entró con una gripe. Durante una de las manifestaciones en las que participó, se puede ver —en vídeos y fotos en Internet— que una agresora del régimen de las llamadas Brigadas de Respuesta Rápida la pinchaba con una jeringuilla en el brazo. Las BRR están constituidas por civiles entrenados por los militares del régimen para agredir a los opositores dando a entender que se trata de actos espontáneos de ciudadanos cubanos.

22 de julio del 2012: Muerte de Oswaldo Payá, líder del Movimiento Cristiano Liberación (MCL) y Premio Sajarov, junto a Harold Cepero, joven miembro del MCL, en un provocado accidente de automóvil no elucidado legalmente a pesar de las demandas a nivel internacional por parte de familiares y miembros del MCL. Pese a que en el automóvil iba conduciendo un ciudadano español, Ángel Carromero, y un ciudadano sueco, Aaron Modig, y que Oswaldo Payá tenía la doble ciudadanía, cubano-española, ni los Gobiernos de España ni de Suecia quisieron demandar el esclarecimiento de los hechos. Carromero escribió un libro tras su liberación (estuvo preso acusado de haber provocado el accidente cuando en verdad el automóvil que manejaba fue golpeado violentamente por detrás en varias ocasiones por otro automóvil, accidente que ya había ocurrido al mismo Payá en otras ocasiones y a Laura Pollán, vídeos en YouTube), donde condenó al régimen castrista del asesinato, y el sueco Aaron Modig continúa en un sospechoso silencio.

Enero del 2013: Desaparición, bajo condiciones impuestas, del permiso de viaje al extranjero de los ciudadanos cubanos. Existe todavía una Lista Negra de nombres a los que no se les permite ni salir ni entrar en el país.

2016: Cuba y Estados Unidos restablecieron relaciones diplomáticas. Barack Obama y su familia visitaron Cuba.

25 de noviembre del 2016: Anuncio de la muerte de Fidel Castro. Al parecer ocurrida varios días antes, quizás el 20 (conmemoración de la muerte de Franco y de la de José Antonio Primo de Rivera, en distintos años).

7 de noviembre del 2016: Donald Trump ganó las elecciones presidenciales estadounidenses. Cambios leves en relación a la política de Barack Obama. Reconoce a los presos políticos cubanos y se reúne con ellos en Miami.

2017: Cuba apareció en los Papeles de Odebrecht en relación al Puerto de Mariel. La prensa internacional habla poco del caso de Cuba en este escándalo.

19 de abril del 2018: Miguel Díaz-Canel Bermúdez, antiguo militar, fue designado por Raúl Castro como su sucesor y nuevo presidente de Cuba, nombrado y no elegido. Como es lo normal en Cuba desde hace más de 60 años. Está previsto que Raúl Castro continúe a la cabeza del Partido Comunista de Cuba y del Ejército hasta el 2021. Su hijo Alejandro Castro Espín, formado en la antigua URSS y su yerno Luis Alberto Rodríguez López-Callejas (nombrado «el zar» de la maltrecha economía cubana y marido de su hija Déborah Castro Espín) controlan la seguridad nacional y la economía.

2 de mayo de 2019: Tras la firma por el presidente Donald Trump del III acápite de la Ley Helms-Burton entra en vigor el cumplimiento de dicha Ley.

San Juan 4, 44: «Porque Jesús mismo dio testimonio de que el profeta no tiene honra en su propia tierra».

Agradezco el apoyo, comentarios y buenos consejos de mis queridos Rubén Fulgencio Batista y Godínez *(in memoriam),* Roberto Fernández-Miranda *(in memoriam),* Santiago Rey Pernas *(in memoriam),* Roberto Francisco Batista Fernández, Esther Batista (Manzanita), Elisa Batista, Ileana y Arturo Comas, Cecilia Sarraf, Alejandro González Acosta, Isadora Villar, Enaida Unzueta, Jean-François Fogel, Eduardo Melón Vallat, Giovanna Carlota Intra, Cecilia Meneses, Josevelio Rodríguez, Pedro Pablo Arencibia, Lisa Liautaud, Dana Burlac, Aymeric Rollet, Bertrand Miranda-Iriberry, y mi hija Attys Luna Vega Valdés.